Wieder zurück auf Null

Dieter Pasternak

Bibliografische Information der Deutschen Nationalbibliothek:
Die Deutsche Nationalbibliothek verzeichnet diese Publikation in
der Deutschen Nationalbibliografie; detaillierte bibliografische
Daten sind im Internet über dnb.d-nb.de abrufbar.

TWENTYSIX – Der Self-Publishing-Verlag
Eine Kooperation zwischen der Verlagsgruppe Random House
und BoD – Books on Demand

© 2017 Pasternak, Dieter

Herstellung und Verlag:
BoD – Books on Demand, Norderstedt

ISBN: 978-3-7407-1064-4

1

Er wusste, dass an diesem Sonntag wieder ein langer Abend auf ihn wartete. Die Konferenzen für die Oberstufe waren bereits für den nächsten Nachmittag angesetzt, und dies war seine letzte Chance, wenn er die Arbeiten seines Leistungskurses rechtzeitig korrigieren und an die Schüler zurückgeben wollte. Nicht dass er die Ergebnisse für die Semesternoten benötigte. Er kannte seine Leute gut und hatte die Zensuren bereits in die seit Tagen im Lehrerzimmer ausliegenden Zeugnislisten eingetragen. Aber er hatte dem Kurs die rechtzeitige Rückgabe der Essays versprochen. Zu allem Überfluss hatte ihn noch am Freitagnachmittag eine Schülerin an seine Zusage erinnert.

Er hatte sich nach dem Unterricht noch länger in der Lehrerbücherei aufgehalten, für die er seit einiger Zeit verantwortlich war. Auf dem Weg zu seinem Auto hatte er Annika aus seinem Leistungskurs getroffen. Sie kam mit zwei ihrer Freundinnen gerade aus der Sporthalle.

„Hallo, Herr Colmar!", rief sie ihm zu. „Bekommen wir am Montag unsere Arbeiten zurück?"

Er hatte sie angegrinst, mit den Schultern gezuckt und war in seinen Golf gestiegen. Es war wirklich seine eigene Schuld, dass er mit seinen Terminen ständig unter Druck geriet. Wieder einmal hatte er den Bitten einiger Schüler nachgegeben und den Abgabetermin verlängert. Und dies hatte ihn nun selber in Zeitnot gebracht. Er war eben doch ein „Softie", wie seine Frau früher bei solchen Gelegenheiten manchmal im Scherz gesagt hatte.

Es waren noch vier Tage bis zum Ende des Schuljahres und der Ausgabe der Zeugnisse. Diesmal freute er sich ganz besonders auf die Sommerferien, vor allem auf die zwei Wochen, die er mit seinem Sohn auf Sylt geplant hatte. Bei aller Vorfreude sah er dieser gemeinsamen Zeit aber auch ein wenig mit gemischten Gefühlen entgegen. Jost, der nach dem Zivildienst im vierten Semester in Hamburg Medizin studierte, hatte seit längerem begonnen, sein eigenes Leben zu führen. Schon allein der durch sein Studium bedingte enge Zeitplan gab ihnen nicht häufig die Möglichkeit, sich zu sehen. Colmar glaubte zu spüren, dass ihre gemeinsame Basis in der letzten Zeit schmaler geworden war und hatte angefangen, sich darüber Gedanken zu machen, dass die zwei Wochen, in denen sie ungewohnt eng zusammen leben und allein miteinander auskommen mussten, sich vielleicht als ein bisschen lang herausstellen könnten.

Er knipste in seinem Arbeitszimmer die Schreibtischlampe an. Hier wartete der letzte kleine Stapel Hefte auf ihn. Es waren Arbeiten, die von seinem Leistungskurs Englisch im Rahmen eines Literaturprojektes angefertigt worden waren. Aufgabe war es, nach zuvor gemeinsam erarbeiteten Kriterien einen Essay über ein Shakespearestück eigener Wahl zu schreiben. Die drei Interpretationen, die sich mit dem Drama *„Romeo & Juliet"* befassten, hatte er sich bis zum Schluss aufgespart, schon allein deshalb, weil seine beiden besten Schüler dieses Thema gewählt hatten. Nach alter Gewohnheit hatte er sich das Gute bis zum Schluss aufheben wollen.

In letzter Zeit hatte er mehr und mehr eine Art Ritual für seine abendliche Schreibtischarbeit entwickelt. Er glaubte, dass es ihm half, sich zu konzentrieren, denn dies war ihm in den vergangenen Monaten zunehmend schwergefallen. Stifte, Wörterbücher und auch seine Lesebrille befanden sich an ihrem Platz. Er setzte sich. Seine letzte Korrektur in diesem Schuljahr konnte beginnen.

Er nahm das Heft, das ganz oben auf dem kleinen Stapel lag, und schlug es auf. Es gehörte Annika, der Schülerin, die ihn noch vor zwei Tagen auf dem Schulhof an sein Versprechen erinnert hatte. Sie war eine der Stützen seines Unterrichts und fiel ihm bei

Interpretationen häufig durch ihre feinfühligen Beiträge auf. Es war schade, dass sie in ihren schriftlichen Leistungen bisher immer ein wenig hinter seinen Erwartungen zurückgeblieben war.

Das schien diesmal aber anders zu sein. Annika hatte ihren Aufsatz gedanklich offenbar gut geplant und wirkte sprachlich, was ihn in ihrem Fall etwas überraschte, von Anfang an erfreulich sicher. Wie sonst auch immer arbeitete sie gewissenhaft und eng am Text. Sie beschäftigte sich in ihren Ausführungen besonders mit der Rolle des Zufalls, der ihrer Ansicht nach für das traurige Schicksal der beiden „*star-crossed lovers*" eine besondere Bedeutung hatte.

Schon nach den ersten Seiten musste Colmar seine Arbeit unterbrechen. Das ging ja gut los! Er hatte Probleme, sich zu konzentrieren. Vor nicht langer Zeit hatte der Zufall auch in seinem Leben eine erhebliche Rolle gespielt. Er stand von seinem Schreibtisch auf und ging ans Fenster. Von seinem Zimmer aus konnte er in die aufgeräumten Vorgärten seiner Nachbarn blicken und im Dämmerlicht die Blumenbeete und gepflegten Rasenstücke sehen. Hecken und Zäune vermittelten ein trügerisches Gefühl von Schutz und Geborgenheit, denn in den letzten Wochen war es in diesem Teil Kiels wiederholt zu Einbrüchen und Diebstählen gekommen. Er selber hatte bereits Überlegungen angestellt, sich eine Warnanlage installieren zu lassen. Den Gedanken hatte er dann aber doch verworfen. Der Aufwand schien ihm zu groß, und er glaubte auch nicht, dass Maßnahmen dieser Art vor unangenehmen Überraschungen wirklich schützen konnten.

Vom Fenster aus beobachtete er einen seiner Nachbarn, der gerade seinen Rauhaardackel vor dem Schlafengehen noch einmal ausführte. Das machte er jeden Abend. Auf der anderen Seite der Straße, vor dem Haus gegenüber, parkte ein schwarzer Audi. Colmar wusste, dass dort vor kurzem eine neue Familie eingezogen war. Er konnte auf dem Fahrersitz die Umrisse einer Person erkennen. Vielleicht wartete da jemand auf die hübsche Tochter, von der er bereits festgestellt hatte, dass sie häufig erst später am Abend ausging.

2

Er konnte nichts dagegen tun. Das parkende Auto am Straßenrand löste bei ihm eine Kette von Assoziationen aus, die alle mit dem einen Abend im letzten September verbunden waren, an den er eigentlich nicht mehr denken wollte. An jenem Tag hatte er nämlich erfahren müssen, dass sein scheinbar gesichertes Leben ganz plötzlich und völlig unerwartet über ihm zusammenbrach und mit ungeahnter Wucht auf ihm landete.

Als er damals nach einer Konferenz gegen 18 Uhr aus der Schule kam, fand er auf dem Anrufbeantworter eine Nachricht seiner Frau vor:

„Hallo, Thomas, ich bin's! Es wird heute leider etwas später. Wir müssen hier noch diesen Entwurf unbedingt fertig machen. Morgen ist mal wieder „Deadline". Du kennst das ja. Warte nicht mit dem Essen auf mich.."

Dies war nicht ungewöhnlich. Seine Frau arbeitete im Büro einer Werbeagentur. Was dort genau ihre Tätigkeit war, hatte er nie so recht begriffen. Sie hatte in dieser Kieler Nebenstelle einer Hamburger Firma mit einem Halbtagsjob begonnen, als ihr Sohn auf die Unterstufe des Gymnasiums wechselte. Colmar hatte verstehen können, dass sie den Wunsch hatte, außerhalb des Hauses und der Familie eine Aufgabe zu finden, und hatte sie bei der Suche nach einer passenden Beschäftigung unterstützt. Sie hatte vor Jahren ihr Kunststudium abbrechen müssen, als sie mit Jost schwanger wurde. Er hatte deshalb ihr gegenüber immer so etwas wie ein schlechtes Gewissen gehabt. Als ihr Sohn dann die Oberstufe des Gymnasiums erreichte, hatte ihr die Firma eine volle Stelle mit einer beträchtlichen Gehaltserhöhung angeboten. In einer kleinen „Familienkonferenz" hatte auch er ihr zugeraten, dieses Angebot anzunehmen, zumal die Aufstockung des Familienetats allen eine gute Idee schien.

An diesem Abend hatte er sich eine Kleinigkeit zu essen gemacht, die Küche aufgeräumt und war dann in sein Arbeitszimmer gegangen, um seinen Unterricht für den nächsten Tag vorzubereiten. Es war nach 22 Uhr, als er dann auf die Idee kam, sich noch einmal körperlich zu bewegen. Er hatte irgendwie den ganzen Tag mehr oder weniger gesessen und hatte Lust, noch einmal eine kleine Runde zu joggen. Das tat er nicht regelmäßig, denn im Grunde fand er es ziemlich langweilig, alleine vor sich hinzulaufen. Mit seinen Freunden spielte er normalerweise einmal die Woche Tennis und hatte daran sehr viel mehr Spaß. Aber in Situationen wie dieser war Joggen besser als gar nichts.

Er zog sich seinen Trainingsanzug und seine Laufschuhe an, nahm einen Anorak, steckte seine Schlüssel ein und ließ die Haustür hinter sich ins Schloss fallen. Er überlegte einen Moment und entschied sich dann, diesmal zur Förde hinunterzulaufen, denn die Strecke dort war ausreichend beleuchtet, und es gab dort um diese Uhrzeit bestimmt nur wenige Passanten, die stören konnten.

Es dauerte eine gewisse Zeit, bevor er einigermaßen „rund" lief. Er war steif vom vielen Sitzen und seine alten „Zipperlein", das rechte Knie und beide Achillessehnen, meldeten sich. Nach einigen Minuten ging es aber, und er fing an, sich ein bisschen lockerer zu bewegen. Er hatte seine Nachbarschaft verlassen und bog in eine der vielen Nebenstraßen ein, in der zwei einsame Autos parkten. Er blieb plötzlich stehen. Das Auto, das ihm am nächsten war, kannte er. Es war der Wagen seiner Frau. Um sicher zu sein, ging er noch ein paar Schritte näher. Ja, es war ihr Nummernschild. Das Fahrzeug war leer. Dann sah er den Wagen, der davor stand. Es handelte sich um einen schwarzen BMW mit einem Hamburger Kennzeichen und den zusätzlichen Initialen MG, die ihm ebenso bekannt waren wie das Auto. Es gehörte dem Hamburger Inhaber der Firma, für die seine Frau arbeitete.

Im Gegenlicht der Lampe, die in einiger Entfernung am Ende der Straße stand, konnte er sehen, dass sich in dem BMW zwei Personen umarmten und küssten.

Er war wie gelähmt. Sein Kopf war völlig leer und ihm wurde schwindlig. Er drehte sich um und ging langsam wieder den Weg zurück, den er gekommen war. Das Joggen war vergessen. Wie lange er so durch die Gegend wanderte, wusste er später nicht, aber irgendwann befand er sich dann auf einer größeren Straße, die ihm bekannt vorkam, und setzte sich an einer beleuchteten Bushaltestelle auf die Bank.

Es dauerte eine gewisse Zeit, bevor er in der Lage war, in kurzen Zusammenhängen zu denken. Die Situation, in der er sich jetzt so plötzlich befand, war ihm eigentlich nicht unbekannt. Er hatte sie in den verschiedensten Variationen in Filmen und Büchern miterlebt, allerdings immer aus der Distanz eines Beobachters. Für ihn war dies stets eine Angelegenheit gewesen, die anderen passierte, auch wenn er manchmal gedacht hatte, dass er sich gut in die Betroffenen hineinversetzen könne. Er hatte wohl auch immer Angst vor einer ähnlichen Erfahrung gehabt, war sich aber gleichzeitig sicher gewesen, dass er so etwas nicht erleben würde. Seine Ehe war stets eine ganz sichere Größe für ihn gewesen. Vielleicht sogar die sicherste. Unwillkürlich dachte er an die schwierigen Anfänge, Christines ungeplante frühe Schwangerschaft, durch die die Weichen in seinem und ihrem Leben neu gestellt wurden. Sie musste damals ihr Studium abbrechen, ein Entschluss, der für sie sehr schmerzhaft war, auch wenn sie sich beide einzureden versuchten, dass Christine später ihre Ausbildung ja wieder aufnehmen könne. Er selber hatte auch auf eine wissenschaftliche Laufbahn verzichtet, hatte die Arbeit an seiner Dissertation abgebrochen und das Staatsexamen abgelegt. Der Schuldienst schien ihm am schnellsten ein gesichertes Einkommen zu ermöglichen. Trotz aller Schwierigkeiten hatten sie es gemeinsam geschafft, und er war immer stolz auf seine kleine Familie gewesen.

Es kam ein Bus. Die Türen öffneten sich mit einem Zischen. Der einzige Fahrgast, eine ältere Frau, starrte ihn durch das Fenster an, blieb aber sitzen. Als der Fahrer sah, dass er auf seiner Bank keine Anstalten machte einzusteigen, schloss er die Türen, und der Bus setzte sich wieder in Bewegung.

Er kannte Markus Grossmann. Er war ihm verschiedentlich begegnet. Das letzte Mal bei der jährlichen Weihnachtsfeier in der Firma, auf der Colmar sich etwas fremd gefühlt hatte. Christine hatte ihn nur mit Mühe überreden können mitzugehen. Grossmann, der bestimmt sechs bis sieben Jahre jünger war als er, war nicht unsympathisch. Er wirkte in Kleidung und Frisur recht „trendy", und Colmar hatte sich mit seiner Frau später im Auto über seinen jugendlichen Jargon lustig gemacht. Grossmann lobte Christines Arbeit so sehr, dass es ihr offensichtlich peinlich war. Er nannte sie seine „beste Mitarbeiterin" und sagte, dass die Firma ohne sie „aufgeschmissen" sei. An diese Äußerungen musste er jetzt denken. Grossmanns attraktive Frau, eine gebürtige Italienerin, war bei dieser Weihnachtsfeier auch anwesend, aber Colmar hatte nur wenig mit ihr gesprochen. Sie hatten über ihre Kinder geredet, und er erinnerte sich, dass sie eine Tochter hatte, die einige Jahre jünger als Jost sein musste.

Es hatte zu regnen begonnen. Er blieb zunächst sitzen, merkte dann aber, dass er bald völlig nass sein würde. Er erhob sich von seiner Bank und überlegte, was er nun tun sollte. Irgendwann musste er ja nach Hause. Er knöpfte sich den Anorak zu und machte sich langsam auf den Weg. Er fragte sich, wie er von nun an vorgehen wollte und hatte keine Ahnung. Als er in seine Straße einbog, sah er, dass das kleine Auto seiner Frau wie sonst auch immer vor dem Haus parkte. Er schloss die Haustür auf, zog sich die nassen

Schuhe aus und ließ seinen Anorak in der Garderobe zurück

Christine war in der Küche und hatte sich offenbar gerade etwas zu essen gemacht. Als er eintrat, hatte sie ihren benutzten Teller in der Hand und war im Begriff, ihn zusammen mit dem Besteck in die Spüle zu stellen. Sie war sichtlich überrascht, ihn zu sehen.

„Hallo! Oben war gar kein Licht mehr. Ich dachte, du hättest dich schon hingelegt. Wo warst du denn?"

„Ich wollte noch einmal eine Runde laufen. Ich musste mich vorm Schlafen einfach noch einmal bewegen."

„Du bist ja ordentlich nass geworden", sagte sie und berührte seinen Arm. „Komm, setz dich hin. Ich mache dir einen Tee. Du siehst auch ganz blass aus. Nicht dass du uns noch krank wirst!"

Er setzte sich an den Tisch, während sie den elektrischen Wasserkocher nahm, ihn füllte und einschaltete.

„Und du? Habt ihr alles geschafft?", fragte er sie.

Sie stand mit dem Rücken zu ihm am Herd und war dabei, die kleine Teekanne aus dem Hängeschrank zu nehmen.

„Ja. Das war aber auch wichtig. Wir mussten das heute abschließen. Ich glaube, der Entwurf ist ganz gut geworden. Das war ein ganz schönes Stück Arbeit. Wir sind gerade damit fertig geworden."

Sie stand immer noch mit dem Rücken zu ihm und steckte einen Teebeutel in die Kanne. Während sie darauf wartete, dass das Wasser kochte, nahm sie ihren Teller und begann ihn von Hand zu spülen.

Er beobachtete sie und konnte sich schließlich nicht länger zurückhalten.

„Warum sagst du mir eigentlich nicht, was los ist, Christine", brach es aus ihm heraus. „Ich habe vorhin dein Auto in der Heinestraße gesehen. Ich wollte runter zur Förde laufen und habe zufällig einen kleinen Umweg gemacht."

Sie war erstarrt. Das Wasser im Kessel hatte angefangen zu kochen und schaltete sich nach kurzer Zeit von alleine aus. Sie sagte nichts.

„Euch habe ich übrigens auch gesehen. In seinem Wagen. Ich kann einfach nicht glauben, was du da machst."

Sie schwieg immer noch. Das Wasser lief weiter über den Teller, den sie in der Hand hielt.

„Bitte sag jetzt bloß nicht, dass alles nicht so ist, wie es aussieht."

„Mein Gott. Es tut mir alles so leid", sagte sie schließlich.

Sie drehte den Wasserhahn zu und setzte den Teller langsam in der Spüle ab. Er versuchte die Wut, die in ihm hochstieg, unter Kontrolle zu halten.

„Was meinst du eigentlich damit?", fragte er dann. „Kannst du mir vielleicht sagen, was genau dir an dieser Sache leidtut?"

Sie drehte sich zu ihm um.

„Ich wollte vor allen Dingen nicht, dass du es so erfährst."

„Immerhin, erfahren sollte ich es dann ja wohl."

Sie sah ihn an und antwortete nicht. Seine nächste Frage fiel ihm schwer.

„Wie lange geht das eigentlich schon?"

Sie zuckte mit den Schultern.

„Ich weiß nicht genau. Zwei oder drei Wochen vielleicht", sagte sie dann leise.

„Du weißt nicht genau. Aber dass du mit ihm im Bett warst, das wirst du wahrscheinlich genau wissen", sagte er in einem schwachen Versuch, seine Wut in Sarkasmus zu kleiden.

Auch darauf antwortete sie nicht. Sie kam zu ihm an den Tisch, setzte sich ihm gegenüber und versuchte, seine Hand zu berühren. Er zog sie weg. Sie schwiegen beide und saßen so eine Weile, ohne sich anzusehen.

„Es tut mir alles so leid", sagte sie dann wieder und fing jetzt an zu weinen.

„Verdammt, Christine. Wieso?"

Er versuchte ruhig zu bleiben.

„Ich dachte immer, so etwas könnte uns nie passieren, für so etwas seien wir uns zu schade. Was ist los mit dir? Menschenskind, wir haben einen Sohn!"

„Jost hat doch damit überhaupt nichts zu tun."

Sie schwiegen beide wieder eine Zeit lang. Er schüttelte den Kopf.

„Hast du überhaupt eine Ahnung, wie ich mir vorkomme?"

„Es tut mir leid. Ich wollte das nicht."

„Du wolltest es nicht? Glaubst du das eigentlich selber?"

„Aber ich habe es doch selber nicht gemerkt, wie das alles begonnen hat. Am Anfang habe ich ..."

Er unterbrach sie sofort.

„Bitte, hör auf! Erspar mir bitte die Einzelheiten. Ich will auch nicht wissen, wie aufmerksam und verständnisvoll er ist. Und auch nicht, wie toll die Hotels waren. Solche Geschichten sind sich alle sehr ähnlich."

Sie weinte lautlos.

„Er ist doch auch verheiratet. Sie haben eine Tochter", sagte er dann.

Christine schüttelte den Kopf. Sie hatte Mühe zu sprechen.

„Er will sich scheiden lassen."

Das war deutlich. Ihm war, als habe er einen weiteren Schlag in den Magen bekommen. Eine Weile sagte keiner etwas. Dann sah sie ihn an und versuchte noch einmal vergeblich, seine Hand zu ergreifen.

„Thomas, ich wollte dir doch ..."

Er hob die Hand und unterbrach sie wieder.

„Bitte nicht. Ich kann das jetzt wirklich nicht."

Sie saßen sich weiter schweigend gegenüber. Christine weinte immer noch. Dann stand sie langsam auf. Sie hielt sich am Tisch fest.

„Ich kann auch nicht mehr", sagte sie und versuchte dann, sich mit dem Handrücken die Tränen abzuwischen. „Bei mir dreht sich alles. Wir sollten vielleicht morgen über alles sprechen. Im Moment kann ich sowieso nicht klar denken."

Sie drehte sich um. Er sagte nichts und schaute ihr nach, wie sie sich langsam durch die Küche auf die Tür zubewegte. Bevor sie diese erreichte, blieb sie einen Moment stehen, als wollte sie noch etwas sagen. Dann aber öffnete sie die Tür und schloss sie hinter sich. Er hörte auch, wie sie die Treppe hoch in ihr Schlafzimmer ging und, wie es schien, den Schlüssel im Schloss umdrehte.

Seine Hände zitterten. Ihm war schlecht. Jetzt, da er allein in der Küche saß, war es auch mit seiner Selbstbeherrschung vorbei. Er hatte einen Weinkrampf. Nach einiger Zeit stand er auf. Er musste sich bewegen, etwas tun. Er zog die nassen Joggingschuhe wieder an, nahm seine Jacke von der Garderobe und verließ das Haus.

Es hatte inzwischen aufgehört zu regnen. Er wanderte ziellos durch die Nachbarschaft und versuchte die Vorstellungen, die sich ihm aufdrängten, abzuwehren. Es waren vor allem Bilder von seiner Frau und diesem anderen Mann. Seine Gedanken waren ebenso verwirrt wie seine Gefühle, mit denen er den ganzen Abend gekämpft hatte. Eines wurde ihm aber immer deutlicher. Dieser Tag würde sein bisheriges Leben beenden. Im Grunde hatte sich bereits alles geändert, denn was gab es da noch zu retten? Er war sich sicher, dass er bereits verloren hatte, selbst wenn Christine die Affäre ernsthaft beenden sollte und bei ihm bliebe. Er brauchte sich nichts vorzumachen: Das Vertrauen in seine Frau und in seine Ehe, bisher ein zuverlässiges Fundament in seinem Leben, war zerstört.

Der Regen hatte wieder eingesetzt, und als er lange nach Mitternacht erneut vor dem Haus stand, brannte im Zimmer seiner Frau noch Licht. Er ließ seine nassen Kleidungsstücke wieder in der Garderobe und stieg die Treppe hinauf in sein Schlafzimmer. Als er an ihrer Tür vorbeiging, konnte er hören, dass sie offenbar mit ihrem Handy mit jemandem telefonierte.

Zu dem Gespräch am nächsten Morgen kam es nicht. Er lag noch im Bett, als sie das Haus verließ. Er hörte, wie sie ihren Wagen anließ und wegfuhr. Er glaubte, überhaupt nicht geschlafen zu haben. Schon früh hatte er sie in ihrem gemeinsamen Badezimmer gehört. Sie war dann die Treppe hinunter in die Küche gegangen. Dort hatte sie sich nicht lange aufgehalten. Den Geräuschen nach hatte sie sich Kaffee gemacht. Das wunderte ihn, denn er wusste, dass sie morgens eigentlich Tee bevorzugte. Kurz darauf war sie gegangen.

Er stand jetzt auch auf. In dem gemeinsamen Badezimmer schien ihm alles so zu sein wie sonst auch immer. Er öffnete die Tür zu ihrem Schlafzimmer. Christine hatte ihr Bett gemacht, und alles wirkte sehr aufgeräumt. In der Küche konnte er erkennen, dass sie tatsächlich nur einen Kaffee getrunken hatte. Die leere Tasse hatte sie in der Spüle abgestellt.

Sie standen sonst immer ziemlich zur gleichen Zeit auf. Auf das gemeinsame Frühstück in der Küche wollten sie schon deshalb nicht verzichten, weil sie dabei alle Angelegenheiten besprechen konnten, die für den Tag wichtig waren. Seit Christine ihre volle Stelle hatte, sahen sie sich normalerweise erst gegen Abend wieder, wenn sie aus dem Büro nach Hause kam. Dann versuchte er manchmal, ihr in der Küche beim Kochen der eigentlichen Hauptmahlzeit des Tages behilflich zu sein. Er war fast immer der erste, der dann morgens aus dem Haus ging. Christine ließ es gewöhnlich ein wenig langsamer angehen, denn sie konnte ihre Arbeitszeit selber bestimmen.

In der Kaffeemaschine war noch ein Rest, den er sich in eine Tasse goss und stehend trank. Ansonsten konnte er noch keinen Bissen herunterbekommen. Dann nahm er seine Büchertasche, schloss die Wohnungstür hinter sich ab und fuhr in die Schule. Es blieb ihm ja nichts anderes übrig, als sich diesem ersten Tag in seinem neuen Leben zu stellen.

Wie er diese Zeit dann hinter sich brachte, wusste er später nicht mehr. Zweimal fragten ihn Kollegen, ob mit ihm alles in Ordnung sei. Die Pausen verbrachte er auf den Schulhof, um den üblichen Gesprächen im Lehrerzimmer aus dem Wege zu gehen. In der Mittagspause zwang er sich dazu, in der Cafeteria der Schule ein Brötchen zu essen.

Als er gegen 16 Uhr nach Hause kam, blinkte der Anrufbeantworter. Es gab zwei Nachrichten. Die erste war von seinem Freund Wolf, der ihn an ihr Tennisdoppel erinnerte, das auch an diesem Samstagvormittag stattfinden sollte. Die zweite Nachricht war von seiner Frau.

„Ich bin's. Ich habe mich entschlossen bis auf weiteres in Hamburg zu bleiben. Ich glaube, dass dies im Augenblick für alle die beste Lösung ist. Es tut mir alles so leid."

Pause.

„Ich werde am Donnerstag, wenn du in der Schule bist, einige persönliche Dinge holen."

Obwohl er so etwas Ähnliches irgendwie befürchtet hatte, traf ihn die Schnelligkeit, mit der die Entscheidung gefallen war, wieder wie ein Schlag.

Am Abend kam ein Anruf seines Sohnes.

„Mama hat mit mir vorhin telefoniert", sagte er. „Ich weiß nicht, was ich sagen soll. Ich kann das gar nicht glauben."

„So geht's mir auch."

„Habt ihr euch gestritten?"

„Nein."

„Gibt es sonst irgendeinen Grund dafür?"

„Keine Ahnung. Das kann dir nur deine Mutter beantworten."

„Hattest du vorher schon irgendwas geahnt?"

„Nein, überhaupt nichts."

Eine Weile sagte keiner etwas.

„Und wie soll es nun weitergehen? Werdet ihr noch einmal miteinander reden?"

„Wozu sollte das gut sein? Wie es aussieht, hat deine Mutter ja ihre Entscheidung getroffen."

Sie schwiegen wieder eine Zeit lang.

„Und wie fühlst du dich?"

„Was glaubst du wohl? Wie soll ich mich im Moment wohl fühlen?"

„Möchtest du, dass ich komme?"

„Nein, bloß nicht. Im Augenblick will ich wirklich niemanden sehen."

„Wenn das mit dir OK ist, werde ich versuchen, am Wochenende nach Kiel zu kommen. Dann bin ich hier mit den Prüfungen auch erst einmal durch."

„Das klingt gut."

Ein weiteres Mal entstand eine Pause. Schließlich räusperte sich Jost.

„Also dann. Wenn ich irgendwas für dich tun kann, ruf mich an."

„OK."

„Mach's gut, Papa! Es wird bestimmt alles wieder gut. Bis Samstag dann!"

„Alles klar. Bis Samstag dann."

Als sie aufgelegt hatten, war er froh, dass er dieses Gespräch mit seinem Sohn, das ihm den ganzen Tag bevorgestanden hatte, hinter sich hatte.

3

Bei seiner Korrektur an diesem Abend freute es ihn, dass Annika Anregungen aus dem Unterricht geschickt in ihren Essay eingearbeitet hatte. Nach seinen Erfahrungen geschah es zu häufig, dass Schüler in Klausuren den Eindruck vermittelten, als seien sie in den Unterrichtsstunden, in denen man sich mit dem Stoff befasst hatte, gar nicht dabei gewesen.

Das war ein erfreulicher Auftakt. Bevor er das nächste Heft in Angriff nahm, benötigte er eine kurze Unterbrechung. Er widerstand zunächst der Versuchung, sich einen Whisky zu genehmigen. Er hatte die Flasche Single Malt mit Absicht nicht mit nach oben genommen. Es war aber Zeit für einen ersten Kaffee an diesem Abend. Er erhob sich und ging die Treppe hinunter in die Küche, wo er die Kaffeemaschine vorbereitete. Das Modell war schon etwas in die Jahre gekommen. Seine Frau, von der das Gerät vor längerer Zeit angeschafft worden war, hatte darauf verzichtet, es bei ihrem Auszug mitzunehmen. Überhaupt hatte sie ihm alle Möbel und alle Gegenstände überlassen, die zum Haushalt gehörten.

Sie war insgesamt dreimal zurückgekommen, um ihre „persönlichen Dinge" abzuholen. Jedes Mal hatte sie vorher, wenn er morgens in der Schule war, eine entsprechende Nachricht auf dem Anrufbeantworter hinterlassen und ihn gebeten, sich dem Haus in dieser Zeit fernzuhalten. Es war ihm nicht schwergefallen, ihrem Wunsch nachzukommen. Er scheute ohnehin vor einem Zusammentreffen zurück, denn er war überhaupt nicht sicher, wie er sich in diesem Fall verhalten würde. Bei der Vorstellung, bei dieser Gelegenheit vielleicht auch noch Grossmann in die Arme zu laufen, hatte er Schweißausbrüche. Nach Christines letztem Besuch fand er dann bei seiner

16

Rückkehr ihre Wohnungsschlüssel auf dem Küchentisch.

Sie hatte wirklich nur ihre „persönlichen" Sachen mitgenommen. Das betraf ihre Kleidung, Schmuck, Bücher, Fotos und natürlich ihre schriftlichen, zum Teil beruflichen Unterlagen. Alle Gegenstände aber, die sie sich über die Jahre gemeinsam angeschafft hatten, ließ sie ihm. Selbst die Plattensammlung, die ihnen ja beiden gehörte und von der er immer gedacht hatte, dass sie seiner Frau viel bedeutete, hatte sie nicht angefasst.

Natürlich hat er Frau Harber, die langjährige Haushilfe, über seine neue Situation informieren müssen. Sie zeigte sich geschockt und reagierte im Grunde wie die meisten Leute, die von ihm mit dieser Nachricht konfrontiert wurden. Sie schlug sich die Hand vor den Mund und sagte: "Das tut mir aber leid." Sie versprach, ihm weiterhin im Hause behilflich zu sein. Auch zeigte sie Verständnis, als er ihr mitteilte, dass sie fortan statt wöchentlich dreimal nur noch zweimal vormittags benötigt wurde. Sie räumte Christines Zimmer auf und zog noch einmal frische Bettwäsche auf. Ansonsten aber blieb der Raum mit den leeren Schränken unberührt.

Der Anrufbeantworter war seit Christines Auszug das Medium ihrer einseitigen Kommunikation geblieben. Ihm war es recht so. Denn was gab es im Grunde noch zu sagen? Bei ihrer letzten Botschaft hatte sie auch eine Hamburger Adresse und eine Telefonnummer hinterlassen. Mit Hilfe des Telefonbuches hatte er auf Anhieb ermitteln können, dass es sich bei der Anschrift um den eingetragenen Wohnsitz Grossmanns handelte. Das hatte ihn nicht überrascht und ihn auch nicht unbedingt ermuntert, mit ihr irgendwie selber Kontakt aufzunehmen. Christines Post, die eine Zeit lang noch bei ihm ankam, schickte er ihr nach.

Seine Schwiegermutter, die nach dem Tode ihres Mannes mit einem neuen Lebensgefährten in Bremen lebte, hatte ihn mehrfach angerufen. Sie war über ihre Tochter entsetzt. Sie hielt Christines Verhalten für unverständlich und verantwortungslos. Dies habe sie ihr auch in aller Deutlichkeit gesagt. Sie versicherte ihm ebenfalls, dass ihr diese Wendung „sehr leid" tue.

Der Kaffee war wieder einmal anders als sonst. Eigentlich schmeckte er, wenn er ihn selber machte, niemals so wie er sich das vorgestellt hatte. Irgendwie hatte er nie herausfinden können, was für ihn das richtige Verhältnis von Wassermenge und Kaffeepulver war. Er goss noch etwas mehr Milch nach und stieg wieder die Treppe hinauf in das Arbeitszimmer.

Er stellte den Kaffeebecher auf den Schreibtisch ab, setzte sich und öffnete das nächste Heft. Jan war auch einer seiner guten Schüler, dem die Beschäftigung mit Shakespeare merklich Spaß gemacht hatte. Unnötigerweise hatte er seiner Interpretation eine lange und etwas umständliche Inhaltsangabe des Stückes vorangestellt. Er konzentrierte sich dann aber gekonnt auf die Figur der Juliet und arbeitete ihre im Verlauf der Handlung wachsende Vereinsamung heraus, die seiner Meinung nach insbesondere in ihrem Verhältnis zu den Eltern deutlich wird.

Colmar lehnte sich in seinem Stuhl zurück und nahm einen Schluck von seinem Kaffee, der sich in dem Becher schon etwas abgekühlt hatte. Vor ihm auf dem Schreibtisch hatte er ein Foto seines Sohnes. Das Bild von seiner Frau, das dort auch immer gestanden hatte, war in der Schublade verschwunden, in der er auch das Papier für seinen Drucker aufbewahrte. Diese Aufnahme vor ihm, die schon einige Jahre alt war, hatte er selber irgendwann in den Ferien gemacht. Jost, in einem blauen T-Shirt, saß auf einer Bank und strahlte in die Kamera. Damals waren seine Haare, die inzwischen dunkler geworden waren, noch blond.

Colmar wusste, dass das Verhältnis zwischen Kindern und Eltern fast immer ein besonderes Kapitel war. Er fragte sich nicht zum ersten Mal, was diese Beziehungen so kompliziert machte. Wahrscheinlich lag es an der Belastung durch gegenseitige Erwartungen, durch Enttäuschungen und vor allem durch wechselseitige Schuldgefühle, die offenbar wuchsen, je älter man wurde. Auch er hatte das mit seinen vor Jahren verstorbenen Eltern so erlebt.

4

Colmars Beziehungen zu seinem Sohn hatten sich äußerlich kaum verändert. Seit Christine bei ihm ausgezogen war, hatte Jost ihn einige Male in Kiel besucht. Das geschah dann an Wochenenden, wenn die Prüfungspläne seines straff organisierten Studiums es erlaubten. Er übernachtete dann in seinem alten Zimmer, das Colmar seit längerem zu seinem eigenen Arbeitsraum umfunktioniert hatte. Bei diesen Besuchen machten sie Spaziergänge, unternahmen kleinere Ausflüge in die nähere Umgebung und gingen auch verschiedentlich zusammen ein Bier trinken. Jost überredete ihn auch zweimal, mit ihm ins Kino zu gehen, was Colmar schon lange nicht mehr getan hatte und überraschenderweise genoss. Jost sprach auch über sein Studium und wirkte dabei etwas genervt, besonders wenn er über seinen zeitlich eingeengten Studiengang klagte.

Es rührte ihn, wie sehr sein Sohn sich bei diesen Zusammenkünften um ihn kümmerte. Colmar war dann selber bemüht, den Eindruck zu machen, dass es zur Sorge um ihn keinen Anlass gab und dass alles „OK" sei. Jost nahm diese Aussagen mit deutlicher Erleichterung auf, war es doch das, was er augenscheinlich hören wollte. Er versicherte seinem Vater, dass er immer für ihn da sei und dass Colmar ihn in Hamburg, wenn es nötig sei, jederzeit anrufen solle. Er würde dann sofort kommen. Über Christine zu sprechen, vermieden sie.

Sie hatte ihm inzwischen auf dem Anrufbeantworter mitgeteilt, dass sie ab sofort die Hälfte der monatlichen „Aufwendungen" für ihren Sohn übernehmen würde. Die Erklärung, die er dann Jost über diese formale Änderung seiner Unterstützung gab, nahm dieser ohne einen Kommentar zur Kenntnis. Offenbar war er über diese Umgestaltung bereits unterrichtet.

Jost hatte seine Mutter inzwischen verschiedentlich getroffen und, wie er seinem Vater gegenüber andeutete, sie auch schon in dem Haus besucht, in dem sie jetzt wohnte. Bei diesem Gedanken fühlte sich Colmar immer ziemlich elend. Andrerseits war ihm natürlich auch klar, dass dies im Grunde zu erwarten war, schließlich lebten sie ja beide in Hamburg. Die Trennung der Eltern und die möglichen Gründe, die zu der Entscheidung seiner Mutter geführt hatten, den Vater zu verlassen und mit einem anderen Mann ein neues Leben zu beginnen, waren für Jost anscheinend kein Thema mehr. Colmar wunderte sich darüber ein wenig, äußerte sich dazu aber nicht. Es fiel ihm ja selber immer noch schwer, darüber zu reden, und ganz besonders mit seinem Sohn.

Dieser hatte im Übrigen seine eigenen Probleme. Er war vor einem Jahr mit seiner langjährigen Freundin Judith, die gleichzeitig in Hamburg ein Lehramtsstudium begonnen hatte, in eine kleine gemeinsame Wohnung gezogen. Colmar hatte dies von Anfang an mit gemischten Gefühlen betrachtet. Er fand, dass die beiden noch zu jung waren, um sich ihre Möglichkeiten durch dieses eheähnliche Zusammenleben einzuengen. Nun war es also passiert, denn von dieser Freundin hatte sich Jost vor kurzem getrennt und war bei ihr ausgezogen. Colmar hatte seinerseits ebenfalls vermieden, seinen Sohn über Einzelheiten dieser etwas überraschenden Entwicklung zu befragen. Das einzige, was Jost gesagt hatte, war, dass „es einfach nicht mehr ging". Danach hatte er allerdings das große Problem, im teuren Hamburg eine neue und erschwingliche Bleibe zu finden. Aber diese Schwierigkeit wurde dann von ihm erstaunlich schnell überwunden. Mit sehr viel Glück gelang es ihm, eine kleine Zweizimmerwohnung zu finden, die ihn monatlich nur unwesentlich mehr belastete als das frühere Domizil. Colmar hatte seinem Sohn versprechen müssen, ihn bei nächster Gelegenheit in seinem neuen Quartier in Hamburg zu besuchen.

Von den Wochenenden mit Jost in Kiel war ihm ein Besuch Anfang November in besonderer Erinnerung geblieben. Wie immer hatte sein Sohn sein Kommen telefonisch angekündigt. Colmars Angebot, ihn wie gewöhnlich vom Bahnhof abzuholen, hatte er abgelehnt.

„Das ist nicht nötig. Ich komme mit dem Auto. Ich wollte diesmal sowieso einige Sachen von zu Hause mitnehmen. Ich brauche die für meine neue Bude."

Wenn sich die Gelegenheit ergab, hatte Jost sich schon früher manchmal Autos von Freunden geliehen. Er klagte seit längerem über die Umständlichkeit des Bahnreisens und hatte im Zusammenhang mit seinen Fahrten nach Kiel häufig Anlass, sich über Fahrpläne, Baustellen und Preise zu ärgern. Er fand diese Art des Transports nicht nur umständlich, sondern auch teuer und meinte, dass sie ihn zusätzlich Zeit kostete.

Colmar hatte sich schon überlegt, dass ein kleines Auto ein schönes Weihnachtsgeschenk sein könnte, zumal er selber von einer größeren Mobilität seines Sohnes profitieren würde. Er hatte auch schon bei einem lokalen Opelhändler ein Sondierungsgespräch geführt und hatte das Gefühl, vielleicht einen geeigneten gebrauchten Corsa gefunden zu haben.

Am Samstag traf Jost früher ein als sonst. Es war ein wunderschöner Herbstnachmittag. Colmar hatte bereits vom Fenster aus gesehen, wie er vorfuhr und war ihm entgegengegangen. Der Wagen, ein VW Golf, wirkte im Vergleich zu den alten und häufig verbeulten Fahrzeugen, mit denen sein Sohn sonst aufkreuzte, gepflegt und ziemlich neu.

„Nanu, von wem hast du denn diesen vornehmen Schlitten? Das Modell ist ja neuer als meins!"

Sein Sohn strahlte ihn an.

„Überraschung! Das ist meiner! Mama hat ihn mir geschenkt! Komm, ich bringe nur schnell meine Tasche rein. Dann können wir zusammen eine kleine Spritztour unternehmen. Ich muss dir diese Kiste doch mal richtig vorführen."

Ohne auf eine Antwort zu warten, trug er seine Reisetasche ins Haus und stellte sie im Flur ab. Colmar ging langsam hinter ihm her und nahm seine Jacke von der Garderobe.

Es sollte der Tag der Überraschungen bleiben. Sie nahmen zunächst den Weg über die Hochbrücke in Richtung Strande. Jost, sichtlich stolz auf seine neue Errungenschaft, war ein sicherer Fahrer, auch wenn er nach dem Gefühl seines Vaters etwas zu schnell fuhr. In Strande dann parkten sie das Auto, überquerten die Uferstraße und gingen in eine beliebte Strandbar, wo sie auch schon früher einige Male eingekehrt waren. Die Sonne schien, es war beinahe windstill, und so nahmen sie an einem kleinen Tisch draußen auf der Terrasse Platz. Trotz der fortgeschrittenen Jahreszeit saßen dort bei dem schönen Wetter auch noch andere Gäste. Jost bestellte sich einen Latte Macchiato, und Colmar trank sein übliches Bier. Er verkniff sich eine Bemerkung über die modischen Bezeichnungen italienischer Milchkaffeevariationen, die so populär geworden waren.

Draußen auf der Förde konnte man in der Sonne noch einige vereinzelte Segelboote sehen, und Colmar fragte sich, wann denn die letzten dieser Schiffe vor dem Winter in Sicherheit gebracht wurden. Er hob sein Glas.

„Meinen Glückwunsch! ‚Allzeit gute Fahrt' muss man hier wohl sagen. Das ist wirklich ein toller Schlitten. Wo habt ihr den denn her?"

„Mama hat ihn aus ihrer Firma. Er wurde nicht mehr gebraucht und sollte abgestoßen werden. Da hat sie für mich zugegriffen."

Die Formulierung „ihre Firma" berührte Colmar merkwürdig. Er hatte Schwierigkeiten die Assoziationen zu verdrängen, die sich bei ihm sofort einstellten. Jost schaute ihn an.

„Du bist doch nicht sauer auf mich deshalb?"

„Unsinn! Wie kommst du denn darauf? Nein, ich freue mich für dich. Du kannst doch ein Auto prima gebrauchen. Es macht dich ja auch viel beweglicher, und davon werde ich hoffentlich auch etwas haben."

„Da hast du recht. Ich bin auf diese Weise unabhängiger von den bekloppten Fahrplänen der Bahn und werde einen kleinen Besuch in Kiel leichter einmal einstreuen können. Übrigens, es wird auch Zeit, dass du mal nach Hamburg kommst. Meine neue Wohnung kennst du ja immer noch nicht."

„Klar! Das habe ich dir ja auch schon gesagt. Aber vor Weihnachten wird das bestimmt nichts", sagte Colmar und lehnte sich auf seinem Stuhl etwas vor. „Apropos Weihnachten, was sind eigentlich deine Pläne?"

„Es kommen jetzt bis zu den Ferien noch einige Prüfungen auf mich zu, und wir müssen alle schwer dafür pauken. Ich weiß auch nicht, ob ich es bis Weihnachten noch einmal nach Kiel schaffe. Ich glaube, das kann ich mir zeitlich wirklich nicht leisten."

„Ich verstehe. Und was ist mit den Weihnachtstagen?"

„Ja, darüber müssen wir reden. Ich habe auch schon mit Mama gesprochen. Ich meine, die beste Lösung wäre, wenn ich am ersten Weihnachtstag zu dir komme. Heiligabend hat Mama mich gebeten, bei ihr zu sein."

Colmar nahm einen tiefen Schluck von seinem Bier und signalisierte der Serviererin, dass er gerne ein zweites wollte. Heiligabend hatte er sich anders vorgestellt. Diesmal fiel es ihm etwas schwerer, sich zurückzuhalten.

„Dann habt ihr ja schon alles geregelt."

„Es tut mir leid, wenn du enttäuscht bist. Woran hattest du denn gedacht?"

„Ich hatte so eine vage Idee. Ich hatte mir vorgestellt, dass es schön wäre, wenn wir beide einmal zur Abwechslung in den Schnee fahren würden."

„Das wäre sowieso nichts geworden. So viel Zeit habe ich einfach nicht. Unsere Kurse gehen gleich nach Weihnachten weiter."

Colmar sagte nichts. Was war nur mit den Studenten heute los? Er hatte seine Studienzeit irgendwie anders in Erinnerung. Aber er hatte auch nicht Medizin studiert. Sein Sohn rückte mit seinem Stuhl etwas näher an den Tisch und schaute ihn an.

„Weißt du was, Papa? Ich habe da eine Idee. Warum machen wir im Sommer nicht zusammen Urlaub? Was hältst du davon, wenn wir beide noch einmal nach Sylt fahren? Das waren früher doch immer super Ferien. Ich könnte dann auch mal wieder surfen. Das habe ich lange nicht mehr gemacht."

Colmar ließ diesen neuen Gedanken langsam sacken. An die Familienferien auf der Insel erinnerte er sich gerne. Jost war damals noch auf der Mittelstufe des Gymnasiums und hatte mit dem Windsurfen angefangen. Sein Sohn setzte nach.

„Na, was sagst du? Hättest du nicht auch Lust dazu? Wir könnten doch versuchen, wieder unser altes Quartier zu bekommen. Wenn das noch möglich ist, heißt das natürlich."

Colmar war immer noch dabei, den neuen Vorschlag seines Sohnes zu verarbeiten, aber irgendwie fühlte er sich auf einmal nicht mehr ganz so deprimiert. Er gab sich einen Ruck.

„Die Idee gefällt mir gut. Ich stelle mir das toll vor", antwortete er und nahm einen Schluck von seinem neuen Bier. „OK, ich werde mich dann um die Unterbringung kümmern."

Sie schwiegen eine Weile. Jost rührte in seinem Kaffeeglas herum. Dann guckte er seinen Vater an.

„Papa, das mit Heiligabend tut mir leid. Aber Mama und Mark haben mich so sehr darum gebeten.

Ich glaube, Mama braucht mich, und ich meine, ich bin ihr diesen Gefallen auch irgendwie schuldig."

Mark. Es traf Colmar, dass sein Sohn den neuen Partner seiner Mutter offenbar so selbstverständlich bereits mit Vornamen nannte.

„Ich verstehe. Das Auto."

„Ja, aber nicht nur das. Ohne Marks Hilfe hätte ich nie so schnell eine passende Wohnung in Hamburg gefunden."

Die Sonne war inzwischen so weit gesunken, dass ihr Tisch im Schatten lag. Es war kühl geworden. Die anderen Gäste hatten die Terrasse bereits verlassen. Auf ihrer Fahrt nach Skandinavien zog eine der großen Fähren vor dem Hintergrund des gegenüberliegenden Ufers der Förde, das mit dem Turm von Laboe immer noch Sonne hatte, langsam vorbei in Richtung Ostsee. Nur an zwei kleinen Segelbooten im Vordergrund konnte Colmar erkennen, dass dieses große Schiff, das so gemächlich dahinzuziehen schien, sich tatsächlich mit großer Geschwindigkeit bewegte. Sie standen auf, zahlten an der Bar und fuhren zurück nach Hause.

5

In seiner Interpretation des Dramas ging Jan auch weiterhin dem Thema der Isolation nach. Er stellte heraus, dass Juliet in ihrer schwierigen Situation von den Angehörigen ihrer Familie kein Verständnis erwarten kann. Was ihre Lage zusätzlich erschwert, ist die Tatsache, dass es für sie außerhalb der Hausgemeinschaft ein Leben offenbar gar nicht gibt.

Colmar wusste, dass Jans Eltern sich getrennt hatten, als der Junge zwölf Jahre alt war. Während eines Kurstreffens hatte Jan ihm einmal anvertraut, dass er als Kind darunter sehr gelitten habe. Colmar fragte sich nun, ob diese Konzentration auf den Aspekt der Familie etwas mit den persönlichen Erfahrungen seines Schülers zu tun haben könnte.

Er musste daran denken, dass sich seine eigene Familie ebenfalls praktisch aufgelöst hatte, und es war ihm längst klar geworden, wie wichtig neben seinen Freunden sein Beruf für ihn geworden war. Er erinnerte sich daran, wie schwer ihm nach Christines Auszug der schulische Alltag zunächst gefallen war. Eine Zeitlang hatte er sich in einer Art Schockzustand befunden. Ein Gefühl der Lähmung hatte ihn lange nicht verlassen. Er erlebte Schüler, Kollegen, ja selbst seinen eigenen Unterricht wie aus einer Distanz heraus. Es war so, als habe er mit dem, was er tat, gar nicht so recht etwas zu tun.

Doch das änderte sich. Er merkte bald, welche Bedeutung sein Beruf für ihn hatte. Es begriff, dass es außerhalb der Schule nur wenig gab, was ihn von seiner deprimierenden Situation ablenken und verhindern konnte, dass seine Gedanken ständig um seine eigene Person kreisten. Um die tägliche Rückkehr in seine leere Wohnung hinauszuzögern, hatte er begonnen, kleinere Aufgaben der Schulverwaltung zu übernehmen, denen er sich nach Unterrichtsschluss widmete. Für die Vorbereitung seiner eigenen Stunden nahm er sich jetzt ebenfalls mehr Zeit. Das lag auch schon daran, dass ihm die Konzentration schwerer fiel. Alles, was er machte, dauerte irgendwie länger. Auch bei den Korrekturen von Schülerarbeiten war ihm aufgefallen, dass die Aufmerksamkeitsspanne erheblich kürzer geworden war.

Seine Kollegen schienen irgendwann auch über seine neue Situation Bescheid zu wissen. Seine Frau wurde einfach nicht mehr erwähnt, auch nicht von den wenigen, die ihn etwas näher kannten und von denen er und Christine manchmal zu Geburtstagen eingeladen wurden. Solche Kontakte hatte er immer etwas gemieden und darauf Wert gelegt, sein privates Leben und den Beruf zu trennen. Wie weit auch die Schüler gehört hatten, was geschehen war, blieb unklar. Er ging jedenfalls für sich davon aus, dass sich solche Neuigkeiten schnell herumsprachen.

An seinem Schreibtisch sitzend, hörte er, wie draußen auf der Straße Nachbarn sich von Freunden laut lachend verabschiedeten. Wagentüren schlugen zu, ein Motor wurde angelassen und ein Auto fuhr hupend davon. Er hatte plötzlich ein heftiges Bedürfnis, etwas zu trinken. Er stand auf und ging hinunter ins Wohnzimmer. Auf dem Couchtisch fand er seine angebrochene Whiskyflasche und ein leeres Glas. Er goss sich ein gutes Maß des Single Malt ein. Stehend nahm er einen ersten kleinen Schluck.

Seit dem letzten September hatte er wider besseres Wissen versucht, mit Hilfe von Alkohol mit seinem neuen Leben leichter fertig zu werden. Dies war ganz automatisch geschehen, ohne dass er sich das ausdrücklich vorgenommen hätte. Er merkte natürlich bald, dass ihm das nicht half und überhaupt nicht guttat. Eines Nachts dann, als er wieder mehr in sich hineingeschüttet hatte als er vertragen konnte, hatte er sich hingesetzt und einen Brief an Christine verfasst. Als er ihn am nächsten Morgen fand, konnte er sich nur schwach erinnern, ihn geschrieben zu haben. Er war dann auch mehr als froh, dass er dieses Schriftstück – im Übrigen eine peinliche Mischung aus Wut und Selbstmitleid – nicht in einen Briefkasten geworfen hatte. Diese Erfahrung, die er nicht wiederholen wollte, half ihm aber, seinen Alkoholkonsum ein wenig besser in den Griff zu bekommen. Wenn er danach das Verlangen, etwas zu trinken, das ihn von Zeit zu Zeit überkam, auch nicht gänzlich abstellen konnte, so bemühte er sich doch, es unter Kontrolle zu halten.

Am schlimmsten waren die Nächte. Er konnte häufig nicht einschlafen und ging immer später ins Bett. Natürlich versuchte er auch, der Bettschwere mit Alkohol nachzuhelfen und lag dann trotzdem stundenlang wach. Oft machte er dann das Licht wieder an, nahm ein Buch und las. Einige Male war er, nachdem er endlich eingeschlafen war, hochgeschreckt, weil er meinte, Christine an der Haustür gehört zu haben. Beim ersten Mal war er sogar aufgestanden, um ihr entgegenzugehen. Dann war ihm aber eingefallen, dass sie keinen Hausschlüssel mehr hatte. Danach hatte er dann überhaupt keinen Schlaf mehr gefunden.

In diesen Nächten gab es einen Gedanken, dem er nicht entkommen konnte und der ihn besonders häufig wach hielt. Christines Bereitschaft, ihre Ehe aufs Spiel zu setzen, musste auch einen sexuellen Hintergrund haben. Er war sich sicher, dass alle, die von ihrem Davonlaufen gehört hatten, ebenso dachten. In den langen Stunden, in denen er jetzt wach lag, konnte er nicht verhindern, dass er auch über ihr Liebesleben nachdachte.

Ihm war eigentlich nie etwas aufgefallen. Klar, sie hatten sich vor einiger Zeit für getrennte Schlafzimmer entschieden, aber das war wegen seines Schnarchens und auf ihren Wunsch hin geschehen. Auf ihr „sex life" hatte das seiner Meinung nach so gut wie keinen Einfluss gehabt. Es war sicherlich richtig, dass sie früher häufiger miteinander geschlafen hatten. Aber dass dies weniger wurde, war mehr von ihr als von ihm ausgegangen. Seitdem sie einen vollen Job übernommen hatte, war sie, wenn sie abends nach Hause kam, häufig ziemlich erledigt und brauchte ihren Schlaf. Schon allein deshalb hatten sich ihre sexuellen Aktivitäten, wenn man von Ferien absah, weitgehend auf die Wochenenden verlegt. Er hatte eigentlich den Eindruck gehabt, dass Sex mit der Zeit für seine Frau ebenso wie für ihn etwas weniger Bedeutung bekommen hatte. Aber dies war bereits vor der Trennung der Schlafzimmer geschehen.

Und was die Sache selber anging, so wusste er, dass er in diesem Bereich nie ein großer Virtuose gewesen war. Aber Christine hatte zu keiner Zeit in irgendeiner Weise Andeutungen gemacht, dass sie in dieser Hinsicht etwas vermisste. Und trotzdem, irgendetwas musste ihr gefehlt haben, etwas, was er ihr nicht gegeben hatte und was sie bei einem anderen gesucht und offensichtlich gefunden hatte.

Er schüttelte den Kopf. Mit diesen ewigen Spekulationen musste er aufhören. Die führten sowieso zu nichts. Er stellte sein Whiskyglas ab, stieg die Treppe wieder hinauf und setzte sich an seinen Schreibtisch. Wenn das mit der Korrektur an diesem Abend noch klappen sollte, musste er sich zusammenzureißen und sich auf die vor ihm liegende Arbeit konzentrieren.

Jan war der Meinung, dass Juliets Vereinsamung innerhalb ihrer Familie durch die Gegenüberstellung mit Romeo besonders hervorgehoben wird. Anders als in ihrer Familie, bemühen sich seine Eltern darum, ihrem Sohn zu helfen und ihn zu verstehen, auch wenn dieser sich ihnen letztlich nicht anvertraut. Dafür hat er gute Freunde, auf die er sich bis zum Schluss verlassen kann.

6

Auch Colmar hatte Freunde, aber die konnten ihm in seiner Lage im Grunde nicht wirklich helfen. Es war ihm ohnehin nicht möglich, über das, was er fühlte, mit ihnen zu reden. Wie lange und wie gut sie sich auch immer kannten und wie sehr sie alle glaubten zu verstehen, was in den anderen jeweils vorging, über ihre Gefühle sprachen sie so gut wie nie. Es war Colmar vorher nie so deutlich gewesen, dass er jetzt, auch wenn er mit seinen Freunden zusammen war, mit seinen Problemen allein war.

Sie kannten sich seit ihrer Studentenzeit, und er hatte diese Freunde dann auch in die Ehe „eingebracht". Auch sie hatten ihr Studium an der Christian-Albrecht-Universität abgeschlossen, hatten wie er geheiratet und waren danach in Kiel geblieben. Armin war ebenso wie Colmar Lehrer, aber an einem anderen Kieler Gymnasium. Hans-Gerd hatte eine Zahnarztpraxis, und Wolf war Partner in einem Architektenbüro. Sie hatten immer eine enge Beziehung zueinander gehabt, was sich schon daran ablesen ließ, dass sie sich gegenseitig gerne als Taufpaten für ihre Kinder einsetzten. Mit ihren jungen Familien und den kleinen Kindern hatten sie früher viel Zeit miteinander verbracht. Besondere Höhepunkte waren damals ihre gemeinsamen Urlaubsreisen, an die auch Colmar gerne zurückdachte.

Sie reagierten sofort, als er sie über Christines Entscheidung informierte. Sie kamen am gleichen Abend noch zu ihm. Es fiel ihnen schwer zu glauben, was geschehen war, waren sie sich doch auch immer sicher gewesen, dass sie seine Frau gut kannten. Sie fragten ihn nach Erklärungen, die er nicht geben konnte, nach Anzeichen einer Krise, die er nicht bemerkt hatte. Sie versuchten ihn zu trösten. Christines Weglaufen schien ihnen kopflos und konnte ihrer Meinung nach doch nicht ihr letztes Wort in dieser

Sache sein. Es würde bestimmt noch alles gut werden. Als sie dann am späten Abend nach Hause fuhren, war ein Kasten Bier leer, aber besser fühlte er sich nicht.

Sie wussten natürlich ebenso wie er, dass ihre Möglichkeiten, ihm wirklich zu helfen, beschränkt waren. Trotzdem taten sie, was sie konnten, um ihn wenigstens ein wenig abzulenken und um ihm das Gefühl zu geben, dass er nicht allein war. Er wurde von ihnen eingeladen, sie initiierten gemeinsame Unternehmungen, wie Kino- und Theaterbesuche, und sie trafen sich verschiedentlich in Restaurants der Stadt. Sie versuchten anzuregen, dass ihr Tennisdoppel von nun an zweimal in der Woche stattfinden sollte, und sie machten zusammen kleinere Touren. Als das Wetter es wieder zuließ, gingen sie gemeinsam mit Wolfs Boot über ein Wochenende auf einen Segeltörn nach Dänemark. Auch zu Sportveranstaltungen nahmen sie ihn mit. Ob sie noch irgendeinen Kontakt zu Christine hatten, wusste er nicht. Er fragte sie auch nicht danach.

Ende Februar hatte Hans-Gerd für alle Karten für ein Punktspiel des THW in der ehemaligen „Ostseehalle" besorgt. Obwohl er in seiner Jugend selber Handball gespielt hatte, war die ganze Unternehmung für Colmar enttäuschend. Die Atmosphäre in der Arena, die inzwischen den Namen eines Kreditinstituts bekommen hatte, war ihm viel zu aufgeladen, und das Publikum kam ihm zum Teil fanatisch und unsportlich vor. Zu allem Überfluss lief ein albernes, als übergroßes Zebra verkleidetes Maskottchen um das Spielfeld herum. Überhaupt fühlte er sich einer Show ausgeliefert, die vielleicht Acht- bis Neunjährigen gefallen hätte.

Er erinnerte sich aber an diesen gemeinsamen Ausflug besonders deshalb, weil er während des Spiels mehrere Reihen vor sich plötzlich Christine sitzen sah. Ihm wurde schlagartig heiß, sein Herz fing an zu rasen und es wurde ihm schlecht. Die anderen bemerkten nichts. Von dem Rest der ersten Halbzeit bekam er nur wenig mit. Grossmann war offenbar nicht bei ihr. Da Christine sich nie für Handball interessiert hatte, wunderte er sich über ihre Anwesenheit. Als sie dann in der Halbzeitpause wie alle anderen Zuschauer aufstand und sich umdrehte, stellte er fest, dass es sich um eine völlig fremde Frau handelte. Sie hatte auf einmal überhaupt keine Ähnlichkeit mehr mit Christine.

Nach dem Spiel gingen die Freunde zusammen ein Bier trinken. Die Kneipe schien irgendwie „in" zu sein, und sie hatten Glück, in dem vollen Laden einen unbesetzten Tisch zu finden. Wolf, der dieses Lokal für sie ausgesucht hatte, schien sich hier auszukennen, jedenfalls vermittelte die Art, in der er mit der jungen Kellnerin schäkerte, diesen Eindruck. Am Nebentisch saßen zwei hübsche jüngere Frauen, die sich offenbar über die vier reifer wirkenden Herren in dieser Umgebung ein wenig zu wundern schienen. Armin war das nicht entgangen. Er blickte immer wieder zu ihnen hinüber. Er begann auch auf einmal, etwas lauter zu reden. Es war nicht zu übersehen, dass er auf die Nachbarinnen Eindruck machen wollte. Er stieß Colmar an.

„Na, was sagst du?"

Er bewegte seinen Kopf leicht in Richtung Nachbartisch. Als Colmar ihn verständnislos anschaute, fügte er hinzu:

„Wäre das nichts für dich?"

„Wie kommst du denn plötzlich auf so einen blöden Gedanken?"

Armin grinste ihn an.

„Du könntest doch. Du bist jetzt doch frei."

Die anderen schwiegen ein wenig betreten. Die Kellnerin brachte das Bier. Als sie gegangen war und Colmar einen ersten Schluck genommen hatte, war es Wolf, der sich nun an ihn wandte.

„Hast du was Neues von Christine gehört?"

„Nein."

Es entstand wieder eine kleine Pause. Wolf hatte ganz offensichtlich noch etwas anderes auf dem Herzen.

„Vielleicht solltest du doch noch mal versuchen, mit ihr Kontakt aufzunehmen."

Während Colmar noch überlegte, was er seinem Freund antworten sollte, reagierte Hans-Gerd.

„Ich weiß nicht, Wolf. Was sollte das denn bringen?"

„Warum sollte es denn nicht möglich sein, dass die beiden nach allem, was sie gemeinsam erlebt und durchgemacht haben, wieder zusammenkommen?"

Hans-Gerd schüttelte den Kopf.

„Mensch, Wolf, glaubst du das immer noch?"

„Na klar!"

Hans-Gerd nahm einen Schluck aus seinem Glas und wandte sich an Colmar:

„Und du? Was denkst du?"

Colmar zuckte mit den Schultern.

Hans-Gerd schüttelte jetzt den Kopf.

„Also, ich glaube nicht daran", sagte er und lehnte sich zurück. „Wenn ich mir das jetzt so überlege, passtet ihr irgendwie nie so richtig zusammen."

Colmar stellte sein Bierglas langsam auf dem Tisch ab.

„Wie meinst du das?"

„Ich hatte schon immer das Gefühl, dass Christine etwas mehr wollte als euer kleines Lehrerglück. Mit der großen Welt der Werbeagenturen konntest du doch von Anfang an nicht konkurrieren."

„Woher willst du das eigentlich wissen?"

„Das habe ich schon lange gespürt."

„Aber davon hast du mir nie etwas gesagt."

„Wie stellst du dir das denn vor? Hätte ich mich in deine Ehe einmischen sollen? Gebracht hätte das sowieso nichts?"

Colmar wurde etwas heftiger.

„Es hätte zumindest gebracht, dass ich gewusst hätte, was du denkst!"

„Aber das alles muss dir doch spätestens jetzt auch klar sein. Christine spielt nun in einer anderen Liga. Gegen das Haus in Hamburg hast du mit deiner Mietwohnung hier keine Chance."

Hans-Gerd nahm noch einen Schluck. Dann fügte er hinzu:

„Ihr jedenfalls scheint die Rolle in dieser anderen Umgebung zu gefallen. Und außerdem, dein Sohn hat sich mit der neuen Situation offensichtlich auch ganz prima arrangiert."

Das tat weh. Eine Zeit lang sagte keiner etwas. Colmar spielte mit seinem Bierdeckel. Er sah, dass die beiden Frauen vom Nebentisch aufgestanden waren, um zu gehen. Er wandte sich noch einmal an Hans-Gerd.

„Du kennst das Haus?"

„Ja, sie hatte uns alle zu ihrem Geburtstag eingeladen."

Christines Geburtstag war Anfang Februar. Er hatte sich nach langen Überlegungen nicht dazu durchringen können, ihr eine Glückwunschkarte zu schicken.

„Wolf wollte ja von vornherein nicht mitkommen", fügte Hans Gerd-Gerd hinzu. „Barbara und ich haben dann lange darüber gesprochen. Christine ist schließlich die Patentante unserer Tochter. Wir sind dann gefahren. Barbara findet sowieso, dass eure Trennung im Grunde eure Angelegenheit ist und uns nicht wirklich etwas angeht."

Barbara war Hans-Gerds Frau. Sie hatte von allen Ehepartnern seiner Freunde Christine am nächsten gestanden. Irgendwie konnte Colmar ihren Standpunkt auch verstehen. Es stimmte ja. Seine Probleme mit seiner Frau waren vor allem seine Sache und nicht die seiner Freunde. Trotzdem fühlte er sich ein weiteres Mal im Stich gelassen. Sie starrten alle eine Weile auf ihre inzwischen leeren Biergläser.

„Aber warum habt ihr mir denn davon nichts erzählt? Ich komme mir jetzt ziemlich bescheuert vor."

Armin räusperte sich.

„Ja, das hätten wir tun sollen. Wolf hat das auch gleich gesagt. Aber wir dachten, du könntest das nicht verstehen und würdest uns das übel nehmen."

„Was soll ich denn daran nicht verstehen? Klar versteh ich das."

Wieder schwiegen alle. Er beschloss jetzt, die Flucht nach vorn anzutreten.

„Na, was ist? Trinken wir noch ein Bier?"

Sie nickten alle. Ihre Erleichterung war spürbar. Er winkte die Kellnerin heran und machte seine Bestellung. Sie schauten ihr nach. Eine Sache aber wollte Colmar nicht aus dem Kopf gehen.

„Sag mal, Hans-Gerd. Das mit dem ‚kleinen Lehrerglück', hat sie das wirklich gesagt?"

„Quatsch, natürlich nicht. Das ist so meine Idee. Über euch haben wir im Übrigen überhaupt nicht gesprochen."

Das Bier kam. Sie hoben die Gläser und prosteten sich zu. Es schien, als sei zwischen ihnen alles wieder so, wie es immer gewesen war.

Es war in Hamburg, als er seinen Freund Hans-Gerd das nächste Mal zufällig sah. Colmar hatte endlich sein Versprechen eingelöst und seinen Sohn in dessen neuer Wohnung besucht. Jost hatte wirklich Glück gehabt. Mit dem großzügig geschnittenen Wohnraum und dem Schlafzimmer, der voll eingerichteten Küche und dem geräumigen Bad hatte er ein Zuhause gefunden, in dem er sich merklich wohl fühlte. Wenn man dann noch in Betracht zog, dass es von dort zur Uni nicht weit war und auch die Miete erschwinglich war, konnte man ihm nur gratulieren.

Als er am Nachmittag in sein Auto stieg, um zurück nach Kiel zu fahren, hatte er sich vorher bereits entschlossen, einen Umweg zu machen. Die Bemerkung, die sein Freund Hans-Gerd über das Haus gemacht hatte, in dem Christine jetzt wohnte, hatte er nicht vergessen. Irgendwann hatte er sich dann auch den Stadtplan von Hamburg vorgenommen und Grossmanns Adresse gefunden. Er hatte sogar versucht, mit Hilfe von Google Earth auf seinem Computer eine Vorstellung von dieser Wohngegend zu bekommen. Und wo er nun in Hamburg war, warum sollte er die Gelegenheit nicht nutzen, um sich selber ein Bild von dem Haus zu machen, für das seine Frau ihn und ihre gemeinsam Wohnung in Kiel verlassen hatte.

Das gestaltete sich schwieriger, als er sich das vorgestellt hatte. Es dauerte erheblich länger als er gedacht hatte, bevor er die gesuchte Straße fand. Dort brauchte er in dem lebhaften Verkehr wieder einige Zeit, bevor er an den wenigen Hausnummern, die er aus seinem Fahrzeug heraus erkennen konnte, feststellen musste, dass er in die falsche Richtung fuhr. Er wendete an einer Kreuzung und fand dann endlich auch Grossmanns Haus, das ein wenig entfernt von der Straße hinter einer dichten Hecke lag. Er fuhr vorbei und drehte wieder bei der nächsten Gelegenheit. Er fand in sicherer Entfernung auf der gegenüberliegenden Straßenseite eine Parklücke, von der aus er einen recht guten Blick auf das Grundstück hatte.

Hans-Gerd hatte recht: Das hier war wirklich eine ganz „andere Liga". Durch das offene Tor zu einer breiten Auffahrt konnte er das Haus mit den hohen weißen Sprossenfenstern gut erkennen. Die große Eingangstür war von Rhododendronbüschen weitgehend verdeckt. Er glaubte, jetzt besser verstehen zu können, was Hans-Gerd mit seinen Bemerkungen über Christines neues Leben gemeint haben könnte. Es war wirklich kein Wunder, dass auch Jost keine Probleme hatte, den neuen „Freund" seiner Mutter so sympathisch zu finden. Wahrscheinlich war dies hier die einfache Antwort auf die vielen Fragen, die er sich gestellt hatte.

Er hatte genug gesehen. Er startete den Wagen. Aber als er sich in den fließenden Verkehr einfädeln wollte, bekam er einen Schreck. Im Rückspiegel sah er den schwarzen BMW, den er kannte. Dieser fuhr an ihm vorbei, bog in die Einfahrt des von ihm beobachteten Hauses ein und rollte langsam die Auffahrt hinauf. Die Türen des Wagens öffneten sich. Grossmann und Christine stiegen aus. Seit jenem Abend im September war es das erste Mal, dass Colmar seine Frau wieder sah. Sein Herz hatte angefangen wie wild zu schlagen. Er konnte erkennen, dass sie lachten, als sie um das Fahrzeug herumgingen. Grossmann öffnete den Kofferraum und nahm eine große Einkaufstüte heraus. Dann schlug er die Klappe zu, legte einen Arm um Christines Schulter und küsste sie auf die Wange. Sie lachte immer noch. Colmar sah ihnen zu, wie sie zusammen auf das Haus zugingen und hinter den Rhododendronbüschen verschwanden.

Sein Magen hatte sich zusammengezogen. Ihm war wieder schlecht. Er wartete noch, bis sich bei ihm die Erregung etwas gelegt hatte, und fuhr dann langsam den Weg zurück, den er gekommen war. Nein, das hier war überhaupt keine gute Idee gewesen. Er hätte seiner Neugier nicht nachgeben dürfen. Hans-Gerds Kommentare hätten ihm Warnung genug sein müssen. Was hatte er sich denn eigentlich von dieser Unternehmung versprochen? Zu sehen, wie wohl sich Christine in ihrem neuen Umfeld offenbar fühlte, tat doch ziemlich weh. Eines aber nahm er sich vor: Diesen Hamburger Abstecher wollte er für sich behalten. Das konnte er niemandem erzählen. Auch seinen Freunden nicht. Das wäre zu peinlich, wenn die wüssten, dass er vor diesem Haus, in dem seine Frau jetzt lebte, wie ein Spanner herumgelungert hatte.

An diesem Nachmittag in Hamburg sollte er aber noch etwas anderes erleben, das er ebenfalls für sich zu behalten beschloss. Auf dem Weg durch die Innenstadt musste er an der Ampel vor dem Bahnhof Dammtor halten. Es versetzte ihm einen kleinen Schlag, als er vor sich auf der Nebenspur plötzlich

Hans-Gerds Sportwagen sah. Ja, es war sein Kieler Kennzeichen, und schräg von hinten konnte er seinen Freund in seiner üblichen Lederjacke deutlich erkennen. Die langhaarige Frau neben ihm hatte er noch nie gesehen. Colmar wollte gerade auf sich aufmerksam machen, da umarmten sich die beiden und küssten sich. Seine Hand, die über der Hupe schwebte, sank auf das Lenkrad zurück. Wie vom Donner gerührt starrte er auf die beiden Köpfe. Der Kuss, den sich die beiden gaben, war auch nicht gerade einer, den man seiner Schwester oder seiner Schwiegermutter geben würde. Als die Ampel wieder auf grün sprang, setzte sich Hans-Gerds Audi mit einem Kavalierstart in Bewegung und wechselte einige Autos vor Colmar die Fahrspur. Es bog an der nächsten Kreuzung rechts ab und war verschwunden.

Auf seiner Fahrt nach Kiel überlegte Colmar, wie er sich gegenüber seinem Freund und dessen Frau künftig verhalten sollte. Er fragte sich, ob er ihn nicht auf seine Beobachtung hin ansprechen müsste. Dann fiel ihm die Bemerkung wieder ein, die sein Hans-Gerd über Colmars und Christines Probleme gemacht hatte. Es war wohl so, wie dieser gesagt hatte. Das, was er gesehen hatte, war allein Barbaras und Hans-Gerds Angelegenheit und ging ja nach ihrem eigenen Verständnis niemand anderen etwas an.

Colmar selber hatte nie eine Affäre gehabt. Das hieß aber nicht, dass er sich nicht auch gelegentlich von anderen Frauen angezogen gefühlt hätte. Weiter ist es aber nie gegangen. Wenn er sich das so überlegte, musste er zugeben, dass er in dieser Beziehung wohl ziemliches Glück gehabt hatte. Er war zu keiner Zeit wirklich in Versuchung geführt worden. Dass er seiner Frau nie untreu geworden war, lag wahrscheinlich weniger an seiner moralischen Standfestigkeit als an dem glücklichen Umstand, dass er in dieser Beziehung niemals wirklich getestet worden war. Es hätte alles vielleicht auch ganz anders kommen können.

7

Viola, die Verfasserin der letzten Arbeit dieses Abends, war eine Schülerin, die durch ihren einjährigen Besuch einer amerikanischen High-School sprachlich sehr sicher geworden war. Sie konnte sich auf Englisch beeindruckend idiomatisch ausdrücken und machte auch schriftlich kaum Fehler. Die Durchsicht ihrer Ausführungen war gewöhnlich weniger mühevoll als die Überarbeitung der Texte ihrer Mitschüler. Die Korrektur dieses Aufsatzes sollte für ihn der „krönende Abschluss" seiner Bemühungen sein. Viola hatte sich ähnlich wie Annika mit der Bedeutung des Schicksals in Shakespeares Drama befasst. Aber anders als diese betonte sie, dass trotz aller unglücklichen Zufälle, die sich dem Glück der Liebenden in den Weg stellen, ihr Verhängnis letztlich vor allem die Folge persönlicher Entscheidungen sei, die von beiden bewusst getroffen werden.

Der Kaffee auf seinem Schreibtisch war inzwischen kalt geworden. Er überlegte, ob er sich einen frischen machen sollte, entschied sich aber dagegen. Richtig geschmeckt hatte er ihm ohnehin nicht. Er dachte an den Whisky, der unten im Wohnzimmer auf ihn wartete. Aber den würde er sich erst gönnen, wenn er mit der Korrektur insgesamt fertig war. Sozusagen als Belohnung.

Draußen bellte ein Hund. Das war bestimmt wieder der Dackel seines Nachbarn, der sich wahrscheinlich über irgendeinen Jogger ärgerte. Er stand wieder auf und ging ans Fenster. Es war inzwischen dunkel geworden. Die Straße war leer. Nur der schwarze Audi parkte immer noch oder schon wieder unter der Straßenlampe auf der anderen Seite. Er dachte, dass auch ihm etwas frische Luft gut tun würde und öffnete das Fenster. Wie auf ein Zeichen startete der Fahrer den Motor und fuhr davon.

Vor einiger Zeit hatte er einen Brief von Christine bekommen. Als er den Umschlag sah, reagierte sein Körper wie sonst auch immer: Ihm wurde schlecht, und sein Puls beschleunigte sich. Das kannte er schon. Er hatte es dann auch einen Tag lang nicht fertiggebracht, dieses Schreiben zu öffnen. Als es ihm dann endlich möglich war, überraschte ihn der Inhalt nicht sehr.

Hallo Thomas,

Ich kann mir sehr gut vorstellen, dass es dich einige Überwindung gekostet hat, diesen Brief zu öffnen. Du kannst mir aber glauben, auch mir ist es überhaupt nicht leichtgefallen, ihn zu schreiben.

Ich weiß, dass ich dich zutiefst verletzt habe. Ich kann mich nur wiederholen und dir sagen, dass mir alles sehr, sehr leidtut. Der Gedanke, dir wehgetan zu haben, macht mir selber schwer zu schaffen.

Es ist mir inzwischen jedoch auch klar geworden, dass für alle Beteiligten der augenblickliche Zustand nur schwer erträglich ist. Was geschehen ist, können wir nicht mehr ändern. Wir sollten uns nun beide überlegen, wie das Leben für uns weitergehen soll.

Vielleicht wäre es für alle die beste Lösung, wenn wir uns für eine grundsätzliche Trennung entscheiden würden.

Ich bin mir sicher, dass auch du bereits über einen solchen Schritt nachgedacht hast. Ich wäre dir dankbar, wenn du mich wissen lassen könntest, zu welchem Ergebnis du dabei gekommen bist.

Christine

Eine Mitteilung dieser Art hatte er Im Grunde seit einiger Zeit erwartet. Ganz offenkundig hatte sich Christine um einen sachlichen Ton bemüht, was ihm den Inhalt des Schreibens aber auch nicht angenehmer machte. Im Gegenteil. Diese nüchterne und beinahe geschäftsmäßige Bewertung ihrer Situation tat weh. Er wartete einen Moment, las dann den Brief mit etwas zittrigen Händen ein zweites Mal und legte ihn schließlich in eine Schublade seines Schreibtisches.

Natürlich war ihm der Gedanke an eine Scheidung auch schon durch den Kopf gegangen. Es war doch die logische Konsequenz dessen, was geschehen war. Das war ihm durchaus klar. Trotzdem wehrte er sich innerlich gegen diese Vorstellung. Es war ihm, als würde man durch diesen Schritt etwas, was er zutiefst als unfair und ungerecht empfand, offiziell anerkennen und obendrein auch noch juristisch absegnen. Er konnte und wollte einen so glatten Schlussstrich unter einen für ihn so schmerzhaften und vor allem demütigenden Vorgang nicht akzeptieren. Seine Wut und sein Zorn waren noch zu groß. Es war einfach nicht fair, was mit ihm passiert war, und das Eingeständnis, dass einem alles „sehr, sehr leidtat", auch wenn dies wahrscheinlich aufrichtig gemeint war, konnte das, was passiert war, doch nicht ungeschehen machen. Die Sache konnte für ihn nicht abgeschlossen sein, bevor er nicht selber dieses Gefühl hatte und es aufgehört hatte wehzutun.

Er stellte sich selber auch die Frage, ob hinter seiner Weigerung, sich auf einen endgültigen Trennungsschritt einzulassen, vielleicht doch die Hoffnung erkennbar war, dass alles wieder „gut werden" könnte. Es gab ja tatsächlich immer noch Momente, in denen er sich der Vorstellung nicht völlig entziehen konnte, dass es für ihn und Christine doch noch eine Art „happy ending" geben könne. Das geschah dann vornehmlich unter dem Einfluss von Alkohol. Aber immer wenn er dann nüchtern darüber nachdachte, musste er sich eingestehen, dass dies unsinnig war. Nach allem, was inzwischen geschehen war, konnte kein Mensch ernsthaft daran glauben, dass er und Christine wieder zusammenfinden und ein gemeinsames Leben aufnehmen könnten.

Er schaute auf seine Uhr. Es war beinahe viertel vor elf. Er musste sich dringend wieder konzentrieren und mit seiner Korrektur vorankommen. Erneut setzte er sich an den Schreibtisch und versuchte, sich wieder auf Violas Arbeit einzustellen. Er schreckte hoch, als das Telefon neben ihm klingelte. Da seine Freunde wussten, dass er in der Regel spät schlafen ging und dass außer ihm sonst niemand gestört werden konnte, war es nicht ungewöhnlich, dass er zu solchen Uhrzeiten angerufen wurde.

„Hallo! Hier ist Gisela. Entschuldige, dass ich dich jetzt noch störe. Du bist doch noch nicht im Bett, oder?"

Gisela war Armins Frau. Sie war auch im Schuldienst und hatte sich, seit er allein war, ihm gegenüber immer besonders mitfühlend gezeigt. Sie wirkte am Telefon immer etwas außer Atem.

„Wir haben uns hier nämlich gerade etwas überlegt. Es wäre doch schön, wenn wir uns alle am Samstag bei uns treffen könnten. Bevor wir in die Ferien fahren."

Colmar, der wusste, dass Armin und Gisela seit längerem einen Urlaub in Griechenland geplant hatten, erinnerte sie daran, dass er ja bereits am Donnerstag gleich nach der Schule nach Sylt fahren wollte.

Sie bedauerten beide, dass aus Giselas guter Idee nichts werden konnte. Das Treffen aber wollten sie nachholen, wenn sie nach dem Urlaub alle wieder in Kiel sein würden. Dann wünschten sie sich gegenseitig schöne Ferien und beendeten das Gespräch.

8

Wechselseitige Einladungen hatten bei den Freunden eine lange Tradition, und daran wurde auch festgehalten, nachdem Christine nicht mehr dabei war. Das einzig Neue war, dass Colmar, der weder Lust noch Talent zum Kochen hatte, in ein Restaurant einlud, wenn er an der Reihe war, ein Treffen auszurichten.

Bei diesen Zusammenkünften wurden für ihn jetzt zusätzlich weibliche „Zupasser" eingeladen, damit die gewohnte konventionelle „Balance" aufrechterhalten wurde. Dies waren anfänglich alleinstehende gemeinsame Bekannte, aber dann gab es auch fremde Damen, die man ihm offenbar für den Abend als Partnerinnen ausgesucht hatte. Man hoffte wohl, dass er an diesen Frauen Gefallen finden würde. Es hatte etwas Rührendes, wie seine Freunde ihm helfen wollten, wieder Anschluss an ein „normales" Leben zu finden. Diese Absicht war allerdings so durchsichtig, dass das Vorhaben nicht gelingen konnte.

Er hatte sich längst mit diesem Arrangement abgefunden, als vor einigen Wochen anlässlich einer Einladung bei Armin und Gisela auf einmal Anna neben ihm saß. Anna war eine neue Kollegin an Giselas Schule. Sie kam von einer Realschule in Niedersachsen und hatte sich aus irgendeinem Grund entschlossen, nach Kiel zu wechseln. Sie unterschied sich von den anderen Frauen, die er bei diesen Gelegenheiten getroffen hatte. Sie war hübscher und vor allem jünger. Außerdem merkte er bald, dass sie intelligent, charmant und erfrischend unbefangen war. Besonders gefiel ihm ihr ansteckendes Lachen.

Als sie sich später voneinander verabschiedeten, tat er etwas, was er vorher noch nie gemacht hatte. Er sagte:

„Es war sehr schön, Sie zu treffen. Vielleicht sehen wir uns ja mal wieder."

Ihre Reaktion überraschte ihn ziemlich und war ihm auch etwas peinlich. Sie lachte und sagte:

„Gerne. Ich steh im Telefonbuch."

In den folgenden Tagen dachte er gelegentlich an sie, aber angerufen hat er sie natürlich nicht. Ihre Reaktion auf seine Bemerkung hatte ihn eher ein wenig abgeschreckt. Wahrscheinlich hatte er sich in ihren Augen ziemlich lächerlich gemacht. Außerdem hätte er sich auch für eine Kontaktaufnahme bei Gisela noch einmal nach ihrem Nachnamen erkundigen oder gar direkt nach ihrer Telefonnummer fragen müssen. Der Gedanke war ihm unangenehm. So hatte er sie eigentlich schon ein bisschen vergessen, als er Anfang Mai eines Abends überraschend einen Anruf von ihr erhielt. Er hatte damit so wenig gerechnet, dass er sogar einen Moment brauchte, bevor er begriff, mit wem er sprach. Sie hatte seine Nummer von Gisela bekommen, und Colmar ging davon aus, dass dabei die Initiative von Armins Frau ausgegangen war, die sich wohl wieder um seinen Mangel an sozialen Kontakten Sorgen machte. Sie verabredeten, sich am folgenden Samstag in einem Restaurant zu treffen. Er schlug ein Lokal in der Stadt vor, und sie versprach, sich dort um acht einzufinden.

An diesem Abend war er überpünktlich. Als er zu dem vorher telefonisch reservierten Tisch geführt wurde, stellte er zu seinem Ärger fest, dass in einer Ecke des Raumes ein Kollege mit zwei anderen ihm nicht bekannten Männern saß. Der hatte ihn auch schon erspäht und winkte ihm zur Begrüßung freundlich zu.

Er hätte es natürlich lieber gehabt, wenn es für diese erste Verabredung mit einer Frau keinen Zeugen gegeben hätte. Ihm war allerdings auch klar, dass er in einer Stadt wie Kiel damit rechnen musste, von einem Bekannten gesehen zu werden. Er bestellte sich ein Bier, setzte seine Lesebrille auf und begann dann die Speisekarte zu studieren, die in diesem Lokal vornehm kurz gehalten war. Er sah sich vorsichtig um und stellte mit Erleichterung fest, dass das Restaurant gut besucht war. Aber nach einiger Zeit des Wartens schaute er dann doch verstohlen auf seine Uhr. Es war fünf nach acht. Unweigerlich musste er daran denken, dass er vielleicht versetzt worden war.

Aber dann kam sie doch, und sie sah toll aus in ihrer schwarzen Hose und der blass-grünen Bluse. Sie hatte ihre längeren dunklen Haare hinten zusammen gebunden und trug einen Pullover und eine Tasche über der Schulter. Sie strahlte ihn von weitem an. Er stand auf und ging ihr etwas entgegen. Zu seiner Überraschung gab sie ihm zur Begrüßung einen flüchtigen Kuss auf die Wange. Er fühlte, dass er augenblicklich einen roten Kopf bekam. Diese peinliche Reaktion hatte er zeitlebens nicht kontrollieren können. Während sie sich setzten, sah er natürlich, dass sie von seinem Kollegen am anderen Tisch beobachtet wurden. Anna nahm ein Handy aus ihrer Tasche und legte es neben sich auf den Tisch.

„Ich weiß. Ich bin etwas spät dran. Aber ich wollte auf keinen Fall als erste hier sein. Ich hasse es, wenn ich alleine in einer Kneipe warten muss."

Er lachte.

„Und ich dachte schon, Sie hätten sich entschlossen, mich hier doch noch sitzenzulassen."

Die Kellnerin kam und zündete die Kerze auf dem Tisch an. Anna bestellte sich ein Mineralwasser.

„Ich muss vorsichtig sein. Ich bin ja mit dem Auto hier."

Sie schaute sich in dem Lokal um.

„Hier war ich noch nicht. Es ist nett hier."

Inzwischen waren alle Tische besetzt. Ihm fiel jetzt der zum Teil erhebliche Altersunterschied bei einer Reihe der anderen Paare auf. Anna musste dies bestimmt auch bemerkt haben.

Gemeinsam widmeten sie sich dann zunächst der Speisekarte. Auf seine Anregung entschieden sie beide nach kurzer Beratung, ein Steak zu probieren. Colmar konnte sie überreden, dazu ein Glas trockenen Rotwein zu bestellen.

Während sie auf das Essen warteten, sprachen sie über sich. Sie hieß mit Nachnamen Voss. Offenbar hatte sie schon von Gisela einiges über seine Situation gehört. So blieb es ihm erspart, auf die Trennung von seiner Frau besonders eingehen zu müssen. Sie stellte ihm Fragen nach seiner Schule, seinem Sohn, seinen Interessen und seinen Ferienplänen. Es fiel ihm nicht schwer, mit ihr über sich zu reden. Sie wirkte ehrlich interessiert, schien ohne Neugier zu sein und hatte eine unaufdringliche Art, Fragen zu stellen.

Ihr Handy klingelte. Sie nahm es auf, schaute auf das Display und lachte.

„Das ist meine Freundin Ina", sagte sie grinsend, während sie eine Textnachricht überflog. „Sie möchte wissen, was ich gerade mache."

Er bemerkte, dass einige Gäste ein wenig aufgeschreckt zu ihnen herüberblickten. Ihr schien dies überhaupt nicht aufzufallen. Mit großer Geschwindigkeit tippte sie mit ihrem Daumen auf dem Gerät herum und legt es wieder auf den Tisch. Er hatte sein eigenes Mobiltelefon so gut wie nie bei sich und konnte damit auch nur recht umständlich umgehen. Wie so häufig in letzter Zeit kam er sich alt vor.

Er hatte dies Lokal wegen der bekannt guten Küche ausgesucht, und auch sie waren beide sehr zufrieden. Während sie aßen, erzählte sie ihm, dass sie nur sehr kurz verheiratet gewesen war und dass sie ihre Tochter Jane, die inzwischen fast sechs Jahre alt war, alleine erzog. Wo ihr geschiedener Mann geblieben war, sagte sie nicht. Sie hatte außerdem ein Jahr in Lyon studiert, ihr Examen in Göttingen abgelegt und danach an einer Realschule in Lüneburg die Fächer Französisch und Sport unterrichtet. Nach Kiel, woher ihre Familie ursprünglich kam, war sie vor ungefähr einem halben Jahr gezogen, ihrer Mutter wegen, die hier in einem Altenheim gepflegt wurde.

47

„Ich dachte auch, dass dies mit meinen 35 Jahren vielleicht die letzte Chance war, etwas Neues anzufangen."

„Und? Hat das geklappt?"

Sie verzog das Gesicht.

„Das soll sich erst noch herausstellen. So leicht ist das alles nicht."

Er nickte und musste plötzlich an Christines Brief denken.

„Das kann ich mir gut vorstellen", sagte er dann. „Auf alle Fälle drücke ich Ihnen die Daumen."

Colmars Kollege war mit seinen Begleitern aufgestanden. Sie hatten offensichtlich die Absicht zu gehen. Als er auf dem Weg zum Ausgang an ihrem Tisch vorbei kam, sagte er grinsend:

„Einen schönen Abend noch."

Anna sah ihm nach und schaute dann Colmar fragend an.

„Das war einer meiner Kollegen. Auf den hätte ich heute gerne verzichtet."

Sie lachte wieder, ging aber auf seine Bemerkung nicht ein. Sie schaute auf ihre Uhr und fragte, ob sie nicht zum Abschluss noch einen Kaffee trinken wollten. Er winkte die Kellnerin heran, bestellte für beide einen Espresso und bat um die Rechnung.

Der Kaffee kam. Sie überraschte ihn einmal mehr mit ihrer direkten und unbekümmerten Art.

„Ich finde, wir sollten uns ‚duzen'."

Natürlich war ihm als Lehrer nicht unbekannt, dass junge Leute untereinander fast nur das vertraute „Du" benutzten. Irgendwie fühlte er sich geschmeichelt, dass Anna ihm, der sich seines Alters in ihrer Gegenwart so bewusst war, diesen Vorschlag machte.

Er sagte ihr, dass dies eine gute Idee sei, und sie stießen scherzhaft mit ihren Kaffeetassen an, um diese Neuerung zu besiegeln. Sie lachte ihn an.

„Das sollten wir aber irgendwann noch zu mit einem passenderen Getränk wiederholen."

Nachdem er ihre Bemühungen, sich an der Rechnung zu beteiligen, als „unerwünschte Einmischung" abgewehrt und gezahlt hatte, erhoben sie sich und gingen. Irgendwie wurde er das Gefühl nicht los, dass sie von allen anderen Gästen beobachtet wurden.

Draußen fragte er, ob sie vielleicht nicht doch Lust hätte, irgendwo anders noch etwas zu trinken. Es musste ja nichts Alkoholisches sein

„Lust dazu habe ich schon, aber es geht leider nicht. Ich muss nach Hause."

Er begleitete sie zu ihrem Auto, einem kleinen roten Peugeot, den sie um die Ecke geparkt hatte. Sie blieb stehen und sah ihn an.

„Du darfst nicht sauer sein, aber ich muss wirklich nach Hause. Ich habe dem Babysitter versprochen, dass es nicht zu spät wird."

„Aber das verstehe ich doch."

Sie gaben sich die Hand. Sie sah ihn an und sagte dann:

„Aber wie wär's, wenn wir uns mal wieder treffen? Nächste Woche vielleicht?"

„Das klingt sehr gut. Ich würde dich dann abholen", sagte er etwas schnell und hoffte, dass er nicht zu deutlich gezeigt hatte, wie sehr er sich über ihren Vorschlag freute. Sie grinste.

„Super. Ich ruf dich aber noch an und sag dir Bescheid."

Sie hatte ihren Wagenschlüssel bereits in der Hand und wollte die Fahrertür öffnen. Dann drehte sie sich plötzlich noch einmal zu ihm um.

„Moment, du brauchst ja meine Adresse und meine Handynummer, falls etwas dazwischen kommt."

Sie fischte ein Notizbuch und einen Kuli aus ihrer Handtasche und begann zu schreiben. Dann riss sie die Seite heraus und gab sie ihm. Sie verabschiedeten sich ein zweites Mal, und diesmal war er es, der ihr einen kleinen Kuss auf die Wange gab. Sie schien das erwartet zu haben. Als sie im Wagen saß und losfuhr, winkte sie ihm noch einmal zu.

9

Aber dann rief sie doch nicht an. Er wartete, und nachdem eine Woche verstrichen war, fasste er sich schließlich ein Herz und wählte ihre Nummer. Er erreichte nur ihre Mobilbox und hinterließ eine kurze Nachricht.

„Hallo, hier ist Thomas. Es wäre schön, wenn du dich melden würdest."

Den Gefallen tat sie ihm nicht. Das war es dann wohl. Das hätte er sich eigentlich auch gleich denken können. Was war er doch für ein Esel! Er hatte sich schon wieder lächerlich gemacht. Wahrscheinlich hatte er ihr bei ihrem Abschied nur leidgetan. Und er hatte ihr Interesse an einem Wiedersehn ernst genommen. Und wenn er ehrlich war, passten sie doch auch gar nicht zusammen. Das konnte ja jeder sehen. Man brauchte doch nur an ihren Altersunterschied zu denken. Sie hatte eine kleine Tochter und ihr eigenes Leben, in dem er sowieso keinen Platz hatte. Was hatte er sich denn auch vorgestellt? Eine Freundschaft? Eine kurze Affäre? Vielleicht sogar eine längere Beziehung? Er wusste es ja selber nicht.

Aber dann sah er sie doch nach einigen Wochen zufällig wieder. Es war Ende Mai. Er hatte sich mit Wolf verabredet, um sich mit ihm einen Film anzusehen. Der Streifen „Lost in Translation" war ihm von seinem Sohn Jost sehr empfohlen worden. Sie trafen sich vor einem Kieler Programmkino, das man in einer ehemaligen Fabrik eingerichtet hatte. Nach der Vorstellung beschlossen sie, in der Gaststätte, die ebenfalls in dem Gebäude untergebracht war, noch etwas zu trinken. Das Lokal war gut besucht. Allem Anschein nach wurde es besonders von Studenten geschätzt.

Eine einstige Fabrikhalle war in ein riesiges Restaurant umgewandelt worden. Es gab drei Ebenen, die durch Treppen miteinander verbunden waren.

Trotz der Größe dieses ungewöhnlichen Gastraumes konnte man überall recht gemütlich sitzen, was wohl vor allem daran lag, dass die Kerzen auf den Holztischen, an denen man saß, hier die wichtigsten Lichtquellen waren.

Sie fanden auch gleich in der Nähe des Eingangs einen freien Tisch. Während sie auf ihr Bier warteten, unterhielten sie sich über den Film, der ihnen beiden sehr gefallen hatte. Als sie schließlich ihr Getränk hatten, wechselte Wolf plötzlich das Thema.

„Sag mal, hast du in den letzten Tagen mal mit Hans-Gerd gesprochen?"

„Nein. Warum fragst du?"

„Ich habe ihn vorhin angerufen. Wollte ihn fragen, ob er nicht Lust hätte, mit uns in den Film zu gehen", erklärte Wolf und machte eine kleine Pause. „Ich hatte den Eindruck, er und Barbara haben im Augenblick richtig Zoff."

„Wie kommst du darauf?"

„Barbara war ziemlich komisch am Telefon. Es klang so, als hätte sie geheult".

Wolf nahm einen Schluck von seinem Bier.

„Außerdem hat Hans-Gerd mir dann auch selber so was Ähnliches angedeutet", fügte er dann hinzu. „Er sagte, er müsse was mit Barbara in Ordnung bringen. Für mich hörte sich das so an, als ginge es um eine andere Frau."

„Vielleicht hat Barbara ihn jetzt erwischt."

Colmar ärgerte sich sofort darüber, dass ihm diese Anspielung herausgerutscht war. Er hatte sich ja von Anfang an vorgenommen, seine zufällige Beobachtung in Hamburg für sich zu behalten. Wolf schaute ihn verblüfft an.

„Was meinst du damit? Weißt du irgendwas?"

Colmar überlegte einen Moment. Für einen Rückzug war es jetzt zu spät. Seine Bemerkung ließ sich nun nicht mehr rückgängig machen.

„Ich habe ihn vor einiger Zeit in Hamburg mit jemandem gesehen. Und das war für meine Begriffe ziemlich eindeutig."

Auch er nahm jetzt einen Schluck und stellte sein Glas wieder auf den Tisch. Dann sah er Wolf an.

„Hans-Gerd hat doch bestimmt irgendwas laufen. Wir wissen doch alle, dass er kein Kind von Traurigkeit ist", sagte er. „Christine hat mir übrigens früher auch schon mal so was angedeutet."

„Scheiße! Willst du etwa sagen, dass er es auch bei Christine versucht hat?"

„Nein. Das glaube ich nicht. Sie wusste das von Barbara. Die hat ihr wohl so etwas erzählt."

Wolf schüttelte den Kopf. Kurz danach entschuldigte er sich, um auf die Toilette zu gehen.

Colmar starrte in sein Bierglas. Auf diesen Gedanken mit Christine war er noch gar nicht gekommen. Wie konnte er sich denn bei ihr überhaupt noch sicher sein, dass sie ihm immer alles erzählt hatte?

Er wunderte sich darüber, dass sich sein eigenes Mitgefühl in Bezug auf Hans-Gerd und Barbara in Grenzen hielt. Er schämte sich sogar ein wenig über den Anflug von Schadenfreude, den er bei sich feststellen konnte. Aber er war bestimmt nicht der einzige, der sich gelegentlich über die verletzende und selbstgerechte Direktheit geärgert hatte, mit der sich Hans-Gerd über die Empfindungen anderer hinwegsetzen konnte.

Doch die ganze Sache hatte noch eine andere Seite, und die hieß Barbara. Colmar hatte in den vergangenen Wochen häufiger an die zufällige Begegnung vor dem Hamburger Dammtorbahnhof gedacht. Er hatte dabei feststellen müssen, dass es ihm doch nicht so leicht fiel, das, was er dort gesehen hatte, schlicht als Barbaras und Hans-Gerds Angelegenheit zu betrachten, wie er sich das eigentlich vorgenommen hatte. Er fühlte sich als „Mitwisser" und irgendwie selber in den Betrug mit verwickelt. Immer wenn er in letzter Zeit Barbara begegnet war, hatte er das Gefühl

gehabt, dass sie ihm sein schlechtes Gewissen anmerken müsste. Aber was sollte er denn tun? Nach wie
vor konnte und wollte er sich auf keinen Fall in die
Ehe der beiden einmischen. Aber es war ihm auch
nicht möglich, den Gedanken loszuwerden, dass sein
Schweigen gegenüber Barbara bereits eine „Einmischung" darstellte, mit der er sich irgendwie zu einem
Komplizen seines Freundes gemacht hatte.

Er schaute sich im Raum um. Das Lokal war
wirklich gut besucht. Und dann sah er sie. Anna saß
an einem der Tische auf der Empore, zu der eine
Treppe hinauf führte. Bei ihr war noch eine andere
junge Frau. Offenbar hatte sie ihn schon eine Zeit lang
beobachtet, denn als er sie entdeckte, reagierte sie
sofort und hob grüßend eine Hand. Er winkte zurück.
Dann beugte sie sich etwas vor und sprach zu ihrer
Begleiterin. Diese drehte sich nun ebenfalls um und
sah zu ihm herüber. Plötzlich fingen beide an zu
lachen. Sie schienen sich gut auf seine Kosten zu
amüsieren. Er merkte, dass es ihm in seinem Rollkragenpullover ziemlich heiß wurde.

Wolf kam zurück und setzte sich wieder zu ihm.

„Ein kleines Bier sollten wir noch trinken", sagte
er und schaute ihn an. „Dir scheint ja auch ganz schön
warm zu sein."

Wolf, der wie immer ein Jackett trug, knöpfte
den Kragen seines Hemdes auf und lockerte die
Krawatte. Dann machten sie ihre Bestellung. Colmar
musste gegen seinen Willen immer wieder zu Anna
hinüber gucken. Er war sicher, dass auch sie ihn
weiter beobachtete. Wolf bemerkte, dass er recht still
geworden war, führte dies jedoch allem Anschein
nach auf die Situation ihres Freundes Hans-Gerd
zurück, über die sie zuvor gesprochen hatten. Er war
spürbar bemüht, Colmar etwas aufzumuntern.

„Das mit Hans-Gerd und Barbara muss ja gar
nicht so dramatisch sein. Das ist sicher nur so ein
üblicher Ehekrach. Bestimmt lässt sich das wieder
einrenken."

„Ich hoffe, du hast recht damit", antwortete Colmar.

Als sie gezahlt hatten und gingen, grüßte er noch einmal zu Anna hinüber. Wolf, dem das nicht entgangen war, erkannte sie sofort.

„He, ist das nicht Giselas Kollegin, mit der wir bei ihr eingeladen waren? Sieht gut aus. Kennst du sie inzwischen näher?"

„Nein."

Er hatte keine Lust über seine kurze Beziehung zu Anna zu reden, auch nicht mit Wolf, der ihm von all seinen Freunden am nächsten stand.

Ihr Anruf kam am nächsten Abend.

„Hi! Thomas, hier ist Anna."

Er brauchte einen Moment, bevor er reagieren konnte.

„Anna! Das ist aber wirklich eine Überraschung!"

„Das kann ich mir denken", sagte sie nach einer kleinen Pause. „Ich hatte schon lange vor, dich anzurufen. Ehrlich! Aber irgendwie habe ich dann doch gekniffen."

Er wusste nicht, was er darauf antworten sollte.

„Ich dachte dann auch, dass es vielleicht besser so war", fügte sie hinzu.

„Ich verstehe."

„Ich weiß nicht, ob du das wirklich verstehst. Aber sag mal, wie geht es dir denn so?"

Den Gedankensprung fand er komisch.

„Es könnte nicht besser sein, wie du dir sicher vorstellen kannst."

Er hörte ihr Lachen, das ihm schon bei ihrer ersten Begegnung aufgefallen war. Dann wurde sie wieder ernst.

„Gestern Abend sahst du aber eher etwas traurig aus, als ich dich so alleine an deinem Tisch sitzen sah."

„Unsinn, das lag bestimmt an der dunklen Beleuchtung in dieser Kneipe."

„Nee, das glaube ich nicht. Außerdem, meine Freundin Ina hat das auch gesagt."

„Ich hatte mehr den Eindruck, dass ihr euch über mich lustig gemacht habt."

„Wie kommst du denn darauf? Ina fand übrigens, dass du richtig „*cool*" aussahst in deinem schwarzen Rollkragenpullover. Ganz ehrlich!"

„Sehr witzig. Darüber hätte ich auch gelacht."

Sie war offenbar nicht alleine. Er hörte, dass am anderen Ende im Hintergrund gesprochen wurde.

„Moment mal, Thomas."

Er hörte, wie sie mit jemandem redete, konnte aber nicht verstehen, worum es ging. Dann war sie wieder am Apparat.

„Entschuldigung. Meine kleine Tochter ist im Moment etwas schwierig. Aber warum ich dich anrufe: Wollen wir unsere Verabredung nicht doch vielleicht noch nachholen? Hättest du immer noch Lust dazu?"

Er antwortete nach einer kleinen Pause.

„Na klar, Anna. Das habe ich. Aber ich möchte auf keinen Fall, dass du dich irgendwie ..."

Sie unterbrach ihn.

„Quatsch! So was liegt mir sowieso nicht. Also, was ist?"

„Und wann?"

„Wie wär's mit Freitag? Acht Uhr? Aber diesmal bin ich dran, ein Lokal auszusuchen."

„OK. Dann hole ich dich gegen acht ab."

„Super! Bis dann also. Ich muss jetzt Schluss machen. Jane ist schon ziemlich ungeduldig und zickt hier rum."

Nachdem sie noch einmal ihre Adresse genannt und aufgelegt hatte, versuchte er, die neue Situation einzuordnen. Natürlich freute es ihn, dass sie sich doch noch bei ihm gemeldet hatte. Ihr gemeinsamer Abend hatte ihm sehr gefallen, schon allein deshalb, weil er eine Abwechslung in seiner eintönigen täglichen Routine gewesen war.

Auf der anderen Seite fragte er sich, warum sie denn mit ihrem Anruf so lange gewartet hatte. Sie hatte ja seine Andeutung sofort abgeblockt, aber dass sie sich jetzt noch einmal bei ihm gemeldet hatte, hing doch bestimmt auch ein wenig mit einem schlechten Gewissen zusammen. Immerhin hatte sie ihr Versprechen, ihn anzurufen, nicht gehalten. Auf alle Fälle nahm er sich vor, bei ihrem nächsten Treffen in einem Punkt ganz deutlich zu sein: Was immer bei ihrer Verabredung passieren würde, er wollte Anna nie das Gefühl geben, dass er etwas von ihr erwartete.

10

Am nächsten Freitag stand er pünktlich an der Tür ihrer Wohnung im Kieler Stadtteil Suchsdorf und klingelte. Sie hatte ihn offenbar schon erwartet, denn als sie öffnete, trug sie bereits eine Jacke und hatte ihre Tasche in der Hand. Sie sagte „Hallo" und trat ein wenig an die Seite. Hinter ihr stand ein kleines Mädchen.

„Das ist Jane, meine Tochter."

Jane hatte die dichten, dunklen Haare ihrer Mutter. Sie trug zwei kurze Zöpfchen und schaute ihn mit ernsten, großen Augen stumm an. Er bemühte sich um ein gewinnendes Lächeln.

„Hallo, Jane!"

Das kleine Mädchen verzog keine Miene.

„Hallo", sagte sie.

Ihre Mutter beugte sich etwas zu ihr herab.

„Jane, das ist Thomas. Ich habe dir ja von ihm schon erzählt."

Die Kleine hatte ihn die ganze Zeit nicht aus den Augen gelassen und schwieg. Im Hintergrund sah er jetzt ein junges Mädchen, das sechzehn oder siebzehn Jahre alt sein mochte.

„Das ist Gesa. Sie ist unser Babysitter."

„Hallo, Gesa", sagte Colmar. Das Mädchen lächelte freundlich und winkte ihm kurz zu.

Anna gab ihrer Tochter einen Kuss.

„Viel Spaß, ihr beiden! Es wird bestimmt nicht zu spät werden. Versprochen! Also, tschüss!"

Dann wandte sie sich ihm zu.

„Ich glaube, wir können jetzt."

Sie gingen zu seinem Wagen, der vor dem Haus stand, und stiegen ein. Als sie dann losfuhren, winkten die beiden Mädchen ihnen nach.

„Gesa ist eine meiner Schülerinnen. Sie wohnt in der Nachbarschaft. Ich bin sehr froh, dass ich sie habe."

„Deine Tochter ist sehr niedlich. Sie hat mich allerdings sehr streng gemustert. Besonders scheine ich ihr nicht gefallen zu haben."

„Da musst du dir keinen Kopf machen. Sie schaut sich immer alle Männer genau an, mit denen ich was zu tun habe. Wahrscheinlich befürchtet sie jedes Mal das Schlimmste, egal, was ich ihr auch erzähle."

„Ach du meine Güte! Dann muss sie ja bei meinem Anblick einen gehörigen Schreck bekommen haben", sagte er und lachte. „Ich hoffe, du wirst sie noch etwas beruhigen können."

Anna grinste ihn an.

„Ich werde mir Mühe geben", antwortete sie.

Sie beschrieb ihm dann den Weg zu dem Lokal, das sie für den Abend ausgewählt hatte. Die Bar war ihm dem Namen nach bekannt. Er hatte so ein Gefühl, dass es sich um eine dieser neuen Yuppie-Kneipen handeln könnte, die in Kiel etwas in Mode gekommen waren.

Die Geländewagen auf dem Parkplatz sagten ihm, dass er mit seiner Vermutung wohl recht gehabt hatte. Sie gingen durch die Tür, und ihm war klar, dass Gespräche an diesem Abend wohl etwas mühsam sein würden. Der Lärmpegel war erstaunlich hoch, angeheizt durch Musik, die nach seiner Einschätzung viel zu laut war. Bei den Männern hielten sich glatt rasierte Schädel und gegelte Haarschöpfe ungefähr die Waage. Die meisten versuchten, mit „Drei-Tage-Bärten" ihrem männlichen Aussehen ein wenig nachzuhelfen. Er sah mit einem Blick, dass er an diesem Abend unter den Gästen wahrscheinlich mit Abstand der Älteste war.

Auch Anna hatte im Voraus einen Tisch reserviert, der sich, wie er erleichtert feststellte, in einer hinteren Ecke und etwas entfernt von den Lautsprecherboxen befand. Sie hatten kaum Platz genommen, da sprach ihn auch schon eine Serviererin mit seinem Namen an. Es handelte sich um eine seiner Schülerinnen, die sich hier mit diesem Nebenjob Geld verdiente. Sie schien auch Anna als Gast zu kennen. Er bestellte wie üblich sein Bier, und sie entschied sich für ein Glas Wein. Aus dem umfangreichen und für ihn etwas verwirrenden Angebot der Speisekarte wählte er schließlich eine Pizza. Damit glaubte er wenig falsch machen zu können. Anna bestellte sich einen Salat mit Meeresfrüchten.

Sie erzählte ihm, dass sie in diesem Lokal mit ihren Freundinnen schon häufiger gewesen sei. Sie mochte die lockere und ungezwungene Atmosphäre dieses „Ladens". Er schaute sich nun um und musste sich eingestehen, dass ihm hier die jungen weiblichen Gäste besser gefielen als die Damen in dem „gehobenen" Restaurant, das er für ihr erstes Treffen ausgesucht hatte. Trotzdem konnte er das Gefühl nicht loswerden, dass er selber hier eigentlich nicht so recht hingehörte.

Anna rückte plötzlich ganz nah an den Tisch heran, um die Geräuschkulisse zu übertönen.

„Warum ich mich nicht eher bei dir gemeldet habe", sagte sie. „Ich glaube, ich sollte dir dazu noch etwas sagen."

„Das brauchst du nicht. Erklärungen schuldest du mir überhaupt nicht."

„Doch, das tu ich. Auch für mich selber."

Sie schien zu überlegen, wie sie weitermachen sollte.

„Ich wurde nach unserem Abend doch etwas unsicher", sagte sie dann und sah ihn dabei an. „Du bist auch so ganz anders als die Leute, mit denen ich sonst zusammen bin. Und wir beide sind ja auch ziemlich verschieden."

„Klar! Und vor allem bin ich viel älter".

„Das ist doch Quatsch! Du solltest nicht immer mit deinem Alter kokettieren."

Dann fing sie an zu kichern.

„Du wirkst manchmal höchstens ein bisschen altmodisch. Aber damit habe ich überhaupt keine Probleme. Ich mag das sogar."

Sie musste ihm jetzt die Verblüffung angesehen haben, die ihre Bemerkung bei ihm ausgelöst hatte, denn sie fügte hinzu:

„Ehrlich! Da brauchst du gar nicht so zu gucken!"

Nun war er es, der grinsen musste.

„Na, dann passen wir ja toll zusammen."

Er rückte ebenfalls ganz dicht an den Tisch heran.

„Hör mal, Anna. Ich möchte, dass etwas ganz klar ist zwischen uns", sagte er. „Ich bin gerne mit dir zusammen. Ich wünsche mir aber auch, dass es dir ebenfalls Spaß macht, wenn wir uns treffen. Sollte einer von uns das Gefühl haben, das dies nicht der Fall ist, blasen wir die ganze Sache einfach ab. Ohne Erklärung. Ist das OK für dich?"

Sie lachte ihn an.

„Sehr OK!"

Die Pizza schmeckte überraschend gut. Trotz der störenden Geräuschkulisse gelang es ihnen, eine Unterhaltung zu beginnen. Sie berichteten sich gegenseitig, wie es ihnen in den Wochen ergangen war. Sie freuten sich beide auf die bevorstehenden Ferien. Über seine Pläne hatten sie bei ihrem ersten Treffen bereits gesprochen. Sie selber hatte vor, mit ihrer Tochter Freunde in Südfrankreich zu besuchen. Dann erzählte sie ihm, dass Jane eine lange Zeit mit dem Umzug nach Kiel nicht so recht fertig geworden sei. Sie vermisste ihre alten Freunde. Anna hoffte, dass sich dies jetzt mit der Schule ändern würde.

„Es ist für mich allein manchmal ganz schön schwierig. Ich hoffe nur, dass das anders wird, wenn sie etwas älter und selbstständiger ist."

Anna selber hatte inzwischen in Kiel zwei Freundinnen, Ina und Kirsten. Wenn es sich einrichten ließ, machten sie zusammen zweimal die Woche

Aerobic und gingen gelegentlich auch joggen, um sich in Form zu halten. Er nahm sich jetzt vor, nach der längeren Pause, die er eingelegt hatte, ebenfalls wieder mit dem Laufen zu beginnen.

Es überraschte ihn selber ein wenig, dass er ihr vorsichtig Schwierigkeiten seines Alltags zu schildern begann. Selbst seinen Freunden gegenüber versuchte er immer noch, dies nach Möglichkeit zu vermeiden. Über Christine sprachen sie nicht. Anna liebte französische Chansons, aber auch klassische Musik. Seine Vorliebe für *„country music"*, die sich in den letzten Monaten verstärkt hatte, teilte sie allerdings nicht. Dafür fand sie, dass einige Popgruppen, deren Namen er nicht einmal kannte, „einfach genial" waren.

„Hallo, Anna! Schön, dass du auch mal wieder hier bist."

Sie hatten gar nicht bemerkt, dass sich eine gut aussehende junge Frau und ihr Begleiter, an dem ihm sofort die mit Gel gestylte Frisur auffiel, ihrem Tisch genähert hatten. Colmar fühlte sich interessiert gemustert.

„Hallo, Birthe. Ich habe mir schon gedacht, dass ich euch hier sehen würde. Grüß dich, Jon! Dies ist übrigens Thomas."

Colmar war aufgestanden und gab beiden die Hand.

„Wir haben uns alle schon ein bisschen gewundert, was du so treibst, Anna", bemerkte die junge Frau und schaute Colmar an.

„Ich hatte wenig Zeit in den letzten Wochen", antwortete Anna.

„Ich hoffe, dir geht es gut. Was macht Tim? Hast du was Neues von ihm gehört?"

„Nein. In letzter Zeit nicht. Ich glaube, er ist sehr beschäftigt."

„Grüß ihn von uns, wenn du ihm schreibst", sagte Birthe und sah dann zur langen Bar hinüber. „Super! Dahinten wird für uns ein Platz frei gehalten. Also bis dann. Wir sehen uns bestimmt noch."

Ihr Begleiter hatte die ganze Zeit gelächelt, aber nichts gesagt. Er hob wie sie einen Gruß andeutend die Hand, und dann bewegten sich beide in Richtung Bar, von wo ihnen jemand ein Zeichen gegeben hatte.

Sie schauten ihnen einen Moment nach, ohne etwas zu sagen.

„Die beiden habe ich auch in meinem Aerobic-Kurs getroffen. Sie haben mir in der ersten Zeit etwas geholfen, als ich hier noch neu war und niemanden so richtig kannte."

Er nickte. Tim. Wer war Tim? Dieser Name war bisher überhaupt noch nicht aufgetaucht. Die Serviererin trug ihre leeren Teller ab, und sie bestellten sich noch einmal etwas zu trinken. Anna schien zu ahnen, was in seinem Kopf vorging.

„Tim ist Meeresbiologe. Ich war mit ihm hier eine Zeit lang zusammen. Ihm wurde vor einem Monat ein Job in Brisbane angeboten. Dort ist er jetzt. Ich habe schon eine Weile nichts von ihm gehört."

Colmar überlegte einen Moment.

„Hast du nicht darüber nachgedacht mitzugehen?"

„Das stand nie zur Debatte. Die ganze Sache war eigentlich schon vorher erledigt"

Er zog es vor, auf dieses Thema nicht weiter einzugehen. Den Rest des Abends widmeten sie dann weiter dem vorsichtigen Versuch, mehr voneinander zu erfahren und sich besser kennen zu lernen.

Er fuhr sie nach Hause, und sie waren sich einig, dass sie sich wiedersehen wollten. Es war unklar, ob dies noch einmal vor ihren Ferien sein konnte. Die Zeit wurde etwas knapp dafür. Auf alle Fälle nahmen sie sich vor, noch einmal miteinander zu telefonieren.

Als er vor ihrer Wohnung hielt, nahm sie ihre Tasche auf, die sie neben sich auf den Boden gestellt hatte. Sie sah ihn an.

„Das war wieder ein schöner Abend. Ich bin froh, dass ich dich angerufen habe."

Sie öffnete die Beifahrertür, drehte sich dann aber doch noch einmal zu ihm und gab ihm einen kleinen Kuss auf die rechte Wange.

„Gute Nacht, Thomas! Schlaf gut! Wir telefonieren. Diesmal ganz bestimmt."

Sie stieg aus und ging zu ihrer Eingangstür. Dort drehte sie sich noch einmal zu ihm um und winkte. Colmar wartete, bis sie im Haus verschwunden war. Auf dem Weg zurück in seine leere Wohnung musste er zugeben, dass er den Abend in dieser Kneipe, in die er eigentlich nicht gehörte, genossen hatte. Er hatte sich mit Anna sehr wohl gefühlt. Es war merkwürdig, dass dies bei ihm so etwas wie ein schlechtes Gewissen verursachte. Irgendwie hatte er das Empfinden, dass ihm eine solche „Normalität" gar nicht zustand.

11

Er hatte es jetzt beinahe geschafft. Wie erwartet, machte ihm die allerletzte Korrektur keine Probleme. Viola hatte mit ihrer Arbeit nicht enttäuscht und ihren Interpretationsansatz konsequent verfolgt. Vielleicht beurteilte sie dabei Romeos spontane und unüberlegte Aktionen, die sich auf das Schicksal der jungen Liebenden so unglücklich auswirken, ein wenig streng.

Colmar war erleichtert, als er auch das letzte Heft zuklappen und auf den Stapel mit den anderen Klausuren legen konnte. Er deponierte dann alle Arbeiten neben seine Aktentasche auf dem Fußboden, um sicherzustellen, dass sie am nächsten Tag auf dem Weg zur Schule nicht vergessen wurden. Sein Aufbruch war morgens immer ziemlich hektisch.

Er schloss das Fenster und stellte fest, dass gegenüber auf der Straße wieder der schwarze Audi parkte. Diesmal glaubte er, in ihm zwei Personen erkennen zu können, die sich, ihren Gesten nach zu urteilen, angeregt unterhielten. Jetzt war er sich nicht mehr sicher, dass dies der Wagen war, den er zuvor an der gleichen Stelle gesehen hatte.

Er nahm seinen Kaffeebecher und ging hinunter in die Küche, wo er ihn in die Spüle stellte. Frau Harber, die am nächsten Vormittag im Hause wieder für Ordnung sorgte, würde sich dann um den Abwasch kümmern. Es fiel ihm ein, dass er nicht wieder vergessen durfte, ihr das Geld für die Woche hinzulegen. Er nahm die vereinbarte Summe aus seinem Portmonee und legte sie, wie abgesprochen, an die gewohnte Stelle auf das Regal neben dem Kühlschrank. Dann riss er einen Zettel vom Notizblock an der Wand ab, schrieb einen kurzen Gruß und legte ihn auf das Geld. Früher hatte sich Christine immer um diese Dinge gekümmert.

Ihm fiel Anna ein. Nach ihrem Treffen vor mehr als einer Woche hatten sie zweimal miteinander telefoniert. Auch sie klagte am Schuljahresende über viel Arbeit. Obwohl sie beide gehofft hatten, sich vor den Ferien noch einmal zu sehen, würde es dazu wohl doch nicht mehr kommen. Nachmittage kamen für sie im Moment für Unternehmungen auch nicht in Frage, da sie sich um ihre Tochter kümmern musste und darüber hinaus ihre Mutter in ihrem Pflegeheim regelmäßig besuchte. Immerhin verabredeten sie, nach dem Urlaub einmal zusammen joggen zu gehen. Anna hatte versprochen, ihn vor seiner Abreise noch einmal anzurufen.

Er wunderte sich noch immer darüber, dass es ihm nicht schwer fiel, über persönliche Dinge mit ihr zu reden. Bei ihrem letzten Telefonat hatte er unaufgefordert auch seine Frau erwähnt. Was er ihr aber nicht erzählte, war, wie sehr Christine immer noch ein Teil seines täglichen Lebens war und wie viel Anstrengung es ihn kostete, nicht an sie zu denken, besonders wenn er alleine war. Auf der anderen Seite hatte Anna ihm anvertraut, dass ihr Verhältnis zu ihrem Freund Tim, dem Meeresbiologen in Brisbane, auch vor allem daran gescheitert war, dass ihre Tochter ihn total abgelehnt habe.

Er ging jetzt ins Wohnzimmer, um sich den Whisky zu genehmigen, den er sich ja zum Abschluss seiner Korrektur versprochen hatte. Den Kamin anzumachen, lohnte sich wohl nicht mehr. Aber er wollte wenigstens noch einen Blick in die Zeitung werfen, die noch ungelesen auf seinem Sessel lag. Vielleicht würde er auch noch auf einem Sender im Fernsehen Nachrichten erwischen. Er schaltete das Gerät ein und hatte Glück. Es lief noch die Spätausgabe der Tagesschau. Irgendwie kam ihm wieder alles ziemlich bekannt vor. In Bagdad hatte es erneut viele Opfer bei einem Bombenanschlag gegeben, und beim Sommerfest auf der Berliner Museumsinsel war neben dem Kanzler und seiner frischen Ehefrau auch der Außenminister mit einer neuen Begleiterin erschienen.

Es klingelte das Telefon. Er dachte sofort an Anna, die ihn ja noch einmal anzurufen versprochen hatte. Er schaltete den Fernseher wieder ab und nahm den Hörer auf. Es war sein Sohn.

„Hallo, Papa. Ich wollte dich unbedingt noch erreichen. Es hat sich nämlich für uns eine neue Situation ergeben. Mich hat gerade ein Freund angerufen. Er hat im Institut gehört, dass die Nachprüfungen für die Aufnahme in den Anatomiekurs vorverlegt worden sind."

Nachprüfungen? Colmar hatte nie davon gehört, dass sein Sohn durch eine Prüfung gefallen war.

„Ja, wir sind fast alle durch die erste Prüfung gerauscht. Ich habe dir davon nichts gesagt. Ich wollte dich nicht beunruhigen."

Früher hätte Jost ihm so etwas nie verschwiegen.

„Und wieso hat sich daraus für uns eine neue Situation ergeben?"

„Die Prüfungen fangen in der nächsten Woche an, und ich weiß noch nicht, wann ich dran bin. Die Pläne werden erst später bekannt gegeben. Ich muss mich vorbereiten, und die Zeit ist ohnehin kurz bis dahin. Diese Prüfung ist für mich sehr wichtig, denn sie ist meine letzte Chance, wenn ich im nächsten Semester in den Kurs kommen will. Das alles bedeutet, dass ich wahrscheinlich nicht mit dir nach Sylt kommen kann."

Colmar wusste nicht, was er sagen sollte. Das flaue Gefühl, das er im Magen bekommen hatte, kannte er schon.

„Ich verstehe."

„Ich bin auch enttäuscht, Papa. Damit habe ich nicht gerechnet, denn diese Prüfungen sollten erst am Ende der Semesterferien sein. Aber vielleicht lässt sich da doch noch etwas arrangieren: Wenn sie mir einen frühen Termin geben, kann ich ja nach Sylt nachkommen."

Colmars Antwort kam wie aus einem Automaten.

„Das solltest du auf jeden Fall versuchen."

„Ich muss dir allerdings auch sagen, dass ich da ein wenig skeptisch bin. Ich habe schon einmal vergeblich versucht, eine Prüfung zu verlegen. Aber vielleicht habe ich diesmal etwas mehr Glück."

Sie versuchten, sich gegenseitig noch etwas Mut zu machen, und als sie schließlich das Gespräch beendeten, stand Colmar noch einen Moment etwas benommen da. Dann ging zum Tisch zurück und griff nach dem Whiskyglas, das er dort abgestellt hatte. Er leerte es in einem Zug. Danach ließ er sich in seinen Lesesessel fallen und bemerkte zu spät, dass er sich auf die Zeitung gesetzt hatte. Er zog sie unter sich hervor und warf sie auf den Boden. Die Lust am Lesen war ihm fürs Erste vergangen. Überhaupt war sein Bedarf an Neuigkeiten zunächst einmal gedeckt.

Er bemühte sich, seine Gefühle von Ärger und Enttäuschung in den Griff zu bekommen. Wieder einmal war er auf dem falschen Bein erwischt worden. Erneut hatte sich etwas, auf das er sich verlassen hatte, als ein Trugbild erwiesen. Er musste mit seinen Erwartungen einfach vorsichtiger werden. Er überlegte einen Augenblick. Dann ging er in die Küche. Dort nahm er eine Flasche Rotwein aus dem Regal. Es war ein Bordeaux, den er sich vor einiger Zeit für einen besonderen Anlass aus dem Keller geholt hatte. Allerdings hatte er sich dabei eine etwas erfreulichere Gelegenheit vorgestellt. Wieder im Wohnzimmer öffnete er die Flasche und fand im Schrank ein passendes Weinglas. Er setzte sich wieder in seinen Sessel.

Er musste versuchen, sich auf die neue Situation einzustellen. Er nahm einen Schluck und überlegte, ob er nicht den ganzen Urlaub absagen sollte. Aber dafür war es zu spät. Der Vermieter würde ihn so kurzfristig nicht aus dem Vertrag lassen. Außerdem hatte Colmar, was auch üblich war, schon einen Betrag als

Anzahlung überwiesen. Er erinnerte sich, wie froh er vor einigen Monaten gewesen war, ihr altes Ferienhaus mieten zu können, auch wenn sich der Preis gegenüber früher drastisch erhöht hatte.

Nein, er würde den Vertrag erfüllen. Er hatte ja ohnehin keine anderen Pläne. Auch wenn er jetzt alleine fuhr, so würden zwei Wochen in einer anderen Umgebung wahrscheinlich nicht schlecht für ihn sein. Unter den neuen Gegebenheiten wäre es wohl besser gewesen, nicht an einen Ort zu fahren, der durch Erinnerungen so sehr belastet war. Aber dies ließ sich jetzt nicht mehr ändern. Er würde alleine fahren und versuchen, aus dieser verkorksten Situation das Beste zu machen. Sollte das Wetter mitspielen, dann würde er vermutlich keine großen Probleme haben. Außerdem konnte er viele Bücher mitnehmen, denn abgesehen von der Lektüre, die mit seinem Unterricht verbunden war und mit der er sich auch in seinen schlaflosen Nächten beschäftigte, hatte er in letzter Zeit nur wenig Neues gelesen. Irgendwie hatte ihm dazu immer die nötige Ruhe gefehlt. Der Gedanke, endlich seine „Leseschulden" in Angriff nehmen zu können, stimmte ihn etwas positiver. Er goss sich ein zweites Glas Wein ein.

12

Das Aufstehen fiel ihm am nächsten Morgen schwer. Er hatte vor dem Schlafengehen doch noch die ganze Flasche Rotwein geleert und machte sich deshalb Vorwürfe. Er fragte sich, wie er das früher nur gemacht hatte. Er glaubte sich erinnern zu können, dass er vor Jahren auch nach langen Nächten morgens problemlos aufgewacht war. Immerhin, im Laufe des Schulvormittags ging es ihm dann langsam etwas besser, auch wenn er sich weiterhin recht müde fühlte.

Am Nachmittag hatte er dann die zähen und zum Teil langweiligen Zeugniskonferenzen zu überstehen und konnte als einer der Tutoren des Abiturjahrgangs auch erst nach der letzten Sitzung endlich nach Hause fahren.

Er hatte sich gerade etwas zu essen gemacht, da klingelte das Telefon. Diesmal war es Anna. Er erzählte ihr von Josts Anruf und den Änderungen in seiner Ferienplanung. Sie verstand seine Enttäuschung.

„Und was machst du jetzt?", fragte sie. „Fährst du trotzdem?"

„Mir bleibt nicht viel anderes übrig. Das Haus ist ja bereits gemietet. Es ist wahrscheinlich auch ganz gut, wenn ich hier einmal rauskomme. Aber ich hatte mir das alles eigentlich etwas anders gedacht."

Sie schwiegen beide einen Moment.

„Thomas, vielleicht können wir uns ja doch noch einmal sehen", sagte sie dann. „Morgen besuche ich mit Jane wieder meine Mutter. Ich glaube, ich habe dir schon von dem Heim in Altenholz erzählt. Danach wollte ich mit Jane noch mal ans Wasser fahren. Es gibt da ein nettes Lokal draußen in Strande. Da kann man direkt am Wasser sitzen, und es ist auch nicht so langweilig für Jane. Sie kann dort im Sand spielen. Vielleicht kannst du es einrichten, da hinzukommen."

Natürlich konnte er es einrichten. Er freute sich auf dieses Wiedersehen, mit dem er ja vor den Ferien nicht mehr gerechnet hatte. Besonders gespannt war er auf Annas kleine Tochter und fragte sich, wie argwöhnisch sie ihn diesmal wohl beobachten würde.

Bevor sie das Gespräch beendeten, beschrieb sie ihm noch den Weg zu dieser Strandbar. Er sagte ihr nicht, dass er den Ort gut kannte, und auch nicht, dass er sich an das letzte Mal, als er dort mit seinem Sohn gesessen hatte, nicht besonders gerne erinnerte.

Anders als an jenem Novembertag, an dem ihm Jost sein neues Auto vorgeführt hatte, stellte es sich an diesem sommerlichen Nachmittag als schwierig heraus, in der Nähe des Strandes einen Parkplatz zu finden. Diesmal waren auch alle Tische auf der Terrasse des Lokals besetzt, aber Anna war es gelungen, einen der wenigen Strandkörbe zu erobern, die das Restaurant den Gästen an der Kante zum Sandstrand bereitstellte. Die kleine Jane spielte direkt vor ihr. Sie hatte ihre Sandalen ausgezogen und schaute zu ihm herüber. Sie hatte gegen die Sonne ein Auge zugekniffen. Als er ihr zuwinkte, erwiderte sie den Gruß. Er gab Anna einen Kuss auf beide Wangen und setzte sich neben sie. Ihm fiel wieder auf, wie gut sie aussah. Ihr Lächeln, ihre hübschen Zähne, die durch ihr sommerlich gebräuntes Gesicht betont wurden, und die grünen Augen unter den dunklen Haaren, die sie hinten wieder zusammengebunden hatte, waren schon etwas Besonderes. In den engen, dreiviertel langen Jeans und dem hellgrauen, ihre Figur betonenden, ärmellosen Top wirkte sie sportlich, und vor allem jugendlich. Auf das Tattoo, ein Schmetterling, das er auf ihrer linken Schulter entdeckte, war er nicht vorbereitet. Er konnte wieder nichts dagegen tun: Er fühlte sich alt neben ihr. Es war kaum vorstellbar, dass jemand wie sie keinen passenden Partner hatte. Er fragte sich nicht zum ersten Mal, was eine solche Frau ausgerechnet mit ihm anfangen konnte.

Mutter und Tochter waren offenbar kurz vor ihm angekommen, und als der junge Kellner kam, der einer aktuellen Mode folgend zwei Polohemden übereinander trug, bestellte Anna sich einen Cappuccino und eine Fanta für Jane. Er selber entschied sich einmal mehr für ein Bier.

Er fragte sie nach ihrer Mutter.

„Ich glaube nicht, dass sie so richtig verstanden hat, dass wir wegfahren und sie eine Zeit lang nicht besuchen werden."

Sie schwiegen eine Weile.

„Wenn du da mal irgendwie Hilfe brauchst und ich etwas tun kann, musst du mir Bescheid geben", sagte er dann.

„Danke für das Angebot. Das ist sehr nett von dir. Aber ich wüsste im Moment wirklich nicht, wie du mir da helfen könntest."

Er wartete einen Moment. Dann wechselte er das Thema.

„Frankreich wird sicher ein ganz toller Urlaub für euch."

„Ja, das glaube ich auch", antwortete sie. „Ich freue mich besonders für Jane. Dort gibt es nämlich auch noch andere Kinder. Die kennt sie schon und mit ihnen versteht sie sich gut. So etwas scheint ihr hier immer noch zu fehlen. Außerdem werde ich wieder mein Französisch ein wenig auffrischen können. Das ist übrigens auch dringend nötig."

Sie schwiegen erneut eine kleine Weile und schauten zu, wie Jane mit einem runden Stein spielte, den sie immer wieder in eine kleine Sandkuhle rollen ließ. Colmar schaute hinaus auf die Förde und auf die vielen Segelboote, die draußen in der Sonne vor sich hin dümpelten. Es war beinahe windstill.

„Das mit deinem Sohn ist wirklich schade. Aber du solltest versuchen, das Beste aus der Situation zu machen", sagte Anna schließlich. „Ich finde, auf die Nordsee kann man sich im Sommer immer freuen.

Und wer weiß, mit etwas Glück kommt er vielleicht ja doch noch nach."

Sie sah ihn an und lächelte.

„Weißt du, ein ganz kleines bisschen beneide ich dich sogar um all die Ruhe und die Zeit, die du für dich allein haben wirst."

Bevor er die Möglichkeit hatte, ihr zu antworten, erschien der Kellner mit ihren Getränken. Jane, die das gesehen hatte, sprang auf und kam zu ihnen an den Korb. Anna füllte die Fanta in ein großes Glas und reichte es ihrer Tochter. Das Mädchen ergriff es mit beiden Händen und begann daraus in großen Zügen zu trinken. Anna versucht etwas zu bremsen.

„Nicht so schnell! Du kriegst wieder Bauch-schmerzen!"

Jane setzte das Glas ab und wischte sich mit dem Handrücken den Mund ab.

„Mami, ich möchte ans Wasser. Komm doch mit!"

„Du musst noch einen Moment warten. Ich habe doch gerade meinen Kaffee bekommen. Lass mich den erst einmal in Ruhe austrinken. Dann geht es los."

Jane blieb vor ihr stehen.

„Aber mach schnell. Ich warte."

Anna sah ihn an und verdrehte die Augen. Colmar nahm einen großen Schluck von seinem Bier und stellte das fast leere Glas auf das Tischchen des Strandkorbes.

„Jane, ich kann ja schon mitgehen, wenn du möchtest", sagte er.

„Au ja!"

Anna sah ihn überrascht an.

„Ist das dein Ernst?"

„Na klar. Warum denn nicht?"

„Jane, hörst du? Aber nicht deine Shorts nass machen! Vorgestern hattest du noch Fieber. Und dass du vor den Ferien wieder krank wirst, können wir überhaupt nicht gebrauchen. Ich hole gleich das Handtuch aus dem Auto und komm nach."

Jane war schon ein paar Schritte vorgelaufen. Dann blieb sie stehen und wollte wohl sehen, ob er sein Angebot wirklich ernst gemeint hatte. Als er aufstand, drehte sie sich wieder um und rannte in Richtung Wasser. Er trabte hinter ihr her. Als er sie erreichte, stand sie bereits am Spülsaum und ließ sich vorsichtig das Wasser über ihre Füße laufen. Er zog sich ebenfalls die Schuhe aus und stellte sie zusammen mit seinen Strümpfen auf einem kleinen Sandhügel ab. Er musste in diesem Moment unwillkürlich daran denken, dass Anna vor nicht langer Zeit zu ihm gesagt hatte, dass er „altmodisch" sei. Dann krempelte er seine Hosenbeine hoch und stellte sich neben das Mädchen. Das Wasser hatte er sich etwas wärmer vorgestellt.

„Na, wie ist es, Jane? Wollen wir noch ein bisschen weiter reingehen?"

Sie sah zu ihm auf, nahm seine Hand und machte einen kleinen Schritt weiter ins Wasser hinein. Da der Strand hier sehr flach war und das Wasser nur sehr langsam tiefer wurde, konnten sie eine kurze Strecke gehen, bevor ihre Knie nass wurden. Sie liefen zusammen wieder auf den Strand zurück, um dann abermals vorsichtig ins Wasser zurück zu waten. Jedes Mal ein kleines Stückchen weiter. Nach einigen Versuchen wollte Jane dies auch alleine tun. Er blieb am Wasserrand stehen und machte ihr laut Mut. Es dauerte auch nicht lange, bis der untere Saum ihrer Shorts nass war. Er entschloss sich, dies zu ignorieren.

Ein Fördedampfer fuhr in einiger Entfernung vorbei, und er wusste, was nun kommen würde. Er beobachtete den Ausläufer der Bugwelle, der sich auf der beinahe spiegelglatten Oberfläche der Förde schnell dem Ufer näherte. Er bewegte sich langsam auf Jane zu.

„Pass auf! Gleich kommt eine Welle!", warnte er.

Sie drehte sich um und schaute etwas ungläubig auf das Wasser. Dann aber erkannte sie, dass diese Welle ein Problem für sie werden konnte, wenn ihre

Hose nicht völlig nass werden sollte. Sie wandte sich ihm wieder mit großen Augen zu, lief ihm entgegen und sprang ihm dann buchstäblich in die Arme. Er musste auch etwas hochhüpfen, konnte aber nicht verhindern, dass seine Hosenbeine von der Welle erfasst wurden. Jane hatte bei seinem Hüpfer einen spitzen Schrei ausgestoßen. Sie klammerte sich mit ihren Ärmchen an seinen Hals und lachte glucksend, während die Welle sich am Strand totlief.

Die Flucht in seine Arme, dieser unverhoffte Vertrauensbeweis des Kindes, löste bei Colmar ein unbeschreibliches Gefühl aus. Er musste an Jost denken, der sich als Kind immer so gerne von seinem Vater hatte tragen lassen.

„Guck mal, da ist Mami!"

Mit dem Kind im Arm drehte er sich um und sah, dass Anna mit dem Handtuch an der Wasserkante stand. Er hatte den Eindruck, dass sie ihn und ihre Tochter schon etwas beobachtet hatte. Er setzte Jane ab und nahm ihre Hand. Sie gingen auf Anna zu.

„Mami! Hast du das gesehen? Da war eine riesige Welle, und Thomas hat mich gerettet!"

„Ja, ich habe alles gesehen. Aber ich glaube, das ist genug für heute. Du hast schon ganz kalte Füße. Wir machen gleich einen kleinen Spaziergang, damit ihr wieder richtig warm werdet."

Sie trocknete ihrer Tochter die Beine und Füße ab. Sie hatte auch an Ersatzshorts für sie gedacht. Colmar hatte inzwischen die nassen Hosenbeine runtergelassen. Anna schaute ihn an.

„Du siehst ja auch super aus", sagte sie und fing an zu lachen. „Man könnte ja meinen, du hast den Weg zur Toilette nicht geschafft."

Sie warf ihm das Handtuch zu, und er setzte sich auf den Strand, wischte den Sand von seinen Füßen und zog seine Strümpfe und Schuhe an. Anna ging inzwischen mit ihrer Tochter zurück zu der kleinen Sandkuhle, in der Jane ihre Sandalen zurückgelassen

hatte. Er stand auf und folgte ihnen mit dem Handtuch über der Schulter. Anna drehte sich zu ihm um.

„Ich habe schon bezahlt. Wir können gehen."

Sie nahm ihm das Handtuch ab und steckte es in
ihre Badetasche. Ihr Auto hatte sie in der Nähe eines
kleinen Spielplatzes abgestellt. Anna verstaute die
Tasche im Kofferraum, und dann machten sie sich auf
den Weg in Richtung Bülker Leuchtturm. Auf der
kleinen Strandpromenade kamen ihnen andere
Spaziergänger entgegen, von denen sie zum Teil
interessiert gemustert wurden. Er führte dies nicht
nur auf die nassen Beine seiner hellen Hosen zurück.
Was die Leute sahen, war ein etwa fünfzig Jahre alter
Mann mit einer jungen Frau und einer kleinen Tochter. Er musste daran denken, dass er sich selber immer
ein wenig mokiert hatte, wenn ihm vor allem im
Urlaub ähnliche Partnerschaften aufgefallen waren.
Colmar war sich dann sicher gewesen, dass es sich
dabei häufig um „späte" Väter mit ihren zweiten oder
dritten Frauen handelte. Er hatte auch festgestellt,
dass sich bei diesen Gelegenheiten die deutlich älteren
männlichen Partner auffallend „dynamisch" und auch
unnötig laut um die Kleinen kümmerten. Wahrscheinlich hatte er selber vorhin am Strand auf Beobachter
einen ähnlichen Eindruck gemacht.

Er spürte plötzlich, wie Jane, ohne ein Wort zu
sagen, seine Hand genommen hatte. Wieder überkam
ihn das Gefühl, das er schon vorher gehabt hatte, als
sich das Mädchen am Wasser an ihn gedrückt hatte.
Sie gingen eine Zeit lang schweigend nebeneinander
her. Dann ließ Jane plötzlich seine Hand los und
rannte hinter zwei Möwen her, die sich vor ihnen in
einiger Entfernung auf dem Gehweg niedergelassen
hatten.

„Du hast wirklich eine sehr, sehr niedliche Tochter."

„Das stimmt. Trotzdem wundere ich mich ein
bisschen. Sie ist sonst nämlich etwas spröder."

Jane kam zurückgelaufen und zeigte mit ausgestrecktem Arm auf das Wasser.

„Guckt doch mal. Da draußen ist ein ganz großes Schiff!"

Wieder einmal sah er eine der großen Fähren, die aus Skandinavien kommend gerade in die Förde einlief. Man konnte von weitem die vielen Fahrgäste erkennen, die auf dem Deck des Schiffes diese Einfahrt in den Kieler Hafen und das anstehende Anlegemanöver aus der Nähe miterleben wollten. Im Vergleich zu diesem Schiff wirkten die vielen Segelboote auf dem Wasser klein und zerbrechlich. Alle drei schauten der Fähre so lange nach, bis sie hinter dem Friedrichsorter Leuchtturm in der Innenförde verschwunden war.

Es dauerte nicht lange, bis sie die kleine Surfer Bucht erreichten. Jane bestaunte das geschäftige Treiben auf dem schmalen, steinigen Strand und bewunderte die vielen bunten Segel der Windsurfer auf dem Wasser. Es gab da auch einen Kiosk, und Colmar spendierte allen ein Eis. Eine Weile beobachteten sie die jungen Leute auf ihren Brettern, die sich über ein wenig mehr Wind sicherlich gefreut hätten. Er musste wieder an Jost denken, der einem ähnlichen Hobby auf Sylt hatte nachgehen wollen.

Es war inzwischen halb sechs geworden, und sie beschlossen zum Auto zurückzugehen. Unterwegs versprachen sie sich dann noch einmal, in den Ferien miteinander zu telefonieren, um sich gegenseitig „updaten" zu können, wie Anna sich ausdrückte. Als Jane damit beschäftigt war, in den Wagen zu steigen, gab Anna ihm zum Abschied einen schnellen Kuss auf die Wange und dann, für ihn völlig überraschend, auch noch einen auf den Mund.

13

Am nächsten Nachmittag beschäftigte er sich vornehmlich mit der Vorbereitung seines Sylt Aufenthalts. Wenn er am folgenden Tag gleich nach der Schule losfahren wollte, musste er sich rechtzeitig um die Dinge kümmern, die er auf der Insel benötigte. Die Hemden, die er ausgewählt hatte, waren von Frau Harber bereits gewaschen und gebügelt worden. Er musste nun entscheiden, welche Kleidung er sonst noch in den zwei Wochen brauchen würde, und tat sich wie immer schwer festzulegen, welche Hosen und Schuhe er mitnehmen sollte. Ohne Christine wurde er das Gefühl nicht los, dass er bestimmt etwas Wichtiges vergessen würde. Er versuchte schließlich, sich auf die Dinge zu konzentrieren, die er in einem Notfall nicht nachkaufen konnte und trug zunächst die Bücher zusammen, die er seit längerem lesen wollte. Er dachte auch an den MP3–Player, den Jost ihm zum letzten Geburtstag geschenkt hatte und auf dem er mit der Hilfe seines Sohnes die Musik gespeichert hatte, die ihm wichtig war. Auch eine Auswahl seiner Pfeifen und seinen Tabak vergaß er nicht. Er stellte zwei Kartons in die Küche, in denen einige Lebensmittel mitgenommen werden sollten. Mit Frau Harber hatte er verabredet, dass sie die verderblichen Reste aus dem Kühlschrank nehmen und entsorgen würde.

Er brauchte auch noch Sonnenschutzmittel. Das war ebenfalls eine Sache, um die sich Christine sonst immer gekümmert hatte. Es fiel ihm außerdem ein, dass er sich noch Bargeld besorgen musste. Auf dem Rückweg von seiner Bank hielt er dann auf dem Parkplatz eines Drogeriemarktes, um etwas Sonnenmilch und vorsorglich auch noch Rasierschaum und Zahncreme zu kaufen. Als er in dem Laden um ein Regal bog, um zur Kasse zu gehen, stand plötzlich Barbara vor ihm. Er bekam einen kleinen Schreck.

Barbara, für die ein tadelloses Make-up stets wichtig war, sah irgendwie mitgenommen aus. Ihre Wimperntusche war ziemlich verschmiert und der Lippenstift war für ihre Verhältnisse nachlässig aufgetragen. Er wusste, dass Barbara sehr stolz auf ihre dichten braunen Haare war, die sie immer sorgfältig pflegte. Aber jetzt wirkten sie strähnig und unordentlich, und er fand, dass ein Termin bei einem Friseur überfällig war.

„Mensch, Barbara! Mit dir habe ich hier nun wirklich nicht gerechnet!"

Sie umarmten sich. Das war üblich in ihrem Freundeskreis, aber diesmal hatte er das Gefühl, dass sie sich etwas länger als gewöhnlich an ihm festhielt. Als sie ihn dann schließlich losließ, sah er, dass sie Tränen in den Augen hatte.

„Mensch, was ist denn los, Barbara?"

Sie nahm ein zerknülltes Papiertaschentuch aus ihrer Jacke und tupfte an ihren Augenwinkeln herum. Dann schnaubte sie sich die Nase.

„Es ist alles Scheiße, Thomas."

Er nahm sie wieder in die Arme und hielt sie einen Moment.

„Komm! Wir gehen einen Kaffee trinken", sagte er schließlich.

Die Kassiererin, die offenbar davon ausgegangen war, dass sie zusammengehörten, schien sich darüber zu wundern, dass sie getrennt bezahlten. Sie sah Barbara an und machte sich dann wohl ihre eigenen Gedanken.

Draußen überquerten sie die Straße und gingen in ein kleines Café, das an eine Konditorei angeschlossen war und das Colmar noch von früher kannte. Sie waren die einzigen Kunden in der winzigen Gaststube, in der sich seit seinem letzten Besuch, der schon Jahre zurücklag, wenig geändert hatte. Sie setzten sich an einen kleinen Tisch in der Nähe des Fensters, und er bestellte für Barbara einen Cappuccino und für sich einen doppelten Espresso. Dann nahm er ihre Hand.

„Erzähl! Was ist passiert?"

Sie schilderte ihm nun unter Tränen, dass sie schon seit einiger Zeit den Verdacht hatte, dass Hans-Gerd ihr etwas verheimlichte. Es gab verschiedentlich Anrufe, bei denen aufgelegt wurde, wenn sie sich meldete. Ihr waren auch seine ungewöhnlich häufigen Fortbildungsveranstaltungen aufgefallen, an denen er in letzter Zeit in Hamburg teilgenommen hatte. Als sie dann außerdem noch eine merkwürdige Hotelrechnung bei ihm fand, hatte sie ihn zur Rede gestellt, und er hatte dann schließlich auch zugegeben, dass es da eine Frau gab, mit der er sich heimlich getroffen hatte. Nun wusste sie nicht mehr, was sie tun sollte. Seit einiger Zeit trug sie sich nun mit dem Gedanken, sich von Hans-Gerd zu trennen.

Colmar hatte ihr inzwischen ein neues Taschentuch gereicht. So etwas Ähnliches hatte er schon vermutet. Die Schadenfreude, die er noch bei Wolfs Andeutungen bei sich festgestellt hatte, war verflogen. Er konnte sich ja weiß Gott selber gut vorstellen, wie sich Barbara im Moment fühlte. Er spürte einen Kloß im Hals und musste sich räuspern.

„Und er? Was sagt er dazu?"

„Er sagt, dass sei nichts Ernstes gewesen und längst vorbei. Er sagt, er liebt mich. Es tut ihm leid."

Diese letzte Feststellung hatte er auch selber mehr als genug gehört. Er merkte, wie sich sein Magen zusammenzog. Barbara hatte wieder angefangen, leise zu weinen.

„Ich weiß nicht, was ich machen soll, Thomas."

„Glaubst du ihm?"

Barbara antwortete mit einem Achselzucken. Er hätte jetzt einen Schnaps gut gebrauchen können. Aber dafür hatten sie sich das falsche Lokal ausgesucht. Er versuchte ein Lächeln.

„Weißt du, Barbara, als Ratgeber bin ich vielleicht nicht so besonders gut geeignet. Aber andrerseits kenne ich ja die Situation, in der du dich befindest. Bei mir war das insofern anders, als Christine

80

damals überhaupt nicht lange gefackelt hat und gleich gegangen ist."

Die Serviererin kam und fragte, ob sie noch einen Wunsch hätten. Colmar dankte und schüttelte den Kopf. Er wartete, bis sie wieder allein waren.

„Barbara, Hans-Gerd hat einen schlimmen Fehler gemacht. Aber, und das ist vielleicht das Wichtigste, er liebt dich und will doch bei dir bleiben. Und wenn es eine Möglichkeit gibt, eure Ehe zu retten, solltet ihr sie nutzen. Ihr müsst miteinander reden. Ich bin ganz sicher, wenn auch du ihn liebst, könnt ihr es schaffen."

Es fiel ihm jetzt schwer weiterzusprechen. Die alte Wunde war wieder aufgebrochen. Er sah sie an.

„Weißt du, eine solche Möglichkeit hat es für Christine und mich damals nicht gegeben", fügte er dann schließlich hinzu und zuckte mit den Schultern.

Barbara antwortete nicht. Sie starrte jetzt in ihre Tasse und schien nachzudenken. Er wartete eine Weile. Schließlich nahm er wieder ihre Hand.

„Alles OK? Wollen wir?"

Sie nickte. Colmar winkte die Serviererin heran und zahlte. Dann standen sie auf, und er begleitete Barbara zu ihrem Auto, das sie nicht weit entfernt an der Straße geparkt hatte. Ihr Golf Cabrio war offenbar neu. Sie blieb vor dem Wagen stehen und sah ihn an.

„Thomas, ich habe in den letzten Tagen sehr viel an dich denken müssen."

Er nickte. Angesichts der vergleichbaren Erfahrung, die sie beide mit ihren Ehepartnern gemacht hatten, konnte ihn diese Bemerkung nicht sehr überraschen. Aber Barbara hatte noch etwas auf dem Herzen.

„Als das mit dir und Christine passierte", sagte sie dann nach einer kleinen Pause. „Damals habe ich gedacht, dass das vor allem deine Schuld war. Ich glaube, dass ich mir da die Sache wohl etwas einfach gemacht habe."

Er legte wieder die Arme um sie.

„Barbara, das ist schon OK. Ich bin inzwischen gar nicht mehr sicher, ob du damals so falsch lagst."

Sie sah ihn an und drückte sich noch einmal an ihn. Dann stieg sie in ihr Auto. Bevor sie startete, fuhr sie noch einmal ihr Fenster herunter und wünschte ihm schöne Ferien. Dann aber stellte sie ihm eine Frage, die ihm noch länger nachgehen sollte.

„Thomas, hast du eigentlich eine Ahnung gehabt, was Hans-Gerd so die ganze Zeit machte?"

„Nein", log er.

Er sagte sich später immer wieder, dass er sich richtig verhalten hatte, denn niemand hätte einen Nutzen davon gehabt, wenn er in dieser Situation die Wahrheit gesagt hätte. Aber wenn das so war, warum nur hatte er Barbara gegenüber dieses schlechte Gewissen?

Als er wieder zu Hause war und gerade dabei war, einige Flaschen Wein aus dem Keller zu holen, die er ebenfalls mit in die Ferien nehmen wollte, klingelte das Telefon. Es war Jost, der sich über seine Reisevorbereitungen informieren und ihn moralisch ein bisschen aufrüsten wollte. Allerdings hatte er auch eine weniger gute Nachricht.

„Wir haben heute unsere Prüfungstermine bekommen. Ich bin in der letzten Gruppe dran. Das bedeutet leider, dass es wahrscheinlich mit Sylt doch nichts werden kann. Ich kann dir gar nicht sagen, wie leid mir das tut. Ich werde morgen noch einmal versuchen, mit meinem Prof zu sprechen. Aber wie ich dir schon sagte, große Hoffnungen habe ich da nicht."

„Das ist sehr schade, aber das kann man dann wohl nicht ändern. Trotzdem, mach dir deshalb nicht so viele Gedanken. Deine Prüfung ist im Augenblick wichtiger. Ich werde schon klarkommen."

„Das weiß ich, aber ich habe mich ja selber so auf Sylt gefreut. Ich muss allerdings auch zugeben, dass ich andrerseits auch ein wenig froh bin, durch diesen späteren Termin etwas mehr Zeit zu haben, um mich auf die Prüfung vorzubereiten. Der Kurs ist schon sehr wichtig, und dies ist meine letzte Chance, wenn ich nicht ein Jahr verlieren will."

„Das verstehe ich."

Bevor sie das Gespräch beendeten, wünschten sie sich noch gegenseitig alles Gute und verabredeten, miteinander in Kontakt zu bleiben. Aus gegebenem Anlass erinnerte Jost seinen Vater daran, sein Handy stets aufgeladen und eingeschaltet bei sich zu haben.

Am Abend rief er Anna noch einmal an. Zu seiner Überraschung bedankte sie sich für den Nachmittag, den sie gemeinsam in Strande verbracht hatten.

„Weißt du, Jane hat noch im Bett davon gesprochen, wie toll du sie vor der großen Welle gerettet hast."

Er lachte.

„Das war ja auch wirklich eine große Tat", stellte er fest. „Aber bedanken müsste ich mich bei euch. Das war für mich der schönste Nachmittag seit langer Zeit."

Nach einem Moment sagte Anna leise:

„Darüber freue ich mich sehr."

Was er nicht erwähnte, war, dass er bei ihrem kurzen Ausflug nach Strande nicht ein einziges Mal an Christine gedacht hatte. Aber das hatte wohl vor allem an ihrer kleinen Tochter gelegen. Sie verabredeten noch einmal, dass sie in den Ferien versuchen wollten, miteinander zu telefonieren.

Der letzte Schultag war kurz. Zu Beginn der dritten Stunde verteilte er die Studienbücher in seiner Tutorengruppe, verabschiedete sich von den Kollegen, die ihm auf seinem Weg zu seinem Wagen begegneten, und fuhr nach Hause. Dort verstaute er den Koffer und die Kartons, die er am Vortag vorbereitet hatte, in seinem Kofferraum, schloss die Haustür ab und machte sich auf den Weg in die Ferien, die er sich allerdings etwas anders vorgestellt hatte. Nach ungefähr 200 Metern musste er noch einmal umkehren. Ihm war glücklicherweise noch rechtzeitig eingefallen, dass er keine Bettwäsche mitgenommen hatte.

Bei bedecktem Himmel wählte er die Route, die er früher bei seinen Fahrten an die Westküste auch immer ausgesucht hatte, und durchquerte nördlich von Schleswig das ländliche Schleswig-Holstein in Richtung Nordsee. Auf dieser Strecke musste man zwar mit einigen landwirtschaftlichen Fahrzeugen rechnen, aber insgesamt gab es hier weniger Verkehr als auf der Autobahn. Von Bredstedt ging es dann in Richtung Norden nach Niebüll, wo er den Autozug nach Sylt nehmen wollte.

Dort hatte man auf dem Bahnhof inzwischen die Fahrkartenschalter durch beschrankte Automaten ersetzt, die aus den Autos heraus bedient werden sollten. Welchen Effekt man sich von dieser Umstellung auch immer erhofft hatte, eine Zeitersparnis für die Fahrgäste war aber dabei ganz offensichtlich nicht herausgekommen. Vor den Apparaten hatten sich lange Autoschlangen aufgebaut. Colmar wunderte sich, warum die Bedienung der Maschinen so schleppend voranging. Als er dann endlich selber an der Reihe war, wurde ihm einiges klar. Das Menu auf dem Monitor, das den Vorgang steuern sollte, war nur schwer zu lesen. Auch nachdem er sich seine Brille aufgesetzt hatte, ließen sich die Anweisungen wegen der Lichtreflexe kaum entziffern. Als er endlich seine Fahrkarte hatte, arbeitete er sich umständlich durch die Schranke. Seine Laune hatte sich sehr verschlechtert, aber schließlich stand er dann doch in einer der Parkreihen, in denen man auf die nächste Verladung wartete.

Man konnte die vielen großen Geländewagen nicht übersehen. In der Reihe neben ihm stand ein entsprechendes Modell der Marke BMW. In dem teuren Auto, in dem eine ganze Familie leicht Platz gehabt hätte, saß ein Paar mittleren Alters, das schweigend auf das Heck des vor ihm stehenden

Landrovers starrte. Auf dem Rücksitz hockte ein Golden Retriever, der ruhig und fast ein wenig arrogant aus dem Seitenfenster guckte. Christine hatte früher auch schon immer gesagt, dass die Insel völlig „verkötert" sei. Sie hätte schon damals wetten können, dass es auf Sylt in den Ferien mehr Hunde als Kinder gab.

Die Fahrt über den Damm kam ihm kürzer und in den neuen Waggons weniger wackelig vor als sonst. Als der Zug in Westerland eintraf, riss die Wolkendecke auf, und die Sonne kam hervor. Seine Stimmung verbesserte sich etwas. In Wenningstedt sah er, dass sich der Ort etwas verändert hatte. Es war noch mehr gebaut worden, und auch in der unmittelbaren Nachbarschaft ihres alten Ferienhauses waren neue Unterkünfte entstanden, die alle gleich aussahen und mit ihren identischen Reetdächern recht eintönig wirkten.

Sein eigenes Domizil, ein Doppelhaus, hatte sich auf den ersten Blick wenig geändert. Es gab immer noch den großzügigen Garten mit der geräumigen Sonnenterrasse. Der japanische Geländewagen mit der Berliner Nummer, der auf dem kleinen Parkplatz vor dem Haus stand, signalisierte ihm, dass in die andere Hälfte des Hauses bereits Gäste eingezogen waren. Er fand seinen Schlüssel wie verabredet im Blumentopf neben der Eingangstür. Bei einem ersten kurzen Rundgang stellte er fest, dass in der Wohnung einiges erneuert worden war. Die Küche hatte eine Spülmaschine, eine Mikrowelle und einen neuen Kühlschrank bekommen. Im Wohnzimmer gab es jetzt ein neues Fernsehgerät und auch einen DVD Player. Die Betten in den beiden Schlafzimmern erkannte er wieder. Er holte den Koffer und die Kartons aus dem Auto und räumte seine Kleidung in die Schränke, die für eine Person viel zu groß waren. Die mitgebrachten Lebensmittel stellte er in den Kühlschrank. Den leeren Koffer und die Kartons brachte er in das Zimmer, in dem Jost früher geschlafen hatte und das ja, so wie es aussah, diesmal niemand benutzen würde.

Er schaute auf die Uhr. Es war später Nachmittag, und es war noch Zeit, auf eine erste Erkundungstour zu gehen. Er nahm den kurzen und direkten Weg zum Strand. Zu dieser Tageszeit war das kleine Kontrollhäuschen der Kurverwaltung nicht mehr besetzt. Es hatte ihn auf der Insel schon immer sehr geärgert, dass man bezahlen musste, wenn man an das Meer wollte. Am Strand gab es inzwischen sehr viel mehr Strandkörbe als früher. Bei ablaufendem Wasser marschierte er an der Wasserkante in Richtung Süden. Es wehte ein leichter Westwind. Die Bewegung tat ihm gut nach der Autofahrt. Die meisten Badegäste hatten den Strand bereits verlassen oder waren im Aufbruch begriffen. Er versuchte nicht daran zu denken, wie sehr er mit Christine diese Strandspaziergänge früher genossen hatte. Draußen saß ein einsamer Surfer auf seinem Brett und wartete, wie es den Anschein hatte, vergeblich auf eine Welle. Auf diese Weise hatte Jost in den Ferien auch immer viel Zeit verbracht, während seine Eltern ihn vom Strand aus beobachteten. Vielleicht sollte er seinen Sohn über seine Ankunft auf der Insel informieren. Er blieb stehen, nahm sein Handy aus der Tasche und wählte Josts Nummer. Der hatte aber überraschenderweise sein Gerät ausgeschaltet. Als sich die Mobilbox meldete, hinterließ er eine kurze Nachricht.

Der Sand in der Nähe des Spülsaums war von den zahlreichen Urlaubern ziemlich aufgewühlt, die sich im Laufe des Tages über den Strand bewegt hatten. Er war froh, dass ihm zu dieser Tageszeit nicht mehr so viele Menschen begegneten. Er traf jetzt vornehmlich Leute, die ihre Hunde ausführten oder mit ihnen am Wasser spielten. Er beobachtete ein jüngeres Paar, das in einiger Entfernung Hand in Hand vor ihm herging. Da die beiden immer wieder stehen blieben, um sich zu küssen, dauerte es auch nicht lange, bis er sie überholt hatte. Ihm fiel wieder

Christine ein, und er bekam ein komisches Gefühl, als er daran dachte, dass er in diesem Urlaub wohl alleine bleiben würde.

Kurz vor Westerland füllte sich der Strand wieder mit Spaziergängern, und er beschloss umzukehren. Die Sonne, die immer wieder hinter den Wolken hervortrat, stand schon recht tief, als er auf den Rückweg wieder in Wenningstedt ankam. Er überlegte, ob er sich nicht in einem der Restaurants sein erstes „Inselbier" gönnen sollte. Den Gedanken verwarf er dann aber. Alleine machte so etwas eben doch keinen Spaß.

Eine halbe Stunde später erreichte er den Parkplatz vor seiner Unterkunft. Die Tür zur anderen Hälfte des Doppelhauses öffnete sich, und eine Frau trat heraus. Sie war ungefähr in seinem Alter. Ein kleiner weißer Scottish Terrier, den sie bei sich hatte, lief freundlich auf ihn zu und beschnüffelte ihn. Nach einer kurzen Begrüßung wusste er, dass seine Nachbarin Boyens hieß und aus Berlin kam. Der Name des Hundes war „Scotti". Sie erzählte ihm auch, dass ihre Ferien zu Ende gingen und dass ihr Mann bereits am Anfang der Woche nach Berlin hatte zurückfahren müssen. Sie wirkte sympathisch, obwohl sie für seinen Geschmack ein wenig zu viel Goldschmuck trug.

In seiner Küche machte er sich dann von den mitgebrachten Vorräten etwas zu essen. Anschließend bezog er sein Bett und beschäftigte sich damit, die Wohnung für seinen Aufenthalt in den kommenden Tagen etwas herzurichten. Als er endlich mit dem Ergebnis zufrieden war, nahm er sich vor, es sich an diesem ersten Abend auf der Insel etwas gemütlich zu machen. Er öffnete eine Flasche Rotwein, zündete sich eine Pfeife an und begann bei Musik von Mozart mit seiner ersten Ferienlektüre, auf die er sich schon gefreut hatte. Er war ein Freund englischsprachiger Kriminalliteratur und hatte sich zum Einstieg einen Roman des Schotten Ian Rankin ausgewählt, mit dessen alternden und einsamen Protagonisten Rebus er sich gut identifizieren konnte. Als er später am Abend noch einmal versuchte, Jost zu erreichen, hatte dieser zu seiner Verwunderung sein Handy immer noch nicht eingeschaltet.

14

Als er am nächsten Morgen aufwachte, war der Himmel bedeckt und der Wind hatte merklich zugelegt. Er zog sich an und tat das, was in den Ferien auch sonst immer seine Aufgabe war: Er holte Brötchen. Beim Bäcker hatte sich wie so häufig eine kleine Schlange gebildet. Dieses Anstehen war Teil eines morgendlichen Urlaubritals, das ihn überhaupt nicht störte, da die Abfertigung relativ zügig vonstatten ging und er auf diese Weise auch noch ein wenig Zeit bekam, darüber nachzudenken, was er an diesem Morgen alles benötigte. Er nahm im Vorbeigehen eine Zeitung aus dem Ständer und kaufte außer Brötchen noch Milch. Was sonst noch zu seinem Frühstück gehörte, hatte er sich aus Kiel mitgebracht.

Auf der windgeschützten Terrasse nahm er sich bewusst viel Zeit für diese erste Mahlzeit des Tages. Er genoss es dabei, ausführlich die Zeitung zu lesen, wozu er zu Hause nie so recht kam. Natürlich gab es auch diesmal wieder das unvermeidliche Foto des Kanzlers und seiner neuen Gattin. Dazu passte die Meldung, dass der umtriebige Außenminister offenbar die Absicht hatte, seine allerneueste Freundin zu heiraten. Sie würde dann seine fünfte Ehefrau werden.

Nach dem Frühstück machte er sich daran, für einen ersten „Basiseinkauf" eine Liste zusammenzustellen. Bevor er sich auf den Weg machte, versuchte er noch einmal vergeblich, seinen Sohn zu erreichen. Als er schließlich in das Auto stieg, um zum großen Supermarkt des Ortes zu fahren, fing es leicht zu regnen an. Der volle Parkplatz erinnerte ihn daran, dass es Freitag war und dass offenbar viele Leute ihren Wochenendeinkauf erledigen mussten. Das Gedränge ging ihm auf die Nerven und machte ihn etwas aggressiv. Mit Mühe gelang es ihm, einen Einkaufswagen zu ergattern. In der Gemüseabteilung blieb er zunächst stehen und nahm seine Liste aus der Tasche. Jemand tippte ihm von hinten auf die Schulter.

„Hallo, Thomas!"

Er drehte sich um und erkannte Ingrid, eine von Christines ehemaligen Schulfreundinnen, mit der sie aber nie richtig Kontakt gehabt hatte. Ingrid lebte in Hamburg, und ihm fiel wieder ein, dass ihre Familie in Kampen eine Wohnung besaß. Sie hatten sie auch schon früher verschiedentlich auf der Insel getroffen.

„Ich habe dich heute Morgen von weitem beim Bäcker gesehen. Machst du hier alleine Ferien?"

Die Frage wunderte ihn ein wenig. Er hätte erwartet, dass sie ihn nach Christine fragen würde. Er wollte ihr sagen, dass er auf seinen Sohn wartete, der nachkommen wollte, aber sie gab ihm dazu keine Chance.

„Ich habe Christine in der letzten Woche in Hamburg getroffen. Sie hat mir alles erzählt. Das tut mir leid für euch."

Christine hatte Ingrid immer für besonders neugierig gehalten, und er bezweifelte sehr, dass sie ihr „alles" erzählt hatte.

„Sie sagte mir, dass sie auf den Malediven Ferien machen will. Ich glaube, sie fliegt heute oder morgen mit ihrem ..."

Sie stockte, und er half ihr.

„Mit ihrem neuen Partner."

„Jost fliegt ja auch mit. Aber warum erzähle ich dir das? Das weißt du ja bestimmt alles."

Colmar hielt sich an seinem Einkaufswagen fest. Wieder fühlte er sich, als habe er einen Schlag in den Magen bekommen, und wieder wurde ihm übel. Er musste dieses Gespräch so schnell wie möglich beenden. Er hob eine Hand.

„Du, Ingrid, ich bin ein wenig in Eile. Ich bin gestern Abend erst angekommen und muss noch eine Menge erledigen. Du kennst das ja. Also, mach's gut. Wir sehen uns!"

Er hatte sich mit den letzten Worten langsam schrittweise von ihr entfernt. Sie schaute ihm etwas erstaunt nach. Er hob noch einmal grüßend seine Hand, drehte sich um und schob seinen Wagen schnell um die Ecke in die nächste Regalreihe. Er versuchte etwas Ordnung in seine Gedanken zu bringen. Das war doch alles Unsinn! Das würde Jost doch nie mit ihm machen. Jetzt fiel ihm plötzlich ein, dass er sich selber schon gewundert hatte, dass es ihm bisher noch nicht gelungen war, mit seinem Sohn, dem es immer sehr wichtig war, jederzeit erreichbar zu sein, telefonisch Verbindung aufzunehmen.

Es war ein Vorteil, dass er sich für seinen ersten Großeinkauf eine Liste gemacht hatte, die er jetzt systematisch abarbeiten konnte. Er versuchte, für den Moment nicht an Jost zu denken. Diese einfache Technik, die Konzentration auf simple und mechanische Tätigkeiten, wandte er seit einiger Zeit erfolgreich an. Es war für ihn eine wirkungsvolle Methode, seine Gedanken zu sortieren und gleichzeitig unangenehme Gefühle zu verdrängen.

Als er sich mit seinem ziemlich beladenen Wagen schließlich an eine der Kassen anstellte, konnte er zu seiner Erleichterung Ingrid nirgendwo sehen. Auch seine Befürchtung, dass er sie draußen auf dem Parkplatz noch einmal treffen könnte, erwies sich als unbegründet. Im Nieselregen verstaute er seinen Einkauf im Auto und fuhr zurück in die Wohnung. Dort brachte er dann die Vorräte in die Küche und füllte den Kühlschrank.

Ausgerechnet die Malediven. Christine und er hatten lange davon geträumt, dort einmal Ferien zu machen. Ihr Problem war immer, dass sie das Gefühl hatten, sich eine solche Reise nicht leisten zu können, zumindest so lange Jost noch in der Ausbildung war. Dieses Problem hatte sich für Christine offensichtlich erledigt.

Er hatte den Eindruck, dass der Regen etwas nachließ. Er entschloss sich zu einem Spaziergang.

91

Irgendetwas musste er tun. Er zog eine Jacke an, nahm eine Mütze und begab sich auf den Weg in Richtung Strand. Das Kontrollhäuschen am Dünenrand war wieder unbesetzt. Nach seiner Erfahrung konnte man das nicht unbedingt erwarten. Normalerweise wurde auf der Insel bei schlechtem Wetter selbst im Winter nicht auf die Kurkartenkontrolle verzichtet. Und schon gar nicht in der Saison.

Am Wasser konnte er vereinzelte Spaziergänger ausmachen. Es schien sich wieder hauptsächlich um Leute zu handeln, die ihre Hunde ausführten. In einiger Entfernung sah er einen Mann, der sich auch bei Wind und Regen nicht davon abschrecken ließ, sich in die Wellen zu stürzen. Er überlegte, dass es an diesem Tag wahrscheinlich günstiger war, mit dem Wind im Rücken in Richtung Norden zu gehen. Unterwegs konnte er erkennen, dass sich auf der an den Dünenrand gebauten Strandterrasse die wenigen Gäste in den geschützten Innenraum zurückgezogen hatten. Er nahm noch einmal sein Handy aus der Tasche und wählte Josts Nummer. Wieder meldete sich die Mobilbox. Er verzichtete darauf, eine Nachricht zu hinterlassen.

Er konnte es einfach nicht glauben. Jost würde ihn doch nie auf eine solche Weise täuschen. Nein, so sehr konnte er sich nicht irren. Er fragte sich, warum er Ingrids Bemerkung überhaupt ernst nahm. Offenbar war er inzwischen leichter zu verunsichern, als er sich eingestehen wollte. Aber es wäre ja auch wirklich nicht das erste Mal, dass er in letzter Zeit hintergangen wurde. Und hatte sich Jost nicht gegenüber den materiellen Vorteilen, die sich für ihn aus der neuen Partnerschaft seiner Mutter ergaben, bisher durchaus empfänglich gezeigt? Er hatte wieder das leichte Schwindelgefühl, das ihn an jenen Abend im letzten September erinnerte, an den er nicht mehr denken wollte. Nach einiger Zeit setzte er sich in einen der leeren Strandkörbe.

Nicht weit entfernt konnte er die hölzerne Treppe des Strandzugangs von Kampen erkennen, die nach den schweren Stürmen des Winters zusammen mit der Plattform wieder repariert worden war. Ein Stück weiter in nördlicher Richtung hatte man einen Stapel rostiger Eisenröhren aufgeschichtet. Er kannte diese großen Rohrstücke aus früheren Jahren. Die einzelnen Teile waren bestimmt zehn bis fünfzehn Meter lang und mussten einen Durchmesser von mindestens einem Meter haben. Etwas weiter weg konnte er sehen, dass man solche Rohre zu einem riesigen Wurm zusammen geschraubt hatte, der in einem weiten Bogen aus dem Meer zu kriechen schien. Durch dieses übergroße braune Ungetüm wurden von einem Schiff, das draußen vor der Küste lag, Wasser und Sand vom Meeresboden in einer großen Fontäne auf den Strand gespült. Gleichzeitig waren drei Bagger damit beschäftigt, einen aufgehäuften Sandhügel, der bereits abgetrocknet war, auf dem Strand zu verteilen. Solche Arbeiten wurden seit längerem in jedem Jahr an verschiedenen Stellen der Insel durchgeführt. Auf der hölzernen Plattform am Dünenrand standen noch andere Spaziergänger, von denen dieses Schauspiel interessiert beobachtet wurde. Er sagte sich, dass diese Anstrengungen der Kurverwaltung eigentlich ziemlich sinnlos waren. Der aufgespülte Sand wurde bei den nächsten großen Stürmen von der Brandung wieder aufgewirbelt und davongeschwemmt. Er verfolgte die emsigen Bemühungen der Bagger eine Weile und musste dabei unwillkürlich an seine eigenen vergeblichen Versuche denken, die unvermeidlichen Veränderungen und Entwicklungen in seinem Leben aufzuhalten.

Es hatte aufgehört zu regnen, und es war Zeit umzukehren. Nun ging es gegen den Wind zurück, und der grobkörnige Kies unter seinen Schuhen erinnerte ihn, wie sehr sich der Strand hier und an anderen Stellen in den letzten Jahren bereits verändert hatte. Der neue Untergrund, der von den Bulldozern verteilt worden war und auf den man auch bei Strandwanderungen immer wieder stieß, machte das Gehen beschwerlich. An manchen Stellen glich der Strand, dessen feinen und festen Sand er noch von früher in Erinnerung hatte, inzwischen dem Rand eines Baggersees.

Zu allem Überfluss hatte es wieder angefangen, leicht zu regnen. Auch der Wind hatte noch etwas zugelegt. Die Gischt der Brandung wurde von den Wellen auf den Strand getragen und in unregelmäßigen Reihen als Schaumkissen zurückgelassen. Dort wurden sie von einzelnen Böen erfasst und in Bällen und Spindeln, die wie Zuckerwatte aussahen, über den Strand getrieben, bis sie im weicheren Sand liegen blieben und sich auflösten.

Als er dann nach ungefähr einer Stunde wieder die Dünen von Wenningstedt erreichte, war er ziemlich durchnässt. Bei ablaufendem Wasser hatte sich in der Zwischenzeit draußen vor der Sandbank eine ganze Gruppe von Surfern eingefunden. Wie es aussah, versuchten sie dort, größere Wellen zu erwischen, die sich dort brachen. Er blieb stehen und schaute ihnen ein wenig zu. Sie wirkten von weitem wie Seehunde, wie sie in ihren schwarzen Neoprenanzügen bäuchlings auf ihren Brettern paddelten und sich bemühten, eine günstige Position für ihren nächsten Versuch zu finden.

Während er die Wellenreiter beobachtete, kam ein kleiner Hund auf ihn zugelaufen. Er blieb vor ihm stehen, schüttelte sich das Wasser aus dem Fell und schaute ihn mit einem schräg gehaltenen Kopf an. Colmar hörte, wie jemand hinter ihm lachte.

„Hallo! Scotti hat Sie sofort erkannt."

Er drehte sich um. Seine neue Nachbarin kam in einer wattierten rosa Steppjacke und mit einer Hundeleine über der Schulter lächelnd auf ihn zu. In einer Hand trug sie einen eingerollten Regenschirm.

„Hallo, Frau Boyens!", begrüßte er sie und war froh, dass ihm der Name gleich wieder eingefallen war. „Das schlechte Wetter hat Sie also auch nicht abschrecken können."

„Natürlich nicht. Ehrlich gesagt, fürs Spazierengehen ist es mir lieber, wenn nicht so viele Menschen am Strand sind."

„Das empfinde ich ebenso."

Sie musterte ihn interessiert.

„Sie sind ja ganz schön nass geworden. Sie waren wohl länger unterwegs."

Er erzählte ihr von seiner kleinen Wanderung, und dann machten sie sich gemeinsam auf den Heimweg. Sie nahm Scotti an die Leine und erzählte Colmar, dass dies ihr letzter Tag auf der Insel sei. Sie müsse am nächsten Morgen den Autozug nehmen. Ihr Mann, der in einer Berliner Bank arbeitete, habe sich nur für eine Woche frei machen können und sei bereits abgefahren.

„Es wird aber auch Zeit. Wissen Sie, wenn man hier zu lange allein ist, schlägt einem das ein bisschen aufs Gemüt. Und Sie?", fragte sie dann. „Sie sind doch bestimmt Lehrer, oder?"

Es war einfach nicht sein Tag. Sie schien seine Gedanken zu erraten und lachte wieder.

„Nein, Sie sehen nicht aus wie ein Lehrer. Ich dachte das nur, weil sie jetzt am Anfang der Schulferien gekommen sind."

Jetzt musste auch er lachen.

„Das haben Sie richtig erkannt. Es stimmt, dass ich die Vorstellung, man könne mir den Beruf von weitem ansehen, nicht besonders reizvoll finde."

„Ich habe da keine Probleme. Meine Eltern waren auch Lehrer."

Sie gingen eine Weile schweigend nebeneinander her.

„Machen sie alleine Urlaub?", fragte sie dann.

Frau Boyens war augenscheinlich eine gute Beobachterin. Sie hatte bestimmt den Ehering bemerkt, von dem er sich immer noch nicht getrennt hatte. Er zuckte mit den Achseln.

„Ich hoffe, dass mein Sohn noch nachkommt."

Es sprach für Frau Boyens, dass sie bei all ihrer Direktheit dieses Thema nicht weiter verfolgte. Als sie kurz darauf ihren Parkplatz vor dem Haus erreichten, verabschiedeten sie sich voneinander und wünschten sich noch gegenseitig einen schönen Abend.

Er zog sich um und hängte seine nassen Sachen zum Trocknen auf. Inzwischen hatte er auch Hunger bekommen. In der Küche machte er sich ein paar Schnittchen und trank ein Bier dazu. Er widerstand der Versuchung, seinen Sohn noch einmal anzurufen. Die Nachricht, die er auf der Mobilbox hinterlassen hatte, musste genügen.

Als dann sein Handy klingelte, dachte er natürlich sofort an Jost. Sein Puls beschleunigte sich, als er das Gerät aufnahm. Es war aber Anna. Er hatte etwas Mühe, seine Enttäuschung zu verbergen. Sie bemerkte es sofort.

„Ist was? Du klingst etwas merkwürdig."

Er erzählte ihr von seiner Begegnung mit Ingrid. Sie schwieg einen Moment.

„Mensch, Thomas", sagte sie dann. „Lass dich doch nicht verrückt machen! Glaubst du wirklich, dass dein Sohn so etwas mit dir veranstalten würde? Ich habe ihn ja noch nicht kennen gelernt, aber ich kann mir das nicht vorstellen. Für sein Schweigen gibt es bestimmt eine einfache Erklärung."

Es tat ihm einfach gut, mit ihr zu sprechen. Und sie hatte ja recht. Er durfte sich nicht wieder bei jeder Gelegenheit verunsichern lassen. Überhaupt musste er mit seinen ewigen Grübeleien aufhören.

„Und was ist mit euch? Ist soweit alles glatt gegangen?"

„Es ist alles OK mit uns. Wir sind hier sicher bei meiner Freundin in Würzburg gelandet. Morgen früh geht's dann weiter."

„Das wird ja dann noch einmal richtig anstrengend. Fahr bloß vorsichtig!"

„Na klar! Mach ich", antwortete sie. Er konnte im Hintergrund Stimmen hören. „Aber jetzt muss ich erst einmal Schluss machen. Also, noch einmal: Kopf hoch! Es wird sich schon alles aufklären. Du musst auch etwas Vertrauen haben."

„Ich werde es probieren. Also, tschüss! Ruf mich bitte an, wenn du angekommen bist!"

„Das werde ich tun", sagte sie zum Abschluss. „Und Thomas? Mach dir nicht so viele Sorgen!"

Nachdem sie das Gespräch beendet hatte, schaute auf das Gerät in seiner Hand und wünschte sich für einen Moment, dass Anna und Jane ihre Ferien nicht in Frankreich, sondern mit ihm auf Sylt verbringen würden. Es war schon merkwürdig, aber es ging ihm jetzt, nachdem er mit Anna gesprochen hatte, tatsächlich spürbar besser.

15

Er öffnete die Terrassentür. Es hatte nicht wieder angefangen zu regnen, und auch der Wind hatte sich gelegt. Er holte die Auflagen für die Stühle, goss den Rest der Flasche Wein, die er am Vorabend begonnen hatte, in ein Glas und setzte sich mit einer Pfeife und seinem Buch nach draußen. Nach einigen Minuten zog er sich dann doch sicherheitshalber einen Pullover über und machte es sich in einer Ecke gemütlich.

Es dauerte nicht lange, und seine Nachbarin trat auf die kleine Terrasse, die zu ihrer Seite des Hauses gehörte. Sie blickte zu ihm herüber und fragte, ob es warm genug sei. Er nickte.

„Mit einem Pullover geht es gut."

Sie verschwand im Haus und kam in einer Strickjacke zurück. Sie hatte auch eine Flasche und ein Glas in der Hand. Sie blieb stehen.

„Wie ist es? Sollten wir uns heute an meinem letzten Abend nicht zu einem Glas Wein zusammentun?", fragte sie. „Allein macht das doch nicht so richtig Spaß."

Er schloss sein Buch und legte es an die Seite.

„Das ist eine prima Idee", sagte er und erhob sich. „Warum kommen Sie nicht rüber?"

Er legte seine Pfeife im Aschenbecher ab und ging ihr über den Rasen ein Stück entgegen. Sie reichte ihm ihre angebrochene Flasche und ihr Glas.

„Ich möchte Sie zu einem kleinen Schluck einladen", sagte sie.

Der Rotwein, den sie mitgebracht hatte, war gehaltvoller und mindestens zwei Preisklassen besser als seiner. Es stellte sich bald heraus, dass Frau Boyens eine amüsante und vielseitig interessierte Gesprächspartnerin war. Er hatte sich wohl durch ihr schmuckbetontes Äußeres etwas täuschen lassen. Auch sie konnte auf mehrjährige Sylt Erfahrungen zurückgreifen und beurteilte die Entwicklung der Insel ebenso kritisch wie er.

Die Flasche war inzwischen leer, und sie bestand darauf, für Ersatz zu sorgen. Auf seinen Hinweis, dass er nun wohl an der Reihe sei, ging sie nicht ein.

„Ich habe Sie ja schließlich eingeladen", sagte sie.

Sie kam mit zwei Weinflaschen zurück. Er musste ziemlich überrascht geguckt haben, denn sie lachte auf einmal los und schüttelte den Kopf.

„Nein, die müssen wir ja nicht austrinken", kicherte sie. „Das sind aber meine letzten beiden Flaschen. Die möchte ich Ihnen sowieso überlassen, denn ich fahr ja morgen früh. Also, keine Angst! Ich will Sie nicht betrunken machen."

Er musste jetzt ebenfalls lachen.

„Das beruhigt mich", sagte er. „Vielen Dank! Einen guten Wein nehme ich immer gern."

Sie hatte auch noch einen Korkenzieher und zwei Windlichter mitgebracht. Sie zündeten es an, und als er dann dabei war, eine der Flaschen zu öffnen, fragte sie ihn plötzlich und völlig unerwartet nach seinem Sohn, den er auf ihrem gemeinsamen Weg vom Strand kurz erwähnt hatte. Er füllte ihre beiden Gläser und erzählte ihr von der Prüfung und von der kleinen Hoffnung, die er hatte, dass er vielleicht doch noch nachkommen könnte. Die Verunsicherung, die durch die „Freundin" Ingrid bei ihm ausgelöst worden war, behielt er natürlich für sich.

„Ich drück Ihnen die Daumen, dass es noch klappt", sagte sie schließlich. „Wie ich schon sagte, so ganz allein Urlaub machen kann nämlich ziemlich öde sein."

Er nickte und nahm einen Schluck.

„Das habe ich schon nach diesen wenigen Tagen gemerkt."

Sie sah ihm zu, wie er sein Glas wieder auf den Tisch stellte.

„Leben Sie und Ihre Frau getrennt?"

Er hatte vorher schon festgestellt, dass Frau Boyens sich nicht mit Präliminarien aufhielt. Sie kam immer direkt und ohne Umschweife auf die wichtigen Dinge zu sprechen.

„Ja. Meine Frau hat mich vor etwa zehn Monaten verlassen."

Sie hob ihr Glas und schien es interessiert zu betrachten.

„Gibt es da einen anderen Mann?", fragte sie dann.

„Ja", antwortete er. „Sie denkt auch daran, sich von mir scheiden zu lassen."

Sie sagten beide eine Zeitlang nichts. Colmar bemerkte, dass die dichte Wolkendecke, die den ganzen Tag das Wetter bestimmt hatte, sich aufgelöst hatte. Er erinnerte sich wieder daran, dass man in klaren Nächten auf der Insel den Sternenhimmel besonders deutlich erkennen konnte. Ihre nächste Frage holte ihn aber wieder auf die Erde zurück.

„Und was ist mit Ihnen? Lieben Sie Ihre Frau noch?"

Er suchte sein Feuerzeug und fand es in einer Hosentasche. Dann nahm er seine Pfeife aus dem Aschenbecher und steckte sie an.

„Das weiß ich nicht mehr", antwortete er schließlich und zuckte mit den Schultern. „Ich weiß überhaupt nicht mehr, was ich fühle."

Diesmal schwiegen sie etwas länger und starrten in die flackernden Windlichter. Er griff wieder nach seinem Glas, nahm einen Schluck und schaute sie an. Vielleicht lag es an dem Kerzenlicht, aber vorher war es ihm jedenfalls noch nicht so aufgefallen: Seine Gesprächspartnerin war eine hübsche und äußerst attraktive Frau. Anscheinend hatte sie bemerkt, dass er sie beobachtete. Sie blickte auf, hob ihr Glas und trank ebenfalls.

„Ich selber habe so etwas auch schon durchgemacht", sagte sie dann, ohne ihr Glas abzustellen.

„Allerdings war ich dabei sozusagen auf der anderen Seite."

Sie strich sich mit der Hand eine Haarsträhne aus der Stirn. Jetzt erst realisierte Colmar, dass sie an diesem Abend offenbar ihre Frisur etwas geändert hatte. Ihre blonden Haare waren hinten hochgesteckt. Sie schaute wieder zu ihm herüber.

„Sie können nicht wissen, dass ich bereits eine Scheidung hinter mir habe", sagte sie. „Ich war damals über acht Jahre glücklich verheiratet, als ich jemanden kennen lernte."

Sie machte eine Pause und stellte nun ihr Glas auf den Tisch zurück.

„Natürlich kam das Ganze irgendwann heraus. Es war furchtbar. Ich entschied mich damals, bei meinem Mann zu bleiben und unsere Ehe zu retten."

Sie schien sich wieder auf eine der Kerzen zu konzentrieren. Erneut dauerte es ein wenig, bevor sie weitersprach.

„Es ging aber nicht gut, und wir haben uns dann endgültig getrennt. Über den Vertrauensbruch und meine Schuldgefühle sind wir nicht hinweggekommen. Ich bin heute noch froh, dass wir keine Kinder hatten."

Es war zu spüren, dass es dieser Frau, die bisher einen so sicheren und selbstbewussten Eindruck auf ihn gemacht hatte, jetzt schwerfiel, über ihre Vergangenheit zu reden. Sie brauchte wieder etwas Zeit, bevor sie in der nüchternen Art, die für sie typisch war, fortfahren konnte.

„Erst viel später hatte ich dann das große Glück, meinen jetzigen Mann zu treffen. Er ist älter als ich und hat mir den Halt gegeben, den ich brauchte."

Es entstand noch einmal eine etwas längere Pause. Er hatte das Gefühl, dass sie ihm noch etwas sagen wollte.

„Wissen Sie, wir können das, was passiert ist, nicht ungeschehen machen und müssen damit irgendwie weiterleben", sagte sie endlich. „Sie sollten sich auch eine Chance geben und versuchen, neu anzufangen."

Er schwieg und dachte an den Brief, den Christine ihm geschickt hatte. Seine Pfeife war inzwischen ausgegangen. Er zündete sie wieder an. Das Feuerzeug behielt er in der Hand.

„Das hört sich einfacher an, als es ist", sagte er dann schließlich.

Sie nickte.

„Das weiß ich wohl. Man braucht dazu auch eine Menge Glück. Wichtig ist, dass man dieses Glück erkennen muss, wenn man ihm begegnet, und mit beiden Händen festhält."

Dann lächelte sie ihn an und fügte hinzu:

„Für einen Mann wie Sie sollte das aber nicht unmöglich sein."

Wie war das denn zu verstehen? Versuchte Frau Boyens etwa, mit ihm zu flirten? Bei diesem Gedanken begann auf einmal sein Herz schneller zu schlagen. Wahrscheinlich bekam er auch wieder seinen üblichen roten Kopf. Es war nur gut, dass es ziemlich dunkel war. Sie schauten sich an, und er lächelte zurück. Sie nahm seine Tabakdose und schraubte sie auf. Dann hielt sie ihre Nase ganz dicht an die Öffnung, ohne ihn aus den Augen zu lassen.

„Mein erster Mann war übrigens auch Pfeifenraucher. Guten Tabak mag ich gerne riechen", sagte sie und schloss den Behälter wieder.

Bevor ihm eine passende Erwiderung einfallen wollte, überraschte sie ihn wieder. Sie erhob sie sich plötzlich von ihrem Stuhl.

„Kann ich mal ihr Bad benutzen?", fragte sie.

Auch er stand nun auf. Sie hob abwehrend eine Hand.

„Danke! Ich finde es bestimmt auch alleine. Unsere Wohnungen sind ja ziemlich gleich."

Von seinem Platz aus sah er ihr nach und beobachtete, wie sie durch die Terrassentür im Haus verschwand. Keine Frage, sie sah wirklich gut aus.

Die Vorstellung, dass diese Frau mit ihm zu flirten versuchte, hatte für ihn jetzt etwas Aufregendes. Vermutlich lag das am Alkohol. Der Rotwein schien es wirklich in sich zu haben. Er nahm die Flasche, um sich das Etikett etwas genauer anzusehen. Dabei stellte er fest, dass sie inzwischen ebenfalls fast leer war. Er füllte den Rest in ihre beiden Gläser und öffnete die dritte Flasche.

Frau Boyens kam zurück und blieb an der Terrassentür stehen. Sie hielt sich die Strickjacke eng über ihrer Brust zusammen.

„Ich finde, es ist ziemlich kalt geworden", sagte sie.

„Vielleicht sollten wir rein gehen", entgegnete er und stand auf

„Ja, ich glaube auch, das ist besser."

Sie nahm die Gläser. Er löschte die Windlichter und ergriff die neue Flasche. Drinnen schaltete er die kleine Stehlampe in der Ecke an. Sie nahm auf dem Sofa Platz und drückte mit der einen Hand das Polster neben sich.

„Ikea. Das gleiche Exemplar steht auch bei mir. Besonders bequem sind die Dinger nicht", sagte sie.

Er ließ sich in einen Sessel fallen.

„Ich sitze da eigentlich nie drauf."

Sie tauschten nun Beobachtungen und Erfahrungen aus, die sie in ihren Wohnungen mit der Einrichtung gemacht hatten. Dass er in diesem Haus schon früher gewesen war, erwähnte er nicht. Dann gab sie plötzlich ihrem Gespräch wieder einmal eine ganz andere Richtung. Sie hob ihr Glas und sagte:

„Ich heiße übrigens Monika."

Ihr Tempo hatte ihn erneut überrumpelt.

„Thomas", erwiderte er und hob sein Glas, das er bereits in der Hand gehalten hatte.

„Darauf sollten wir trinken."

Sie stießen an, nippten an ihren Gläsern und stellten sie wieder auf dem Tisch ab. Sie hatte ihn die ganze Zeit über angesehen und lachte jetzt.

„Jetzt fehlt aber noch was ganz Wichtiges."

„Das ist wohl richtig", erwiderte er und erhob sich.

Er ging um den niedrigen Tisch herum und setzte sich neben sie auf das Sofa. Sie lächelte immer noch und bot ihm eine Wange an. Kurz bevor seine Lippen sie berührten, drehte sie ihr Gesicht und küsste ihn voll auf den Mund. Es wurde ein sehr langer Kuss, an dem nichts Zärtliches war. Sie klammerten sich wie zwei Schiffbrüchige aneinander, als suchten sie gegenseitig Halt. Nach einer Weile ließ sie sich langsam rückwärts auf das Sofa sinken, ohne dass beide dabei ihren Kontakt unterbrachen. Sie hatte seinen Pullover hinten hoch geschoben und strich ihm über den Rücken, und er hatte eine Hand unter ihrer Strickjacke und ihrer Bluse. Als er auch ihren BH an die Seite schieben wollte, erstarrte sie auf einmal. Sie nahm ihre Arme nach vorne und hielt seine Hand fest. Dann löste sie sich von ihm und setzte sich auf. Sie sah ihn nicht an. Colmar hatte seine Hand zurückgezogen.

„Das ist keine gute Idee. Ich glaube, ich sollte jetzt besser gehen", sagte sie und erhob sich. Sie hatte einen knallroten Kopf bekommen.

Noch immer sah sie ihn nicht an. Er wusste nicht, was er sagen sollte. Das einzige, was ihm einfiel, war ein leises „Entschuldigung".

„Sie brauchen sich nicht zu entschuldigen. Das war mein Fehler. Ich habe einfach zu viel getrunken", sagte sie und stand auf. Dass sie beide gerade beschlossen hatten, sich zu duzen, hatte sie in diesem Moment offenbar völlig vergessen.

Er folgte ihr auf die Terrasse. Dort blieb sie stehen und drehte sie sich zu ihm um.

„Ich weiß nicht, was in mich gefahren ist. Ich sollte es wirklich besser wissen. Ich habe völlig den Kopf verloren. Es tut mir leid."

Er versuchte ein Lächeln.

„Das braucht es nicht. Es war ganz allein mein Fehler."

Es entstand eine Pause.

„Es ist gut, dass ich morgen abreise", sagte sie dann. „Ich glaube, wenn wir uns hier schon vor ein paar Tagen getroffen hätten, wäre ich wahrscheinlich ganz schön in Schwierigkeiten gekommen."

Sie konnte jetzt auch wieder lächeln. Sie nahm ihre beiden Windlichter, die noch auf dem Terrassentisch standen. Bevor sie dann ging, sagte sie noch:

„Es war schön, dich kennen zu lernen. Ich wünsche dir viel Glück!"

Er sah ihr nach. Dann schloss er die Terrassentür und setzte sich wieder in seinen Sessel.

Mein Gott, wie konnte ihm so etwas passieren? Mein Gott, war das peinlich! Sein Weinglas, das vor ihm stand, war beinahe leer. Er schenkte nach und überlegte, ob er sich eine eine neue Pfeife anzünden sollte.

Menschenskind, was war nur los mit ihm? Er war doch kein Teenager mehr. Die Frau war schließlich verheiratet! Das, was er da abgezogen hatte, ließ sich auch nicht mit seinem sexuellen Notstand erklären. Klar, sie hatten beide zu viel getrunken. Aber das war doch keine Entschuldigung für sein Verhalten. Auch wenn er das Gefühl gehabt hatte, dass die Initiative von ihr ausgegangen war, er hätte sich besser im Griff haben müssen.

Was ihn allerdings am meisten beunruhigte, war das Eingeständnis, dass er bei der Geschichte, die ihm gerade passiert war, seinen Kopf offenbar völlig abgeschaltet hatte.

16

Als er am nächsten Morgen aufwachte, erinnerten ihn die leichten Kopfschmerzen an den Rotwein, von dem er am Vorabend mehr als genug getrunken hatte. Er hatte auch zu viel geraucht. Seine Zunge fühlte sich in seinem Mund wie ein Fremdkörper an. Am meisten litt er aber unter dem moralischen Kater, der sich sofort mit dem Gedanken an Monika Boyens bei ihm einstellte. Er fühlte sich miserabel und schämte sich. Was ihn jedoch besonders bedrückte, war die Vorstellung, dass er nach der Trennung von seiner Frau wohl auf dem besten Weg war, langsam die Kontrolle über sich zu verlieren. Wie lange er noch in der Nacht alleine in seinem Sessel so dagesessen hatte, wusste er nicht mehr. Auf alle Fälle hatte er aber noch Flaschen, Gläser und den Aschenbecher vor dem Schlafengehen in die Küche gebracht.

Dass die Sonne von einem wolkenlosen Himmel schien, konnte seine Stimmung auch nicht verbessern. Wie auch sonst immer bei schönem Wetter war die Schlange vor dem Bäcker deutlich länger. Außerdem war Samstag, und man konnte davon ausgehen, dass neue Feriengäste auf der Insel eingetroffen waren. „Freundin" Ingrid blieb ihm an diesem Morgen erspart. Als er mit seinem Einkauf wieder zu Hause war, knurrte sein Magen. Er setzte die Kaffeemaschine in Gang und deckte auf der Terrasse den Tisch. Dabei musste er auch zur Nachbarin hinüberschauen. Zu seiner Erleichterung regte sich dort noch nichts. Er versuchte, das beklemmende Gefühl, das sich bei ihm einstellte, zu verdrängen. Schließlich hatte er sich dann endlich seine erste Tasse Kaffee eingeschenkt und die Sportseite der Zeitung aufgeschlagen, da klingelte es an der Wohnungstür. Er bekam einen Schreck und dachte sofort an Monika Boyens. Als er dann aber die Tür öffnete, stand Jost vor ihm. Er trug einen Rucksack und hatte sein Surfbrett unter dem Arm.

„Überraschung!"

Colmar war sprachlos.

„Ich wollte doch mal sehen, was du hier so treibst, Papa."

Colmar, der mit dieser Art von Humor in diesem Augenblick so gar nichts anfangen konnte, wusste immer noch nicht, was er sagen sollte. Er nahm seinen Sohn in die Arme, und es störte ihn dabei überhaupt nicht, dass das Surfbrett irgendwie im Weg war.

„Meine Güte, wie kommst du denn hier her? Ist was passiert? Aber komm erst mal rein! Ich bin gerade beim Frühstück."

„Das passt gut. Ich bin nämlich heute schon sehr früh raus und könnte jetzt gut einen Happen vertragen."

Jost stellte sein Gepäck im Wohnzimmer ab und schaute sich um.

„Hier hat sich aber wenig geändert."

Sie gingen beide in die Küche. Colmar kümmerte sich wieder um die Kaffeemaschine, während sein Sohn das noch fehlende Geschirr und ein weiteres Besteck nach draußen brachte. Als sie dann soweit waren und sich schließlich an den Tisch setzen konnten, begann Jost sofort damit, sich ein Brötchen zu schmieren. Sein Vater war noch nicht wieder in der Lage, an Essen zu denken und sah ihm zu. Dann konnte er sich nicht länger bremsen.

„Sag schon, was ist passiert?"

Jost grinste ihn an.

„Das ist eine längere Geschichte."

„Wir haben Zeit", sagte Colmar.

Jost legte seine Brötchenhälfte auf dem Teller ab und sah seinen Vater an..

„Also, nachdem wir beide das letzte Mal telefoniert hatten, ging ich am nächsten Morgen zu meinem Prof in die Sprechstunde und habe ihm wegen des Prüfungstermins so richtig was vorgejammert. Irgendwie muss ich Eindruck gemacht haben, denn plötzlich kam er mit einem Vorschlag raus: Wenn ich wollte, konnte ich bereits am nächsten Tag – das war gestern – um fünf Uhr nachmittags bei ihm die Prüfung vorziehen. Ich war so überrascht, dass ich sofort zusagte. Erst draußen auf dem Flur wurde mir klar, was das bedeutete. Ich hatte gerade mal einen Tag Zeit zur Vorbereitung. Ich bekam Panik, fuhr nach Hause und begann wie wahnsinnig, meine Unterlagen durchzupflügen. Das Handy schaltete ich ab. Ich wollte jetzt mit keinem über die neue Situation sprechen. Ja, auch mit dir nicht. Wie ich dich kenne, hättest du mir sowieso geraten, nicht auf die längere Vorbereitungszeit zu verzichten. Ich musste und wollte da auch alleine durch."

Er nahm einen Schluck von seinem Kaffee und verzog das Gesicht.

„Du kannst immer noch keinen richtigen Kaffee machen!"

Er stellte die Tasse wieder ab.

„Natürlich stellte ich mir das auch toll vor, wenn ich dich überraschen könnte", fuhr er fort. „Und ich hatte Glück. Die Prüfung lief gut. Nicht auszudenken, was ich gemacht hätte, wenn dies schief gegangen wäre. Egal, hier bin ich. "

„Die Überraschung ist dir gelungen. Ich war nämlich schon richtig beunruhigt. Ich konnte dich ja telefonisch auf einmal nicht mehr erreichen."

Dann erzählte er seinem Sohn von der Verwirrung, die Christines Schulfreundin Ingrid bei ihm ausgelöst hatte. Jost brach in ein lautes Gelächter aus.

„Das gibt es doch nicht! Na klar, wir haben sie in Hamburg getroffen. Sie fragte auch nach dir, und Mama sagte ihr, dass ihr im Moment getrennt lebtet. Sie erzählte ihr auch, dass sie vorhatte, auf den Malediven Urlaub zu machen. Freundin Ingrid ging sofort davon aus, dass ich mit von der Partie sei. Da ich fand, dass sie die ganze Sache nichts anging, habe ihr nicht widersprochen. Hinterher haben Mama und ich uns über diese neugierige Tante totgelacht. Aber sag mal, du hast doch nicht wirklich gedacht, ich würde so was machen?"

Colmar zuckte mit den Schultern.

„Ich glaube, nicht richtig: Aber ich gebe zu, dass ich ziemlich verunsichert war. Ich konnte dich nicht über das Telefon erreichen und überhaupt ..."

Jost schaute ihn nachdenklich an.

„Das tut mir leid, Papa. So etwas wollte ich überhaupt nicht anstoßen."

Jost war mit dem Zug nach Westerland gekommen und hatte von dort den Bus genommen. Sein Auto hatte er auf einem Parkplatz in Niebüll gelassen.

Nach dem Frühstück gingen sie dann als erstes zum örtlichen Fahrradverleih in der Hauptstraße und mieteten sich für ihren Aufenthalt auf der Insel Fahrräder. Mit diesen fuhren sie weiter zur Kurverwaltung und besorgten sich Kurkarten.

Dann radelten sie nach Hause und wollten das schöne Wetter endlich am Strand genießen. Auf dem Parkplatz vor dem Haus fehlte das Auto von Monika Boyens, und Colmar hoffte, dass sie inzwischen abgereist war. Sie packten eine Strandtasche mit ihren Badesachen, und dann machten sie sich auf den Weg ans Wasser. Jost verzichtete an diesem ersten Tag darauf, sein Surfbrett mitzunehmen. Wie er sich ausdrückte, wollte er es erst einmal „ruhig angehen" lassen und zunächst die Möglichkeiten fürs Wellenreiten „sondieren". Die Strandkörbe schienen alle besetzt zu sein. Colmar, der das Sitzen in diesen „Kisten" sowieso nie lange ertragen konnte, suchte sich mit Jost in einiger Entfernung einen Platz, an dem sie ihre Handtücher ausbreiteten und sich niederließen. Sie badeten mehrfach an diesem Nachmittag, obwohl ihnen das Wasser noch reichlich kalt vorkam. Sie machten auch noch einen längeren Spaziergang den Strand entlang, und als sie nach einigen Stunden aufbrachen, hatten sie sich beide an verschiedenen Stellen einen kleinen Sonnenbrand eingefangen.

Auf dem Parkplatz vor dem Ferienhaus dachte er nur noch einmal kurz an Monika Boyens. Er war sich jetzt sicher, dass sie inzwischen abgereist war. Sie duschten, zogen sich um und stiegen auf die Fahrräder, um in Kampen in einem Restaurant den glücklichen Beginn ihrer gemeinsamen Ferien gebührend zu feiern. Während des Essens sprachen sie vor allem über die überstandene Prüfung. Jost war die Erleichterung darüber, dass er diese Hürde geschafft hatte, deutlich anzumerken. Zum ersten Mal äußerte er sich seinem Vater gegenüber aber auch auffallend kritisch über seinen Studiengang, der ihm zu theoretisch und fern aller medizinischen Praxis erschien.

Die größte Neuigkeit aber war, dass er eine neue Freundin hatte. Sie hieß Sarah und arbeitete als Buchhändlerin in einem Geschäft in Hamburg. Jost hatte sie vor einigen Wochen kennen gelernt. Sie schien ihn sehr beeindruckt zu haben, denn er schwärmte besonders davon, dass sie „so anders" sei als die Studentinnen, mit denen er sonst zusammen war. Was Colmar allerdings beunruhigte, war die Neuigkeit, dass sein Sohn offenbar plante, mit dieser neuen Bekanntschaft demnächst zusammenzuziehen. Er konnte sich noch gut daran erinnern, wie schwer es Jost gefallen war, die Wohngemeinschaft mit seiner früheren Partnerin aufzulösen. Colmar war aber inzwischen klug genug, seine Bedenken für sich zu behalten, wusste er doch, dass Äußerungen dieser Art fast immer als eine störende und belastende Einmischung empfunden wurden. So verbrachten sie einen sehr harmonischen Abend zusammen und fuhren spät in bester Stimmung zurück in die Wohnung.

Die Ferien wurden insgesamt ein Erfolg. Das lag nicht nur an dem fast durchgehend guten Wetter und der Brandung, die von den Surfern auf der Insel genossen wurde. Colmars ursprüngliche Befürchtungen, er und sein Sohn hätten sich vielleicht bereits zu sehr entfremdet und könnten sich gegenseitig auf die Nerven gehen, bestätigten sich nicht. Soweit er feststellen konnte, war Jost ihm gegenüber nach wie vor locker und unverkrampft. Er konnte in diesem Urlaub sein Hobby auch so richtig ausleben. Er war mit seinem Brett viel auf dem Wasser, manchmal schon sehr früh am Morgen, wenn sich die Wellen besonders steil an der Sandbank vor dem Strand brachen. Außerdem hatte er unter den anderen Surfern einen Studienkollegen getroffen, mit dem er sich am Strand häufig traf. Als Jost zögerte, sich mit diesem Bekannten auch abends zu verabreden, weil er seinen Vater offenbar nicht allein lassen wollte, bestand Colmar darauf, dass er auf diese Abmachung einging. Er sagte seinem Sohn, dass er keinen Babysitter benötige und dass er selber auch manchmal ein wenig Zeit für sich brauche. Solche Abende nutzte er dann, um mit Anna zu telefonieren, von deren Existenz er seinem Sohn nichts erzählt hatte. Auch sie verbrachte ihren Aussagen nach sehr schöne Ferien, und sie freuten sich beide darauf, sich demnächst in Kiel wiederzusehen. Es bewegte ihn, dass bei einem dieser Gespräche auch Jane unbedingt mit ihm reden wollte und ihm aufgeregt mitteilte, dass sie gerade schwimmen gelernt habe.

An anderen Abenden kochten Vater und Sohn gemeinsam, und Colmar war jedes Mal erstaunt, wie geschickt sich Jost dabei anstellte. Er selber hatte in diesem Bereich ja nie besondere Fähigkeiten entwickelt.

Nach dem Essen machten sie verschiedentlich noch kleinere Spaziergänge, weil sie dann beide das Bedürfnis hatten, sich noch einmal etwas zu bewegen. Ein Abend in der Kampener Heide blieb ihm vor allem deshalb in Erinnerung, weil er unterwegs von Jost wie aus heiterem Himmel auf den Brief angesprochen wurde, den Christine ihm vor einiger Zeit geschickt und auf den er noch nicht reagiert hatte.

„Mama hat mir erzählt, sie hat dir geschrieben."

Colmar wusste einen Moment lang nicht, wie er reagieren sollte.

„Das ist richtig", entgegnete er schließlich.

„Willst du ihr denn nicht antworten?"

„Sag mal, hat sie dich vielleicht beauftragt, mir ins Gewissen zu reden?"

„Quatsch. Natürlich nicht. Du kennst sie doch, Papa."

„Hat sie dir auch gesagt, was in dem Brief steht?"

„Nein. Nur, dass sie dir geschrieben hat und dass du nicht reagierst", antwortete Jost. „Ich kann mir allerdings denken, dass es darum geht, wie es mit euch weitergehen soll. Um zu diesem Schluss zu kommen, braucht man wirklich kein Hellseher zu sein."

„Und was sagst du dazu?", fragte Colmar.

„Ich kann da wenig helfen. Das ist eure Sache. Ich glaube nur, dass der augenblickliche Schwebezustand auf Dauer keine Lösung sein kann."

„Hast du denn irgendeine Ahnung, was deine Mutter will?"

„Darüber spricht sie mit mir nicht. Für mich scheint die Situation aber klar zu sein. Immerhin lebt sie in Hamburg und nicht mit dir."

Colmar fragte sich, ob sich Jost klar darüber war, wie sehr seinem Vater diese „sachliche" Feststellung wehtat. Er schwieg.

„Ich verstehe wohl, dass die Lage für dich besonders schwierig ist, und ich weiß auch, dass du mit mir über die ganze Angelegenheit nicht reden möchtest", fuhr Jost nach einer Weile fort. „Aber es muss doch was passieren."

Nach einer kleinen Pause setzte er nach.

„Was wir nicht ändern können, müssen wir akzeptieren. Das hast du mir selbst immer gesagt."

Sie gingen nebeneinander her, ohne dass einer von ihnen etwas sagte. Wieder war es Jost, der das Schweigen brach.

„Die Lage hat sich für uns alle geändert, und ich finde, auch du musst dich darauf einstellen. Schon allein, weil du an deine eigene Zukunft denken musst."

Colmar war stehen geblieben.

„Das sagt sich so leicht."

„Das ist mir doch klar. Aber du bist es doch, der unter dem augenblicklichen Zustand am meisten leidet."

Jost blieb stehen und legte seinem Vater eine Hand auf den Arm.

„Ich finde, du solltest dir selber eine neue Chance geben. Es ist Zeit, dass du die ersten Schritte in diese Richtung machst. Du solltest auf Mamas Brief antworten, auch wenn du nicht weißt, wie das alles für dich weitergehen soll. Eine Reaktion auf ihren Brief, egal wie die auch immer ausfällt, wäre doch so ein solcher erster Schritt."

Das war das erste und letzte Mal, dass sie in den Ferien über Christine sprachen. Über das eigentliche Problem, das zwischen ihnen stand, nämlich das entspannte Verhältnis, das Jost allem Anschein nach zu Grossmann unterhielt, redeten sie nicht. Es kostete Colmar einige Mühe, den Gedanken zu akzeptieren, dass sein Sohn sich mit der Trennung seiner Eltern nicht nur abgefunden und mit dieser für den Vater sehr schmerzhaften Situation blendend „arrangiert" hatte, wie Hans-Gerd sich ausgedrückt hatte, sondern dass er aus der neuen Konstellation ganz offensichtlich auch seine persönlichen Vorteile zog. An diesem Abend fühlte sich Colmar nicht nur von seiner Frau verraten und im Stich gelassen.

17

Die zwei Wochen auf Sylt vergingen viel zu schnell. Sie waren sich beide einig, dass dieser gemeinsame Urlaub gut und gerne noch eine Woche länger hätte dauern können. Colmar hatte sogar den Eindruck, dass die Zeit, die sie miteinander verlebten, sie einander wieder ein wenig näher gebracht hatte. Als sie sich an ihrem letzten Freitag in Westerland auf dem Bahnhof voneinander verabschiedeten, wo sein Sohn in den Personenzug nach Niebüll stieg, um von dort mit seinem Auto weiter nach Hamburg zu fahren, nahmen sie sich auch vor, eine solche Fahrt bei Gelegenheit zu wiederholen. Colmar reihte sich dann mit seinem Wagen in die Schlange der Urlauber ein, die auf den Autozug warteten, und erreichte nach einer guten Stunde das Festland.

Die Fahrt zurück nach Kiel gestaltete sich deutlich umständlicher als die Hinreise. Überall war die Ernte im vollen Gang. Der Verkehr wurde immer wieder durch Mähdrescher und mehr noch durch Traktoren mit Anhängern aufgehalten. Dadurch hatte er jetzt reichlich Gelegenheit, seinen Gedanken nachzugehen.

Sein Sohn hatte sich verändert. Er war erwachsener und auch merklich selbstständiger geworden. Auch wenn es ihm wehgetan hatte, es hatte Colmar schon beeindruckt, wie sachlich er in ihrem Gespräch am Kampener Watt die Situation seiner Eltern eingeschätzt hatte. Was ihm aber nach wie vor Probleme bereitete, war der Verdacht, dass Jost in diesem Zusammenhang die eigene Position ziemlich unkritisch beurteilte.

Josts Einstellung gegenüber seinem Studiengang hatte seinen Vater überrascht und nachdenklich gemacht. Und die Sache mit seiner neuen Freundin schien eine ernste Angelegenheit zu sein, das wenigstens deuteten die vielen Telefongespräche an, die er von Sylt aus mit ihr geführt hatte. Auch hatte Colmar vorher nie bemerkt, wie viel Ähnlichkeit es zwischen seinem Sohn und Christine in manchen Situationen gab. Es hatte ihm jedes Mal einen kleinen Stich versetzt, wenn er dies feststellte. In seinen Gedanken kehrte er immer wieder zu den Gesprächen zurück, die er mit ihm, aber auch mit Frau Boyens über seine eigene Situation geführt hatte.

Nach den zwei Wochen mit Jost kam ihm jetzt seine eigene Wohnung in Kiel ziemlich leer vor. Auch der kleine Blumenstrauß, den Frau Harber als Willkommensgruß auf den Tisch im Wohnzimmer gestellt hatte, konnte diesen Eindruck nicht ändern. Er stellte seinen Koffer und die Taschen im Flur ab. Wie sonst auch immer, wenn sie früher verreist waren, hatte Frau Harber die Post gesammelt und auf den Küchentisch gelegt. Er blätterte den kleinen Stapel flüchtig durch. Es überraschte ihn nicht, dass es sich bei den Briefen vornehmlich um Reklamesendungen und Versandhauskataloge handelte. Er hatte den Eindruck, dass ihm von den letzteren von Woche zu Woche mehr zugeschickt wurden. Einige Schreiben waren offensichtlich Rechnungen, die er erst einmal an die Seite legte. Aber es gab auch zwei Ansichtskarten. Eine hatten ihm Armin und Gisela von ihrem Griechenlandurlaub aus Delphi geschrieben. Die andere war in Paris aufgegeben worden. Sie kam von Barbara.

Lieber Thomas!
Wir verbringen in dieser tollen Stadt ein paar sehr schöne Tage.
Hans-Gerd lässt dich natürlich auch grüßen.
XXX OOO
Barbara

Na, das hörte sich ja so an, als sei ihre Krise überwunden. An seinem Telefon blinkte der Anrufbeantworter. Es gab drei Nachrichten. Die Sprechstundenhilfe seines Freundes Hans-Gerd erinnerte ihn daran, dass es wieder an der Zeit war, einen Zahnarzttermin zu vereinbaren. Seine Schwiegermutter in Berlin, die sich offenbar immer noch für ihre Tochter verantwortlich fühlte, wünschte ihm „aus ganzem Herzen" schöne Ferien. Der dritte Anruf war von Hans-Gerd selber, der an ihr Tennisdoppel am Samstagnachmittag erinnerte. Er informierte Colmar auch darüber, dass sich Wolf bereits um einen Ersatzmann für Armin gekümmert habe.

Er ging nach oben zu seinem Computer, um nach Emails zu sehen. Er hatte immer ein ungutes Gefühl, wenn er nach längerer Zeit seine Eingangsbox öffnete. Irgendwie fühlte er sich dann von der Flut der Sofortmeldungen erdrückt. Auch diesmal handelte es sich bei den Nachrichten fast nur um plumpe Werbung. Ein wichtiges Schreiben aber kam von seiner Schule. Man hatte ihm seinen Stundenplan für das neue Schuljahr zugeschickt. Er überflog ihn kurz und stellte fest, dass seine persönlichen Wünsche eingearbeitet worden waren.

Er packte anschließend den Koffer und die Taschen aus. Die schmutzige Wäsche stopfte er in die Waschmaschine. Frau Harber würde sich dann um sie kümmern. Dann versuchte er mit Anna zu telefonieren. Sie war aber nicht erreichbar. Auf ihrer Mobilbox hinterließ er die Nachricht, dass er inzwischen wieder sicher in Kiel angekommen sei.

Er öffnete die Tür zum Garten und trat nach draußen auf die Terrasse. In diesem Jahr hatte er sie überhaupt noch nicht genutzt. Er dachte daran, wie er den Aufenthalt in diesem Bereich auf Sylt genossen hatte. Der kleine Garten sah ziemlich heruntergekommen aus. Zwar hatte er in unregelmäßigen Abständen den kleinen Rasen gemäht, doch insgesamt wirkte alles ziemlich trostlos. Auf den Blumenbeeten, die Christine früher mit viel Liebe gepflegt hatte, wucherte Unkraut, und um die abgeblühten Blumen musste sich auch dringend jemand kümmern.

Einige Pflanzen, die in Töpfen vor der Terrasse standen, waren vertrocknet. Hier musste etwas geschehen. Er fasste den Entschluss, dies am folgenden Tag in Angriff zu nehmen. Am Abend rief ihn dann sein Sohn an, um ihn wie verabredet zu informieren, dass auch er gut wieder in Hamburg gelandet sei.

Wie er sich vorgenommen hatte, befasste er sich am nächsten Morgen tatsächlich mit seinem Garten. Dieser Bereich hatte ihn eigentlich immer recht wenig interessiert. Auch waren seine Kenntnisse auf diesem Gebiet sehr bescheiden. Wenn er früher dort selber aktiv war, so geschah das stets unter Christines Anleitung. Er ging nun zunächst daran, alle Blumenbeete von Unkraut und abgestorbenen Stauden zu befreien. Dann entsorgte er die alten Blumentöpfe und anderen Müll. Er setzte den elektrischen Rasenmäher in Gang und beschnitt danach auch die abgeblühten Rosen. Allerdings, am Ende sah der lange vernachlässigte Garten immer noch recht kümmerlich aus. Er nahm sich vor, sich von Karin, Wolfs Frau, die eine passionierte Gärtnerin war, beraten zu lassen. Es war Mittag, als er daran ging, auch die Terrassenmöbel abzuwaschen. Er fegte abschließend den Boden und war am Ende mit dem Ergebnis seiner Bemühungen nicht unzufrieden.

Als er kurz vor drei auf dem Tennisplatz eintraf, waren seine Partner bereits umgezogen und warteten auf ihn. Das Spiel machte an diesem Tag viel Spaß, denn alle schienen nach der langen Pause besonders motiviert zu sein. Es lag aber wohl auch nicht zuletzt daran, dass der sympathische Ersatzmann Jochen, der für Armin eingesprungen war, wesentlich jünger und ein besserer Tennisspieler war als sie alle. Nach dem Duschen tranken sie im Clubheim noch ein Bier, und Jochen, einer von Wolfs Kollegen, ließ es sich nicht nehmen, sie dazu einzuladen. Bevor sie auseinander gingen, fragte Wolf, ob sie sich nicht am Abend alle zusammen bei ihm zu Hause zum Grillen treffen wollten. Der taktvolle Jochen entschuldigte sich sofort, da er bereits andere Pläne hatte. Die Freunde aber verabredeten, sich um acht Uhr bei Wolf einzufinden.

Jochen, der es eilig hatte, verabschiedete sich von ihnen auf dem Parkplatz der Anlage. Die drei Freunde blieben noch einen Augenblick stehen und sahen ihm nach. Hans-Gerd stellte seine Tennistasche auf dem Boden und nahm seinen Autoschlüssel aus der Hosentasche. Er hatte offensichtlich noch etwas auf dem Herzen.

„Ihr habt wahrscheinlich davon gehört. Ich habe da ziemliche Scheiße gebaut", sagte er dann überraschend, ohne sie dabei anzusehen. „Ich wollte euch nur sagen, dass zwischen Barbara und mir wieder alles in Ordnung ist."

Wolf reagierte sehr erleichtert. Er strich sich, wie es für ihn typisch war, über die Haare.

„Mensch, Gott sei Dank!"

Colmar legte Hans-Gerd eine Hand auf die Schulter und drückte sie.

„Das ist schön", sagte er und fügte dann hinzu: „Für uns alle."

Hans-Gerd hob seine Tasche auf und grinste seine Freunde an.

„Paris war übrigens ein Traum. Aber davon erzählen wir euch heute Abend noch mehr."

Mit einem „bis nachher dann!" ging Wolf zu seinem Auto, das er etwas weiter entfernt geparkt hatte. Colmars Golf stand neben Hans-Gerds Sportwagen, dessen Rücklichter kurz blinkten, als sein Freund ihn aus der Ferne öffnete. Sie verstauten ihre Taschen im Kofferraum ihrer Fahrzeuge und als Colmar dann in seinen Wagen einsteigen wollte, sprach Hans-Gerd ihn über beide Autos hinweg noch einmal an.

„Übrigens, Thomas, vielen Dank."

Colmar dachte, dass er damit auf ihre Tennisverabredung anspielte.

„Keine Ursache", antwortete er. „Du weißt ja, ich spiel ja selber gern."

„Nein, das meine ich nicht. Barbara hat mir von eurem Gespräch erzählt."

Colmar sah ihn an und zuckte mit den Achseln.

„Ich habe dabei eigentlich hauptsächlich zugehört."

„Sie hat mir das aber etwas anders dargestellt. Sie sagt, du hast ihr sehr geholfen."

„Das freut mich", entgegnete Colmar und hob zum Abschied eine Hand.

Hans-Gerd, der wie immer auch an den ganzen Nachmittag sehr selbstsicher gewirkt hatte, machte noch ein „*Victory*" Zeichen und stieg in seinen Wagen. Als Colmar hinter ihm vom Parkplatz fuhr, fragte er sich, ob diese „Läuterung" seines Freundes wohl von Dauer sein würde.

Als er abends bei Wolf und Karin eintraf, wurde er von Barbara mit einer Umarmung begrüßt, die etwas länger ausfiel als gewöhnlich. Über ihre Schultern hinweg konnte er sehen, dass Hans-Gerd sie beide beobachtete.

„Danke", flüsterte sie ihm ins Ohr.

Er drückte sie an sich.

„Ich freue mich sehr für euch", antwortete er ihr auf die gleiche Weise.

Irgendwann musste er dann allen über seine Ferien auf Sylt berichten, besonders über die durch Josts Prüfung bedingten anfänglichen Komplikationen, von denen die Freunde noch nichts gehört hatten. Die Verunsicherung, die Christines Schulfreundin Ingrid bei ihm ausgelöst hatte, erwähnte er ebenso wenig wie Monika Boyens. Wolf und seine Frau Karin freuten sich auf den eigenen Urlaub, den sie erst später im Jahr antreten wollten. Colmar musste immer wieder Barbara und Hans-Gerd beobachten. Nein, er konnte keine Anzeichen dafür erkennen, dass sich das Eheglück der beiden in irgendeiner Weise dauerhaft eingetrübt hatte. Es überraschte ihn auch nicht, dass Barbara wusste, dass Christine auf die Malediven geflogen war. Hans-Gerd wiederum hatte die Information, dass die Kieler Nebenstelle von Grossmanns Firma geschlossen worden sei. Die Männer nahmen sich vor, mindestens noch einmal zusätzlich in der nächsten Woche Tennis zu spielen. Schließlich gab Karin Colmar noch einige Tipps, mit deren Hilfe er versuchen sollte, seine Blumenbeete aufzufrischen. Sie erinnerte ihn auch an seinen eigenen Geburtstag und fragte ihn, wie er dieses Ereignis feiern wolle. Colmar schlug sich an die Stirn.

„Mensch, das habe ich ja völlig vergessen! Das ist ja schon in zwei Wochen!"

Nach einer kleinen Pause fügte er hinzu:

„Ich glaube ich werde euch alle irgendwo zum Essen einladen."

Dieser Plan wurde von allen für eine „gute Idee" gehalten, und er versprach, sie alle noch rechtzeitig über die genaueren Umstände zu informieren.

Am nächsten Tag nahm er Christines Brief aus der Schublade seines Schreibtisches. Unter Herzklopfen las er ihn noch einmal. Er brauchte einige Zeit, bis er sich hinsetzen und versuchen konnte, eine Antwort zu verfassen. Mehrere Ansätze landeten im Papierkorb. Er tat sich sehr schwer. Irgendwie wollte der Ton, den er anschlug, nicht passen. Er hatte die Absicht, ebenso wie sie sachlich, aber nicht unpersönlich zu sein. Das Ergebnis, so fand er, war schließlich recht bescheiden und kurz.

Hallo Christine!

Ich habe etwas Zeit gebraucht, um deinen Brief zu verarbeiten.

Natürlich hast du recht. Das Leben muss für uns weitergehen und wird es auch, egal wozu wir uns entschließen.

Ich möchte aber, dass du weißt, dass ich deiner Zu-
kunft in keiner Weise im Wege stehen will. Ich werde deine
Entscheidung, wie immer sie ausfällt, respektieren und
akzeptieren.
Ich wünsche dir für deine Pläne viel Glück.
Thomas

Er fühlte sich erleichtert. Er war jetzt auch überzeugt davon, dass er mit diesem Brief einen Schritt
machte, der längst überfällig war. Er schrieb Christines Hamburger Adresse auf einen Umschlag, versah
diesen mit einer Marke und brachte ihn umgehend
zum nächsten Briefkasten. Er nahm nicht an, dass sie
von ihrer Fernreise bereits zurückgekommen war.
Aber es war ihm wichtig, das Schreiben so schnell wie
möglich auf den Weg zu bringen.

Am Montag rief Anna an und berichtete begeis-
tert von einem Ausflug den sie mit ihren Freunden
am Wochenende nach Cannes unternommen hatte.
„Alains Mutter hat in dieser Zeit auf die Kinder
aufgepasst."
Sie machte eine kleine Pause.
„Alain ist ein alter Freund aus meiner Zeit in
Lyon. Ich glaube, ich habe dir schon von ihm erzählt.
Die Kinder waren alle sehr froh, die Alten einmal los
zu sein."
Colmar war unsicher, ob er den Namen Alain
schon einmal gehört hatte.
„Es war ein super Tag", schwärmte sie. „Cannes
hat sich ja so sehr verändert! Eine tolle Stadt."
Er war vor Jahren selber einmal mit Christine in
Nizza und auch in Cannes gewesen.
„Übrigens, übermorgen wollen wir mit der gan-
zen Bande eine Exkursion in die Gorges du Verdon
machen", fuhr Anna dann fort. „Mit Kanufahren und
so weiter. Die Kinder sind schon ganz aufgeregt."
„Das wird sicher sehr schön für euch. Hast du
schon Pläne für eure Rückfahrt nach Kiel?"

„Wir kommen am Ende der Woche. Ganz genau weiß ich das aber noch nicht. Wir werden dann wieder bei meiner Freundin in Würzburg übernachten. Ich will versuchen, dich noch einmal anzurufen."

In den nächsten Tagen bemühte er sich, Karins Anregungen für seinen Garten umzusetzen. Er fuhr mehrfach in eine Gärtnerei, um neue Pflanzen zu holen, die er dann sorgfältig in die Blumenbeete einsetzte und wässerte. Er wunderte sich selber, dass diese Tätigkeit schließlich anfing, ihm sogar ein wenig Spaß zu machen. Am Abend widmete er sich der Vorbereitung seines Unterrichts und besonders der Sichtung des Materials für seinen Leistungskurs, mit dem er dann ja am Ende des Schuljahres Abitur machen würde.

Anna rief erst am späten Samstagabend an. Sie war mit ihrer Tochter gerade in Kiel angekommen und hatte sie gleich ins Bett gebracht. Sie machte ihm den Vorschlag, am nächsten Morgen in der Stadt gemeinsam zu frühstücken. Sie hatte ohnehin nichts zu essen im Haus. Sie einigten sich auf ein Restaurant an der Förde.

Am folgenden Morgen erinnerte er sich auf dem Weg in das Lokal, dass man Kindern bei solchen Gelegenheiten mit einem kleinen Geschenk immer eine Freude machen kann. Christine hätte so etwas schon vorher bedacht. Er hielt an einer Tankstelle, für die inzwischen der Vertrieb von Treibstoff eine Nebensache zu sein schien, und kaufte ein kleines Steifftier, mit dem er glaubte, wenig falsch machen zu können. Er entschied sich für einen kleinen Seehund, da er annahm, dass eine gewisse Beziehung zu seinem Urlaubsort nicht schlecht sei.

Jane und ihre Mutter warteten schon auf ihn, als er in dem Restaurant eintraf. Sie waren beide braun gebrannt und sahen sehr erholt aus. Es fiel ihm wieder auf, wie jung Anna war. Er begrüßte beide mit einem Küsschen auf die Wange und stellte fest, dass seine Idee, ein Geschenk zu besorgen, richtig gewesen war, denn auch Jane hatte ihm etwas mitgebracht. Sie hatte für ihn ein Bild gemalt, auf dem eine Figur mit gespreizten Armen und Beinen im Wasser liegend dargestellt war. Auf diese Gestalt piekte sie mit einem Finger.

„Das bin ich. Ich kann jetzt schwimmen!"

Am Rand des Bildes ließ sich eine weitere Figur ausmachen, die der Schwimmerin offenbar zuschaute.

„Und das bist du, Tommy!"

Diese vertraute Anrede war neu. Er sah, wie Anna ihm zuzwinkerte, und fühlte sich geschmeichelt. Er dankte Jane und überreichte ihr dann sein Päckchen.

„Das habe ich für dich an der Nordsee gefangen".

Sie nahm es an sich und packte es umständlich aus. Sie war von „Robby" sofort begeistert. Sie sprang auf, lief um den Tisch herum und drückte Colmar. Diese Zutraulichkeit des Kindes berührte ihn wieder sehr. Dann wurde es doch noch etwas peinlich für ihn. Anna hatte ihm nämlich eine mit einer blau-weiß-roten Schleife geschmückte Flasche Rotwein mitgebracht.

„Die ist für dich. Das ist Wein aus der Gegend, in der wir waren. Beim Probieren kann ich dir ja helfen"

„Ach du meine Güte! Du sollst mir doch keine Geschenke machen! Das ist mir unangenehm. Ich habe für dich nämlich gar nichts."

Sie lachte.

„Das ist doch kein Geschenk! Das ist ein ‚Mitbringsel'. Ich bin dir übrigens auch überhaupt nicht böse, dass du nicht daran gedacht hast, mir einen Matjeshering von der Küste mitzubringen."

Über diese Vorstellung musste er nun auch lachen. Während des Frühstücks erzählte sie ihm von ihrer ermüdenden Rückfahrt, von rücksichtslosen französischen Fahrern, von überfüllten Autobahnen und der Übernachtung in Würzburg, wo sie auch schon auf der Hinfahrt ihre Reise unterbrochen hatte.

Der letzte Abschnitt, die Strecke nach Kiel, war wegen der vielen Baustellen und Staus besonders mühevoll gewesen.

Nach dem Frühstück trennten sie sich. Sie wollte noch in einen Supermarkt, der auch am Sonntag geöffnet hatte.

„Mein Kühlschrank ist absolut leer. Außerdem müssen wir noch zu meiner Mutter und sehen, wie es ihr in der Zwischenzeit ergangen ist. Hoffentlich erkennt sie uns wieder."

18

Am Montag Nachmittag machte er sich an eine Aufgabe, die er sich schon seit längerem vorgenommen hatte. Er versuchte, seine CD Sammlung, die in den letzten Monaten ziemlich durcheinander geraten war, neu zu ordnen. Dies stellte sich jedoch komplizierter dar, als er gedacht hatte, weil die Arbeit immer wieder ins Stocken geriet. Das lag vor allem daran, dass ihm zwischendurch mehrfach ein neues Ordnungsprinzip einfiel. Auf alle Fälle wollte er Christines Musik in eine eigene Abteilung aussortieren. Das war aber ebenfalls nicht so einfach, da er ihr ja die meisten dieser Alben selber geschenkt hatte und sie eigentlich auch „seine" Musik waren.

Am frühen Abend gab es ein plötzliches und heftiges Gewitter. Er hatte sich gerade überlegt, seine Arbeit zu unterbrechen, um am nächsten Tag weiterzumachen, da klingelte es an der Haustür. Als er öffnete, stand Anna vor ihm. Sie lächelte ihn an.

„Stör ich?"

Die Überraschung verschlug ihm die Sprache. Sie wirkte völlig durchnässt und sah irgendwie anders aus. Der Regen hatte ihre Frisur verändert. Durch die nassen Haare und die dunklen Strähnen, die an ihrer Stirn klebten, wurde ihr hübsches Gesicht mit den großen Augen besonders hervorgehoben. Er musste schlucken.

„Anna!"

Seine offensichtliche Verwirrung schien sie zu amüsieren.

„Na wie ist? Kann ich reinkommen?"

Erst jetzt war es ihm möglich, auf ihr unerwartetes Erscheinen zu reagieren.

„Natürlich. Mensch, komm rein! Du bist ja völlig durchgeweicht."

Er trat an die Seite, damit sie an ihm vorbeigehen konnte. Dann half er ihr aus ihrer Jacke, die er dann in der Garderobe zum Trocknen über einen Bügel hängte

„Was ist mit dem Pullover? Der ist doch bestimmt auch nass."

Er merkte sofort, dass seine Frage missverstanden werden konnte und fühlte, dass er wieder einmal einen roten Kopf bekam. Anna schien seine offensichtliche Nervosität zu genießen. Sie zog die Augenbrauen hoch und machte ein erstauntes Gesicht.

„Ich meine, ich kann dir einen von meinen geben", beeilte er sich hinzuzufügen.

„Nein, nicht nötig. Ganz so schlimm ist es nicht. So richtig hat es mich auch erst erwischt, als ich eben aus dem Auto stieg."

Er holte ihr ein Handtuch. Der Fön, den es früher im Haus gegeben und den er selber aber nie benutzt hatte, war von Christine mitgenommen worden. Anna begann vorsichtig, ihre Haare zu trocknen.

„Heute hatte ich wieder meinen Aerobic-Kurs", sagte sie dabei. „Dann passt Gesa ja immer auf Jane auf. Das wollte ich jetzt mal ausnutzen, um dich zu überraschen."

„Das hat dann ja auch prima geklappt."

Sie ließ das Handtuch, mit dem sie sich das Gesicht abgetupft hatte, sinken und lachte ihn an.

„Ich war natürlich auch ein bisschen neugierig. Du hast mich ja noch nie zu dir eingeladen."

„Wenn ich gewusst hätte, dass dir daran etwas liegt, hätte ich das längst gemacht", antwortete er.

Er führte sie ins Wohnzimmer und war über die große Unordnung, die er dort mit seiner Räumaktion hinterlassen hatte, selber verblüfft. Sofort begann er, überall herumliegende CDs an die Seite zu schieben. Anna war in der Tür stehen geblieben.

„Das sieht ja nach Arbeit aus."

„Irgendwie wird es Zeit, dass ich um mich herum etwas aufräume", sagte er. „Möchtest du was trinken? Oder hast du vielleicht Hunger?"

„Hunger, nein. Aber Durst habe ich. Hast du einen Schluck Mineralwasser?"

„Na klar. Kommt sofort. Setz dich irgendwo hin. Ich bin gleich wieder da."

Er nahm ihr das Handtuch ab, das sie noch in der Hand hielt, und als er dann mit einem großen Glas und der Wasserflasche aus der Küche zurückkehrte, bemerkte er, dass sie sich wie selbstverständlich Christines Lieblingssessel ausgesucht hatte. Wie es typisch für sie war, hatte sie ihr Handy vor sich auf den Tisch gelegt. Er füllte ihr Glas.

„Vielleicht sollte ich auch etwas für mich holen. Moment. Ich bin gleich wieder da", sagte er dann.

In der Küche fand er den Rotwein, den Anna aus der Provence mitgebracht hatte. Er steckte den Korkenzieher in die Tasche, nahm zwei Weingläser, und als er wieder ins Wohnzimmer kam, sah er, dass sie vor seiner Musikanlage stand und eine CD in der Hand hielt, die auf dem Player gelegen hatte.

„Können wir die hören?", fragte sie.

Er stellte Gläser und Flasche auf dem Tisch. Dann nahm er ihr die Scheibe ab, um sie einzulegen. Es handelte sich um eine Konzertaufnahme der Country Sängerin Emmylou Harris, die er zuvor gespielt hatte. Sobald die ersten Takte zu hören waren, setzte Anna sich wieder. Sie lachte, als sie nun die Weinflasche sah.

„Aber davon möchte ich dann auch ein Glas probieren."

„Wie du siehst, habe ich mir das schon gedacht", sagte er und zeigte auf die beiden Gläser.

Dann öffnete er die Flasche.

„Wie war es übrigens bei deiner Mutter?", fragte er und füllte die beiden Weingläser. Dann setzte auch er sich in seinen Sessel, den er ebenfalls von CD-Hüllen befreien musste. „Sie hat sich doch bestimmt gefreut, euch wiederzusehen."

„Ja, das hat sie. Es geht ihr erstaunlich gut. Besser als vor unserem Urlaub. Vielleicht sollte ich sie häufiger mal allein lassen."

Sie sprachen dann eine Weile über ihre Ferien und über Details, die sie am Telefon noch nicht erwähnt hatten. Er berichtete ihr noch einmal von Sylt, vor allem von seinem Sohn. Er schilderte ihr den erwachsenen Eindruck, den dieser auf ihn gemacht hatte, und erzählte auch von der neuen Freundin, mit der er seinen Vater überrascht hatte. Monika Boyens erwähnte er natürlich nicht. Auf der anderen Seite beschrieb Anna ihm die Leute, mit denen sie in Frankreich ihre Ferien verbracht hatte. Es waren alte Freunde, die sie aus ihrer Zeit in Lyon kannte und die sie seitdem hin und wieder gesehen hatte. Marie, auch eine Deutsche, hatte in Frankreich geheiratet. Sie hatte mit ihrem Mann zwei Kinder, einen Jungen und ein Mädchen. Der kleine Louis war ungefähr ein Jahr alt, und seine Schwester Emma war in Janes Alter. Dann gehörten noch zwei Franzosen zu ihrer Clique. Jean war verheiratet und hatte einen kleinen Sohn. Der andere, Alain, war geschieden. Er wohnte zusammen mit seiner Mutter in dem Haus, in dem sie sich jetzt getroffen hatten. Alle hatten sich wieder sehr gut verstanden. Bei dem tollen Wetter hatten sich die Kinder praktisch den ganzen Tag über am Pool aufgehalten. Besonders viel Spaß hatten die vielen gemeinsamen Unternehmungen gemacht, und ihrem Französisch hatte der Urlaub auch sehr gut getan.

Ihm fiel etwas ein.

„Bevor ich es vergesse: Ich habe Geburtstag in der nächsten Woche. Am Dienstag. Das ist ein Termin, den du dir merken musst."

„Gerne. Darf man denn mal fragen, wie alt du überhaupt wirst?"

„Neunundvierzig."

„Ehrlich? Das kann ich gar nicht glauben."

Er verzog das Gesicht.

„Das geht mir ebenso."

Sie nahm einen kleinen Schluck von ihrem Wein und schaute sich um.

„Eine schöne Wohnung."

„Inzwischen ein bisschen groß für mich allein. Oben sind dann noch die Schlafzimmer, das Bad und mein Arbeitszimmer."

„Wirst du deinen Geburtstag hier feiern?"

„Nein. Das möchte ich allen ersparen. Vor allem mir selber. Ich lade euch alle ein in mein Lieblingsrestaurant in der Nähe der Schleuse."

„Hast du in der Wohnung eigentlich schon irgendetwas verändert, seitdem du hier alleine lebst?"

„Wenig. Ich fange im Grunde erst jetzt damit an, darüber richtig nachzudenken."

„Ich find auch, dass du das tun solltest."

Sie schwiegen jetzt eine Weile. Im Hintergrund sang Emmylou Harris „*Making Believe*". Anna stand auf und zeigte auf die Bücherwand.

„Kann ich mir das einmal ansehen?"

„Na klar, aber das meiste ist auf Englisch"

Auch er war aufgestanden. Sie gingen zu den Regalen. Sie schaute in einer der oberen Reihen die Buchrücken entlang, lachte und nahm einen Band heraus. Es war *The Women's Room* von Marilyn French. Sie lachte.

„Sag bloß, das hast du gekauft!"

„Nein, das war Christine vor einigen Jahren. Gelesen aber habe ich es auch."

Sie stellte sich auf die Zehenspitzen und bemühte sich, das Buch wieder einzuordnen. Das war nicht so leicht, weil die Lücke, in die es gehörte, eng war und sich etwas verschoben hatte. Er versuchte, ihr zu helfen. Als er dicht neben ihr stand, um für sie ein wenig mehr Platz auf dem Regal für den Band zu schaffen, spürte er ihre Nähe. Er kannte ihr Parfum, aber so deutlich hatte er es noch nie wahrgenommen. Er merkte, dass Anna ihn ansah. Auch er drehte jetzt sein Gesicht zu ihr und küsste sie auf den halb geöffneten Mund. Es wurde ein langer Kuss. Anna ließ das

Buch fallen. Es traf ihn an der Schulter und fiel polternd zu Boden. Sie hatte die Arme um seinen Hals gelegt. Nach einiger Zeit lehnte sie sich zurück.

„Mensch, Thomas, das wurde aber auch Zeit!"

Ihre Arme lagen immer noch um seinen Hals. Er war ein wenig außer Atem und musste sich ein bisschen an ihr festhalten. Sprechen konnte er noch nicht. Sie standen so noch eine Weile. Schließlich küsste sie ihn auf die Wange.

„Das war schön. Das nächste Mal musst du dich aber etwas besser rasieren."

„Wenn ich geahnt hätte, dass du kommst, hätte ich sogar noch einmal geduscht."

Bei ihrem nächsten Kuss bemühte er sich, besonders zärtlich und vorsichtig zu sein. Danach lächelte sie ihn an.

„Das war sogar noch besser."

Er wollte sie immer noch nicht loslassen. Er hatte Angst, diesen Augenblick aufzugeben. Aber Anna blickte nach einer Weile auf ihre Uhr.

„Das war sehr schön. Aber es hilft nichts, ich muss jetzt wirklich gehen", sagte sie. „Du darfst nicht böse sein, aber ich habe schon gewaltig überzogen. Zu Hause warten die Mädchen auf mich."

Sie gab ihm noch einen Kuss auf beide Augen.

„Ich freue mich schon auf unsere Fortsetzung", fügte sie dann hinzu.

Sie nahm seine Hand, und sie gingen beide zurück an den Tisch, wo sie ihr Handy einsammelte.

„Das mit dem Wein müssen wir verschieben", sagte und verzog das Gesicht.

Er half ihr im Flur in die noch nasse Jacke und bevor er die Haustür öffnete, umarmten sie sich noch einmal und küssten sich lange. Sie legte ihm die Hand an die Wange.

„Ich ruf dich an."

Draußen hatte es aufgehört zu regnen. Sie eilte zu ihrem Wagen, den sie etwas vom Haus entfernt geparkt hatte. Bevor sie einstieg, drehte sie sich noch einmal um und winkte kurz.

Er ging in die Wohnung zurück, hob das Buch auf, das Anna fallen gelassen hatte, und stellte es wieder ein. Am Tisch nahm er das Weinglas, das er eigentlich für Anna eingeschenkt hatte und setzte sich. Er war immer noch ein wenig euphorisch. Er fühlte sich an die Stimmung nach seinem allerersten Kuss erinnert, den er vor vielen Jahren von seinem damaligen Schwarm bekommen hatte. Das war seinerzeit für ihn ein sehr wichtiges Ereignis gewesen, das er schon deshalb nie vergessen hatte, weil es ihm in der Folgezeit eine Menge Selbstvertrauen gegeben hatte.

Das war jetzt etwas anders. Mit seinem Selbstbewusstsein war es nicht mehr weit her. Er fragte sich wieder, was eine so junge und attraktive Frau mit ihm tatsächlich anfangen konnte. Unwillkürlich ging ihm Hans-Gerds Bemerkung über das „kleine Lehrerglück" wieder durch den Kopf. Welche Erfahrungen er auch immer in den letzten Monaten gemacht hatte, mehr Selbstsicherheit hatte er dabei nicht gewonnen.

Er schaute sich um und versuchte, den Raum mit Annas Augen zu sehen. Es war überdeutlich. Sein Wohnzimmer trug unverkennbar Christines Handschrift. Da sie einen besseren Geschmack hatte als er, war er ihren Vorschlägen für die Wohnungseinrichtung fast immer gefolgt. Anna hatte das richtig gesehen: Er musste das ändern. Er lebte ja geradezu in einer Gedenkstätte für die Frau, die ihn verlassen hatte. Wenn er sein neues, eigenes Leben beginnen wollte – und alle, mit denen er über seine Situation in letzter Zeit gesprochen hatte, waren sich über die Notwendigkeit dieses Schrittes einig gewesen – musste er das ändern. Je mehr er darüber nachdachte, desto größer wurden die Zweifel, ob ein Neuanfang in dieser Umgebung überhaupt möglich war. Im Grunde musste er an einem ganz anderen Ort neu beginnen, am besten wäre es noch im Ausland. Ihm fiel ein Studienfreund ein, der lange an einer deutschen Schule in Griechenland unterrichtet hatte. Aber wahrscheinlich war so etwas ohnehin zu spät für ihn.

Er nahm die Weinflasche und das Glas, ging nach oben in sein Arbeitszimmer und setzte sich an den Schreibtisch. Es dauerte ein wenig, bis er seinen Computer hochgefahren hatte. Nach kurzem Suchen hatte er die Seite „Auslandsschulwesen" gefunden, die er sorgfältig studierte. Wenn er es richtig verstand, erfüllte er immer noch alle Voraussetzungen und Bedingungen für einen Auslandsdienst. Es fragte sich nur, ob es für seine Fächerkombination einen Bedarf gab.

Er füllte erneut sein Weinglas und nahm einen großen Schluck. Er lehnte sich zurück und begann nachzudenken. Es war ihm klar, dass er bei einer Rückkehr aus dem Auslandsdienst keinen Anspruch auf seine Stelle an der alten Schule hatte. Dieser Gedanke konnte ihn aber nicht besonders schrecken, hatte er doch ohnehin nicht vor, sein altes Leben wieder aufzunehmen. Jetzt war es vielleicht auch vorteilhaft, dass er nur Mieter und nicht Eigentümer seines Hauses war. Den Vertrag konnte er kündigen. Was mit seinen Möbeln geschehen sollte, musste man dann sehen. Am besten wäre es wohl, wenn er sie insgesamt verkaufen würde. Auch konnte er sich nicht vorstellen, dass sein Sohn, der ihm gerade angeraten hatte, er solle sich doch selber eine „neue Chance" geben, größere Einwände gegen etwaige Auslandspläne erheben würde. Seine Freunde würde er vermissen, aber sie würden ihm ja nicht wirklich verloren gehen. Er war sich außerdem sicher, dass er auch an anderen Wohnorten neue und interessante Bekanntschaften machen würde.

Aber was war mit Anna? Wie sich sein Verhältnis zu ihr entwickeln würde, ließ sich im Moment noch gar nicht absehen. Er sollte da vorsichtig sein und keine voreiligen Schlüsse ziehen. Vielleicht lag es am Rotwein, der ihm im Übrigen sehr gut schmeckte, dass der Gedanke, ins Ausland zu gehen und das bisherige Leben hinter sich zu lassen, ihm auf einmal überhaupt nicht mehr abwegig vorkam. Er fragte sich, warum er daran bisher noch nicht gedacht hatte. Bevor er den Computer abschaltete, lud er den dreizehnseitigen Personalbogen für eine mögliche Bewerbung herunter und druckte ihn aus. Er beschloss, seine Überlegungen zunächst für sich zu behalten.

Am nächsten Tag reservierte er telefonisch in dem Restaurant, in dem er in der folgenden Woche seinen Geburtstag feiern wollte, einen Tisch. Armin, der mit seiner Frau auch aus dem Urlaub zurückgekehrt war, hatte ein zusätzliches Tennisdoppel organisiert, und als Colmar bei dieser Gelegenheit seine Freunde an sein Wiegenfest erinnerte, hatten die sich offenbar alle den Termin bereits vorgemerkt.

Abends rief Jost an, um ihm zu sagen, dass er an diesem Tag nicht nach Kiel kommen könne. Er hatte für die nächsten zwei Wochen durch einen Bekannten in Hamburg einen Job bei einer Zeitung vermittelt bekommen, mit dem er sich zusätzlich ein wenig Geld verdienen wollte. Er fragte seinen Vater, ob es ihm recht sei, wenn er ihn am kommenden Wochenende in Kiel besuchen käme und wenn er dabei Sarah, seine neue Freundin, mitbrächte.

„Ihr müsst euch doch auch mal kennen lernen."

Colmar war ein wenig überrascht. Ein solches Bedürfnis hatte er bei früheren Freundinnen bei seinem Sohn nicht festgestellt. Natürlich sagte er ihm, dass er sich auf den Besuch der beiden sehr freuen würde.

Sein Sohn hatte sich wirklich geändert. Einen so selbstbewussten und bestimmten Eindruck hatte er auf ihn früher nicht gemacht. Er durfte nicht vergessen, Frau Harber zu informieren, damit Christines Schlafzimmer für die beiden hergerichtet werden konnte.

Am Donnerstag hatte er sich nachmittags mit Anna zum gemeinsamen Joggen verabredet. Das hatten sie sich schon seit längerem vorgenommen, waren aber aus den verschiedensten Gründen noch nicht dazu gekommen. Jane war bei einer neuen Freundin, und so trafen sie sich auf der Nordseite des Kanals in der Nähe der Levensauer Hochbrücke. In ihrem rosa Top und den dazu passenden Shorts sah sie wieder ausgesprochen sportlich und aufregend aus. Er fühlte, dass er in seinem altgedienten grauen Sweatshirt überhaupt nicht zu ihr passte. Sie umarmten sich und küssten sich lange. Schließlich sah sie ihn an und lächelte.

„Eigentlich wollen wir ja was anderes machen."

Sie liefen zum Kanalufer hinunter und dann in Richtung Achterwehr. Der Himmel war bedeckt, und es wehte nur ein leichter Wind. Es war ideales Laufwetter. Neben einigen Anglern, die es sich an der Wasserkante eingerichtet hatten, trafen sie nur wenige Spaziergänger

Auf dem Kanal wurden sie von einigen Containerschiffen überholt, die aus der Kieler Schleuse kamen. Er merkte bald, dass Anna in guter Form war und dass er sich ziemlich anstrengen musste, um mit ihr mitzuhalten. Er nahm sich vor, wieder mehr an seiner Kondition zu arbeiten. Als sie dann nach einiger Zeit den Vorschlag machte umzukehren, hatte er den Verdacht, dass sie dies seinetwegen tat. Er war bemüht, sich nichts anmerken zu lassen.

„OK. Wenn du meinst."

Nach ungefähr einer halben Stunde erreichten sie wieder ihren Ausgangspunkt. Er war schweißnass, während sie für ihn deprimierend frisch wirkte. Vor ihrem Wagen fiel sie ihm um den Hals und küsste ihn. Mehrere gerade vorbeigehende Spaziergänger schien sie gar nicht zur Kenntnis zu nehmen.

„Das hat richtig Spaß gemacht", sagte sie lachend. „Das müssen wir so bald wie möglich wiederholen."

In seinem schweißnassen Sweatshirt konnte er ihre Nähe gar nicht so recht genießen. Anna störte das offenbar überhaupt nicht. Sie setzten sich in ihr Auto, um ein wenig Privatsphäre zu haben. Er erzählte ihr vom Besuch seines Sohnes am kommenden Wochenende und fragte sie, ob sie nicht auch am Samstagabend dabei sein könne.

„Du musst Jost doch auch kennen lernen. Er weiß übrigens noch nichts von dir."

„Na, das wird ja eine schöne Überraschung!"

Als er schließlich aus ihrem Auto stieg, hatte er das Gefühl, dass es höchste Zeit war, nach Hause zu fahren und unter die Dusche zu gehen. Er grinste sie noch einmal an.

„Eigentlich könnten wir beide eine Menge Wasser sparen. Das würde ökologisch und ökonomisch auch Sinn machen"

Sie lachte.

„Sag mal, wie kommst du denn auf solche komischen Gedanken?"

Dann legte sie einen Gang ein und fuhr davon

Jost und seine neue sehr hübsche Freundin kamen am Samstagnachmittag. Sarah hatte kurze braune Haare und große dunkle Augen. Sie wirkte schlank und beinahe zierlich. Sie machte einen ernsten, fast schüchternen Eindruck auf ihn, was wahrscheinlich an einer gewissen Anspannung lag, unter der sie sich in dieser Situation befinden musste. Colmar fiel auf, dass die beiden neben ihren Reisetaschen auch noch eine große Plastiktüte mit dem Aufdruck eines Hamburger Feinkostgeschäftes mitgebracht hatten, die von Jost im Flur abgestellt wurde.

„Frau Harber hat für euch oben das zweite Schlafzimmer vorbereitet. Ich hoffe, ihr seid damit einverstanden", sagte Colmar.

„Warum denn nicht?", antwortete sein Sohn und nahm die beiden Reisetaschen. „Wir bringen nur schnell unsere Sachen hoch und kommen gleich wieder runter."

Colmar ging in die Küche, um den Kaffee vorzubereiten. Er hatte bereits auf der Terrasse einen Tisch gedeckt. Auch hatte er vorsorglich ein paar Kekse gekauft. Er wusste ja, dass sich sein Sohn auch nicht viel aus Kuchen machte. Nach kurzer Zeit kamen die jungen Leute wieder herunter, und Jost beeilte sich, für seine Freundin noch Tee aufzugießen. Colmar hatte den Verdacht, dass er die neue Freundin vor seinem Kaffee gewarnt hatte.

„Sarah trinkt keinen Kaffee", erklärte Jost.

Er bemerkte auch sofort, dass an dem Garten gearbeitet worden war und machte eine entsprechende, anerkennende Bemerkung. Während des Kaffeetrinkens stellte sich heraus, dass die beiden bereits einen Plan für den Abend hatten. Sarah war Vegetarierin, und sie wollten selber kochen. Sie hatten auch alles Nötige aus Hamburg mitgebracht. Das erklärte die Plastiktasche. Sie hatten sogar an einen Wok gedacht. Colmars Aufgabe bestand darin, sich um den Wein zu kümmern. Alles andere würden sie machen. Er fand die Idee prima. Eine Sache war noch zu klären.

„Habt ihr etwas dagegen, wenn ich noch eine Freundin dazu einlade?"

Die Überraschung war gelungen. Jost sah ihn einen Moment lang verdutzt an.

„Natürlich nicht. Kenn ich sie?"

„Nein. Ich glaube nicht."

Nach dem Kaffee wollte Jost seiner Freundin, die zum ersten Mal in Kiel war, die Förde zeigen. Er hatte auch überhaupt nichts dagegen einzuwenden, dass sein Vater ihm vorschlug, diese Unternehmung ohne ihn zu machen. Sie wollten gegen sechs wieder zurück sein und sich um das Kochen kümmern.

Er informierte Anna telefonisch über die Essenspläne, und als sie um halb acht eintraf, waren Jost und seine Freundin in der Küche noch sehr aktiv. Das gegenseitige Bekanntmachen fiel entsprechend hektisch aus. Annas Angebot, ihnen beim Kochen behilflich zu sein, wurde freundlich aber bestimmt abgelehnt. Dafür half sie Colmar, den Tisch auf der Terrasse zu decken. Sie nutzten die Gelegenheit, sich heimlich zu umarmen und zu küssen.

Das Essen schmeckte sehr gut. Es dauerte eine Weile, bis Colmar seine eigene Nervosität ablegt hatte und sich ein wenig entspannen konnte. Er war gegen seinen Willen damit beschäftigt, seine Gäste zu beobachten und zu registrieren, wie sie aufeinander reagierten. Das Gespräch war zunächst auch ein wenig zäh. Anna erzählte von ihrer Tochter und dem Babysitter und wurde von Jost ausführlich über ihren Urlaub in Frankreich befragt. Sarah, die keinen Wein trank und um Wasser gebeten hatte, war auch weiterhin etwas zurückhaltend. Ihr Lächeln wirkte schüchtern, was sich aber immer dann änderte, wenn sie Jost anstrahlte, der von seinem Zeitungsjob berichtete, der ihm offensichtlich sehr viel Spaß bereitete.

Als er Anna später zu ihrem Auto brachte, hatte er das Gefühl, dass auch für sie der Abend nicht schlecht gelaufen war. Sie umarmten sich noch einmal.

„Du hast einen sehr netten und gut aussehenden Sohn. Ich glaube, die beiden passen gut zueinander", sagte sie zum Abschied.

Er ging zurück ins Haus und bemerkte, dass Sarah und Jost bereits angefangen hatten, den Tisch abzudecken. Sein Sohn bestand darauf, die Küche alleine aufzuräumen. Colmar setzte sich mit Sarah wieder auf die Terrasse. Er füllte noch einmal sein Weinglas. Sarah lehnte wieder ab. Sie sagte, dass sie so gut wie nie Alkohol tränke. Er bekam jetzt ein schlechtes Gewissen. In ihren Augen musste er ja ein ausgemachter Alkoholiker sein. Und wahrscheinlich lag sie damit gar nicht so verkehrt. Er dachte daran, dass sie bestimmt auch schon Christine und den neuen Mann getroffen haben musste, und fragte sich, wie ihr Vergleich wohl ausgefallen war.

Sarah erzählte ihm dann, wie sie und Jost sich auf einer Party kennen gelernt hatten. Sie kam aus Hamburg, und ihre Familie hatte dort ein Antiquitätengeschäft. Was ihn etwas wunderte, war, dass Jost, der sich schließlich auch noch zu einem Glas Wein zu ihnen setzte, nicht ein einziges Wort über Anna sagte.

Am nächsten Morgen, als sich die beiden nach dem Frühstück verabschiedeten, machte er es dann aber doch noch. Jost überreichte seinem Vater ein kleines Päckchen, das er aber erst an seinem Geburtstag öffnen sollte. Colmar gab ihm seinerseits einen Karton mit alten Super 8 Filmen, die er früher von der Familie gemacht hatte. Er hatte auch noch einen Stapel alter Fotos dazu gelegt. Jost sah ihn fragend an.

„Ich glaube, die sind inzwischen bei dir besser aufgehoben", sagte Colmar.

Sein Sohn nahm die Schachtel und stellte sie wortlos neben die Taschen in den Kofferraum seines Wagens. Als sie sich dann zum Abschied umarmten, machte er eine Bemerkung, die seinem Vater einen kleinen Stich versetzte.

„Deine Freundin ist sehr hübsch. Ist sie nicht ein bisschen jung?"

Colmar zuckte mit den Schultern.

19

Er war froh darüber, dass sein Geburtstag in diesem Jahr nicht in die Schulzeit, wie es schon häufiger geschehen war, sondern in die letzte Ferienwoche fiel. Auf diese Weise kam er um die bei diesen Gelegenheiten fällige Gratulationsveranstaltung im Lehrerzimmer herum. Nicht dass er die Ausgabe für diese kleine Feier gescheut hätte, aber in seiner Situation war es ihm doch lieber, wenn keine unnötige Aufmerksamkeit auf seine Person gelenkt wurde.

Der Briefträger brachte am Dienstagmorgen zu seiner Überraschung eine Karte von Christine. Sie war also aus ihrem Traumurlaub wieder zurück. Sie wünschte ihm „von Herzen alles, alles Gute". Seinen Brief erwähnte sie nicht. Bei Josts Geschenk, das ihm bereits am Sonntag überreicht worden war, handelte es sich um ein Buch. Jost kannte die Vorliebe seines Vaters für den amerikanischen Autor Richard Ford und hatte bei ihm mit dem Roman *Independence Day* einen Volltreffer gelandet.

Auch seine Schwiegermutter rief an, um ihm zu gratulieren. Natürlich sprach sie ihn auch auf Christine an. Sie war wohl wirklich die einzige Person, die immer noch glaubte, dass sich noch alles wieder „zum Guten" wenden würde. Er sah wenig Sinn darin, ihr zu widersprechen.

Am Nachmittag begann er „versuchsweise", wie er sich einredete, Unterlagen für eine Bewerbung im Auslandsdienst zusammenzusuchen. Warum sollte er denn diese Option nicht einmal ausloten? Es wäre doch bestimmt interessant zu sehen, welche Angebote man ihm machen konnte. Aber wahrscheinlich gab es für ihn sowieso keine Verwendung.

Jost rief dann auch noch an. Er bedankte sich ein weiteres Mal für das Wochenende in Kiel, das Sarah und ihm sehr gefallen habe. Er wünschte seinem Vater einen schönen Abend mit seinen Freunden und versicherte ihm, er wäre sehr gerne dabei. Anna erwähnte er nicht.

Als er sie um halb acht abholte, hatte sie Jane bereits zu der neuen Freundin Charlotte gebracht, bei der das Mädchen auch über Nacht bleiben wollte. Sie trafen dann etwas verspätet im Restaurant ein und wurden von seinen Freunden und ihren Frauen, die schon an dem auf seinen Namen reservierten Tisch Platz genommen hatten, mit lautem Hallo begrüßt. Anna war ihnen ja schon bekannt. Außerdem hatte Colmar alle schon vorsorglich darüber informiert, dass er sie an diesem Abend ebenfalls eingeladen hatte. Es sah so aus, als würde sie bereits von allen als seine neue "Freundin" angesehen.

Colmar genoss diesen Abend. Die Ausgelassenheit erinnerte ihn ein wenig an ihre Zusammenkünfte vergangener Jahre. Dem Wein wurde auch ordentlich zugesprochen. Anna hatte ihm bereits frühzeitig ins Ohr geflüstert, dass sie für ihn das Auto zurückfahren würde. Colmar fühlte sich wohl unter seinen Freunden. Egal wie sehr sie ihm auch manchmal auf die Nerven gingen, Hans-Gerd mit seiner zeitweilig aggressiven und taktlosen Arroganz, Wolf mit seiner Eitelkeit oder Armin mit seiner Umständlichkeit. Er war froh, dass er sie hatte.

Er musste dann auch seine Geschenke auspacken, die vorher auf einem kleinen Nebentisch abgelegt worden waren. Von Hans-Gerd und Barbara bekam er Tennisbälle und ein neues Sweatshirt.

„In deinem ollen, ausgeleierten Pulli kannst du dich wirklich nicht mehr sehen lassen", war der Kommentar seines Freundes.

Wolf und Karin schenkten ihm eine Selektion teurer Bordeauxweine, damit er „auch mal was Gutes im Haus" hatte. Armin und Gisela hatten für ihn eine große Flasche Single Malt Whisky ausgesucht. Besondere Freude bereitete ihm die Pfeife, eine Chacom, die Anna für ihn aus Frankreich mitgebracht hatte. Das war wirklich ein sehr persönliches Geschenk. Seine letzte Pfeife hatte er vor einigen Jahren von Christine bekommen. Anlass war Josts Abitur gewesen.

Als sie sich dann am Ende alle lautstark vor dem Restaurant verabschiedeten, geschah dies nicht, ohne dass Hans-Gerd sie noch einmal an ihr Doppel am Samstag erinnerte. Anna, die seit ihrem Angebot, Colmar zu fahren, nur Mineralwasser getrunken hatte, brachte ihn sicher zu ihrer Wohnung. Sie fragte ihn, ob er noch mit hereinkommen wolle. Sie habe schließlich an diesem Abend eine „sturmfreie Bude". Er könne doch sicher einen Kaffee noch gut gebrauchen, und außerdem habe sie noch ein Geschenk für ihn. Nach Hause müsse er ja ohnehin ein Taxi nehmen. Auf eine solche Einladung hatte Colmar im Stillen gehofft.

Annas Wohnzimmer wirkte auf ihn irgendwie aufgeräumt. Das galt besonders für den kleinen Schreibtisch vor dem Fenster. Daneben stand ein kleines Bücherregal. Es gab eine Sitzecke mit einer Couch, einen Esstisch und ein Regal mit CDs und der Musikanlage. Auf dem Esstisch sah er ein paar Gegenstände, die offenbar Jane gehörten: Buntstifte, zwei Malbücher und „Robby", was ihn besonders freute. Ein Fernsehgerät entdeckte er nicht.

„Wie wär's, wenn du schon mal etwas Musik aussuchen würdest?", schlug Anna vor. „Ich geh inzwischen in die Küche und mach uns Kaffee."

Er trat an das Musikregal heran und konnte sehen, dass sie eine recht große Sammlung französischer Chansons besaß. Er wählte eine CD mit Liedern von George Brassens und legte sie auf. Als er auf seine Uhr schaute, stellte fest, dass es bereits kurz nach eins war.

Er spürte, dass er nervös war. Für das Leben eines Single war er offensichtlich nicht mehr geeignet. Auf diesem „freien Markt" würde er sich nach so langer Zeit nicht behaupten können. Allerdings, die Situation, in der er sich in diesem Augenblick befand, kam ihm irgendwie bekannt vor. Aber das war lange,

lange her. Ihm gingen Bilder von früheren Studenten-
buden durch den Kopf. Ihm fiel auch noch ein Hotelzimmer und Christines winziger Raum in ihrem
Wohnheim ein, in dem sie zum ersten Mal miteinander geschlafen hatten.

Der Gedanke an Christine verstärkte seine Anspannung und nahm ihm den letzten Rest seines
Selbstvertrauens. Zu allem Überfluss musste er auch
noch an Monika Boyens denken. Eins war sicher,
besonders geschickt hatte er sich auch bei ihr nicht
angestellt. Er hatte so etwas wie eine kleine Panik-
Attacke. Was wäre, wenn er bei Anna vor lauter
Nervosität versagte? Wie konnte er nach der langen
Pause, die er in diesem Bereich eingelegt hatte, da
überhaupt sicher sein? Gott sei Dank, er hatte wenigstens seine „besten" Boxershorts angezogen, die ihm
Christine zum letzten Geburtstag geschenkt hatte.
Dass er in diesem Augenblick so häufig an Christine
dachte, war überhaupt nicht hilfreich. Außerdem gab
es ja auch noch den großen Altersunterschied zwischen ihm und Anna. Jost hatte ihn ebenfalls sofort
festgestellt. Er war ja nie ein Modellathlet gewesen,
und die Jahre waren an ihm auch nicht spurlos
vorbeigegangen. Christine hatte früher schon mal
scherzhaft von einer kleinen „Bierwampe" gesprochen. Wahrscheinlich war er als sexueller „Normal-
verbraucher" ohnehin nicht in der Lage, eine Frau wie
Anna körperlich zufriedenzustellen.

Er stand immer noch an dem Musikregal, als sie
aus der Küche kam. Sie stellte das Tablett mit den
Tassen und der Kaffeekanne auf den Couchtisch und
kam zu ihm. «Les amoureux qui s'bécott'nt sur les bancs
publics...» Sie sang leise mit und lehnte sich an ihn.
Dann schaute sie ihn an, legte ihre Arme um seinen
Hals und küsste ihn. Und in diesem Moment war
alles, was ihm gerade durch den Kopf gegangen war,
wie weggeblasen. Er schloss die Augen und hielt sich
an ihr fest. Nach einiger Zeit nahm sie seine Hand.

„Komm. Der Kaffee ist fertig."

Sie führte ihn zur Couch, schenkte Kaffee ein und setzte sich neben ihn.

„Möchtest vielleicht auch noch etwas Stärkeres?"

„Nein, danke. Für heute habe ich genug getrunken."

Sie nahm ein Päckchen, das sie offenbar neben sich unter einem Kissen versteckt hatte, und legte es auf den Tisch.

„Ich sagte dir ja, ich habe noch ein Geschenk für dich. Besser gesagt, es ist von Jane und mir."

Jane hatte auf das Päckchen ein Bild gemalt. Es war ein kleiner Seehund, wie er erkennen konnte. Darunter war mit Buntstiften geschrieben:

Für Tommy

Er öffnete das Päckchen vorsichtig, um Janes kleines Kunstwerk nicht zu beschädigen. Es war ein Buch über die Provence mit vielen wunderschönen Fotos. Anna rückte noch näher an ihn heran und hakte sich bei ihm ein.

„Ich wollte dir noch unbedingt zeigen, wie schön es da ist, wo wir waren."

Es waren Bilder einer beeindruckenden Landschaft. Anna schien die Gegend wirklich gut zu kennen und konnte ihm zu den meisten Abbildungen Erläuterungen geben. Das war schon deshalb für ihn hilfreich, weil der erklärende Text französisch war. Sie drückte sich an ihn.

„Wir müssen da mal zusammen hinfahren. Es würde dir dort bestimmt genauso gefallen wie mir."

„Das ist eine sehr reizvolle Idee", sagte er und nahm sie in die Arme.

Sie küssten sich lange. Wieder nahm sie nach einer Weile seine Hand und stand auf.

„Das wird hier zu unbequem. Komm!"

Es war beinahe fünf Uhr morgens, als er wieder auf die Uhr schaute. Er lag im Bett auf dem Rücken und starrte an die Decke. Irgendwo in der Nähe musste es eine Straßenlampe geben. Er konnte an der gegenüberliegenden Wand die Umrisse eines Fernsehgerätes erkennen, das er im Wohnzimmer nicht gesehen hatte. Er hatte leichte Kopfschmerzen. Anna schlief fest neben ihm. Sie hatte sich seitlich an ihn gekuschelt und einen Arm um seinen Hals gelegt. Auch er hatte geschlafen, war aber wieder wach geworden.

Nein, die Nacht war keine Katastrophe gewesen. Seine schlimmsten Befürchtungen hatten sich gottlob nicht bestätigt. Es war alles ziemlich glatt gegangen. OK, er war sich sicher, dass diese Nacht bestimmt nicht das größte sexuelle Erlebnis in Annas Leben war, aber wirklich unzufrieden oder enttäuscht schien sie auch nicht gewesen zu sein. Sie hatte ihm gesagt, dass es „sehr schön" gewesen sei, und er hatte es für sich auch so empfunden.

Vielleicht erwartete man von solchen Begebenheiten immer zu viel. Wenn er vorher an ein Zusammensein mit Anna gedacht hatte, und das war natürlich verschiedentlich geschehen, dann hatte er sich immer ein sehr romantisches Ereignis vorgestellt. Aber in der Wirklichkeit hatte sich die Romantik ziemlich in Grenzen gehalten. Der Vorgang war zumindest anfänglich eher durch eine gewisse Sachlichkeit bestimmt gewesen. Es hatte damit begonnen, dass Anna ihm lächelnd über seine Bartstoppeln gestrichen und ihm im Bad einen Nassrasierer aus Plastik und eine kleine Tube Rasierschaum gezeigt hatte. Daneben lag auch eine Zahnbürste. Er rasierte sich, putzte sich die Zähne und als er auf diese Weise vorbereitet aus dem Badezimmer trat, kam Anna gerade aus der Küche, wo sie wohl noch schnell aufgeräumt hatte. Sie nahm ihn wieder an die Hand, führte ihn in ihr Schlafzimmer und verschwand dann selber im Bad. Er war einen Moment lang etwas unschlüssig und wusste nicht so recht, was er tun sollte, entschied sich dann aber dafür, sich auszuziehen und sich in seinen Shorts schon einmal ins Bett zu legen. Er hatte wohl alles richtig gemacht, denn als

144

Anna nach einer Weile nur mit einem T-Shirt beklei-
det aus dem Bad kam, knipste sie das Licht aus und
huschte zu ihm unter die Decke.

Draußen auf der Straße fuhr jetzt ein Auto vorbei. Anna rührte sich leicht im Schlaf und bewegte
den Arm, der auf ihm lag. Sie atmete tief und gleich-
mäßig. Er lag ganz still und wagte nicht, seine Position zu ändern. Ja, es war schön gewesen. Alles, was
ihn innerlich bewegt und beunruhigt hatte, war von
ihm abgefallen, als Anna ihn umarmt hatte. An ihren
Altersunterschied hatte er dann auch überhaupt nicht
mehr gedacht.

Jetzt, in den frühen Morgenstunden, sah die Welt
wieder anders aus. Seine Selbstzweifel hatten sich
zurückgemeldet. Was konnte er, der seine besten
Jahre schon lange hinter sich hatte, ihr denn bieten? Er
hatte ja nicht einmal seine Frau halten können, die mit
ihren 45 Jahren altersmäßig weitaus besser zu ihm
passte. Seine Unzulänglichkeiten waren ihm bekannt.
Er war nicht nur durchschnittlich, er war wahrscheinlich ziemlich langweilig und äußerlich sicher nicht
besonders anziehend. Geld, mit dem er seine Schwä-
chen hätte etwas ausgleichen können, hatte er auch
nicht. Das alles hatte er in dieser Nacht eine Zeit lang
vergessen können, und er war dankbar dafür.

Er musste wieder eingeschlafen sein, denn als
Anna ihn weckte, war es schon nach acht. Sie drückte
sich an ihn und küsste ihn auf die Wange.

„Oh-Oh! Der Bart ist aber wieder gewachsen.
Aber wir müssen sowieso aufstehen. Ich habe abge-
macht, dass ich Jane zwischen neun und halb zehn bei
Charlotte abhole."

An den Bart hätte er nicht gedacht. Allerdings
hatte er das dringende Bedürfnis, sich die Zähne zu
putzen. Sie mussten sich beeilen, und als sie endlich
angezogen waren, hatten sie gerade noch Zeit für
einen Kaffee. Sie verließen zusammen die Wohnung.
Bevor sie in ihre Autos stiegen, versprach Anna, ihn
zu Hause anzurufen.

In den verbleibenden Ferientagen sahen sie sich dann häufig. Einmal begleitete er Anna und Jane auch auf ihrer Fahrt zu dem Altenheim, in dem ihre Mutter versorgt wurde. Während des Besuches wartete er draußen auf dem Parkplatz, und im Anschluss daran machten sie einen Ausflug nach Schleswig, wo Anna zu seiner Überraschung noch nie gewesen war. Er zeigte ihnen den alten Stadtkern und den Dom. Haitabu und Schloss Gottorf sparten sie sich für eine andere Gelegenheit auf.

Am Freitag fuhren sie bei bestem Wetter mit einem der Fördedampfer nach Laboe. Auch das hatten Anna und ihre Tochter noch nicht gemacht. Sie genossen den Blick vom Ehrenmal über die Ostsee und über die Förde. Danach gingen sie zum Baden an den kleinen Strand. Sie hatten es Jane versprochen. Nur mit Mühe fanden sie zwischen den eng stehenden Strandkörben in der Nähe des Wassers ein kleines Plätzchen, an dem sie sich unter den misstrauischen Blicken der Korbinsassen umziehen konnten. Sie nahmen Jane an die Hand und liefen ins Wasser, das dort beinahe bis zur Fahrrinne knietief und für Kinder ideal zum Baden war. Er konnte nicht übersehen, dass die braungebrannte Anna mit ihrer tadellosen Figur in ihrem rosa Bikini den Männern auffiel, denen sie begegneten. Dies löste bei ihm gemischte Gefühle aus. Einerseits war er natürlich stolz auf seine Freundin, aber er stellte sich auch vor, dass man sich wohl über den Mann an ihrer Seite wunderte, der irgendwie nicht zu ihr zu passen schien. Jane genoss es, im Wasser herumzutoben. Sie spritzte und tauchte und musste ihm natürlich zeigen, wie „gut" sie schon schwimmen konnte. Nach dem Baden und auf dem Weg zurück zum Fähranleger mussten sie auf Drängen des Kindes noch an einem Spielplatz zwischen Promenade und Strand Halt machen.

Am Samstagabend lud Anna ihn zum Essen ein. Auf Janes Wunsch gab es Spaghetti. Als es für sie schließlich Zeit war, ins Bett zu gehen, wurde er von ihr zu guter Letzt noch gebeten, eine Gutenachtge-schichte zu erzählen. Er kam sich merkwürdig vor, als er im Kinderzimmer auf der Bettkante saß. Mein Gott, war das lange her! Er musste improvisieren und nach einem stockenden und unbeholfenen Anfang erfand er die Geschichte von der Prinzessin, die schwimmen gelernt und entdeckt hatte, dass sie die Lebewesen im Meer verstehen konnte, wenn sie den Kopf unter Wasser hielt.

Er blieb über Nacht und konnte das Zusammen-sein mit Anna mehr genießen als beim ihrem ersten Mal, weil er das Gefühl hatte, dass er ihr gegenüber weniger gehemmt und unsicher war. Allerdings war er die ganze Zeit über auch besorgt, Jane könne aufwachen und plötzlich im Schlafzimmer ihrer Mutter stehen. Am frühen Morgen, als das Mädchen noch schlief, verließ er leise die Wohnung und fuhr nach Hause. Er war sich mit Anna einig, dass sie das Kind nicht zu früh mit der rasanten Entwicklung ihrer Beziehung belasten sollten.

An diesem Sonntag, dem letzten Ferientag, stellte er die Materialien zusammen, die er für den Unter-richt in den nächsten Tagen benötigen würde. Gegen Abend verabredete er sich noch einmal mit Anna zum Joggen. Sie wollten sich gemeinsam für das neue Schuljahr „fit" machen. Diesmal hatte er das Gefühl, dass er in seinem neuen Sweatshirt mit ihr schon etwas besser mithalten konnte.

Irgendwie hatte er gar nichts dagegen, dass die Schule wieder begann. Er freute sich sogar ein wenig auf die neuen Klassen und Kurse. Außerdem war es für ihn immer etwas Besonderes, einen Jahrgang, und in diesem Fall seinen Leistungskurs, zum Abitur zu führen. Auch im Lehrerzimmer schien die Stimmung besser zu sein, und selbst die Kollegen, die ihm vor den Ferien ziemlich auf die Nerven gegangen waren, kamen ihm nun erträglicher vor.

Am Ende der ersten Woche ging er zu seinem Schulleiter, zu dem er schon immer ein sehr gutes

Verhältnis gehabt hatte, und übergab ihm seine Bewerbungsunterlagen für den Auslandsschuldienst. Der überflog die erste Seite und nickte dann.

„Ich kann Sie verstehen. Ich habe das auch immer gewollt, aber es gab dann immer wieder wichtige Gründe, es nicht zu tun. Ich fürchte, jetzt ist es zu spät. Ich bin zu alt."

Colmar zuckte mit den Schultern.

„Ich habe diesen Gedanken auch schon ein paar Mal verworfen. Im Moment spricht bei mir nicht so sehr viel dagegen."

Der Chef nickte wieder. Colmar war sich sicher, dass auch er inzwischen von Christine und ihm gehört hatte.

„Sie sind sich darüber im Klaren, dass Sie bei Ihrer Rückkehr keinen Anspruch auf Ihre Stelle hier an dieser Schule haben, selbst wenn ich mich um Sie bemühe?"

„Das weiß ich. Aber noch ist es ja nicht so weit. Im Übrigen glaube ich gar nicht, dass ich im Ausland gebraucht werde. Und selbst wenn, ich bin überhaupt nicht sicher, ob ich es dann auch wirklich mache."

Der Direktor versprach ihm, seine Bewerbung zu befürworten und weiterzuleiten.

Colmar stellte in den folgenden Wochen fest, dass ihm die Schule wieder mehr Spaß machte, und er nahm sich vor, seinen Job in der Lehrerbücherei, den er nach dem Auszug seiner Frau als eine Art Beschäftigungstherapie übernommen hatte, so bald wie möglich wieder aufzugeben. Anna und er verbrachten jetzt viel Zeit miteinander. Jane hatte ihn als ihren „großen Freund" angenommen, und ihm gefiel diese Rolle. Anna war auch eine Nacht bei ihm in seiner Wohnung geblieben. Er hatte sich jedoch die ganze Zeit über befangen gefühlt, und ihr musste es ähnlich gegangen sein. Jedenfalls hatten sie diesen Versuch nicht wiederholt. Aber im Großen und Ganzen hatte er das Empfinden, dass sein Leben sich endlich etwas stabilisiert hatte und dass er begonnen hatte, es wieder ein wenig in den Griff zu bekommen. Dann rief ihn Anfang September Jost aus Hamburg an, und Colmar musste ein weiteres Mal erkennen, dass alles, was ihm verlässlich und gesichert erschien, sich von heute auf morgen ändern konnte.

20

Als am Donnerstagnachmittag das Telefon klingelte, hätte er wetten können, dass es Anna war. Auf ihren Anruf wartete er. Aber es war Jost.

„Papa, du wunderst dich wahrscheinlich, warum ich zu dieser Tageszeit anrufe", sagte er. „Aber ich wollte dir so schnell wie möglich Bescheid geben. Ich habe mich nämlich heute entschlossen, mein Medizinstudium aufzugeben."

Er machte eine Pause. Colmar brauchte ein wenig Zeit um zu begreifen, was er da gerade gehört hatte.

„Ich bin mir natürlich im Klaren darüber, dass es eine ziemliche Zumutung ist, dich auf diese Weise mit dieser Neuigkeit zu überfallen. Du bist sicher schockiert. Aber hier haben sich die Dinge plötzlich sehr zugespitzt. Am Telefon lässt sich das alles nicht so richtig erklären."

Er machte wieder eine Pause. Colmar hatte sich inzwischen ein wenig gefangen.

„Ich verstehe. Bist du zu Hause jetzt?"

„Ja."

„Ich komme. In spätestens zwei Stunden bin ich in Hamburg. Ist das in Ordnung?"

„Ich hatte gehofft, dass du das sagst."

„Also, bis gleich. Ich bin schon unterwegs."

Er legte auf. Was war passiert? Seit der Geschichte mit der Nachprüfung wusste er ja, dass sein Sohn ihm nicht alles erzählte, was mit seinem Studium verbunden war. War er wieder durch eine Prüfung gefallen? Hatte er sich vielleicht mit einem seiner Professoren überworfen? Aber dann musste er doch nicht das ganze Studium schmeißen. Wenn es schlimm kam, konnte er doch versuchen, die Uni zu wechseln. Er warf sich ein Jackett über und griff sich seine Autoschlüssel. Aber dann ging er noch einmal zurück und wählte Annas Nummer. Er schilderte ihr kurz, was sein Sohn ihm gerade eröffnet hatte, und sagte ihr, dass er auf dem Weg nach Hamburg sei. Er versprach, nach seiner Rückkehr noch einmal bei ihr vorbeizuschauen.

Der Feierabendverkehr hatte bereits eingesetzt. Zu allem Überfluss musste er auch noch tanken. Auf der Autobahn überlegte er, was Jost nun an Stelle von Medizin machen würde. In der Schule war Deutsch immer sein Lieblingsfach gewesen. Colmar musste zugeben, dass er damals erleichtert war, als Jost ihnen erklärte, dass er sich um einen Studienplatz für Medizin bewerben wollte. Ein Germanistikstudium hätte wohl bedeutet, dass er auch Lehrer geworden wäre, eine Vorstellung, die seinem Vater nicht besonders gefallen hatte.

In Hamburg geriet Colmar dann aber richtig in den Berufsverkehr, und als er endlich Josts Straße erreichte, sah er sich dem eigentlichen Problem gegenüber. Wo würde er einen Parkplatz finden? Er fuhr das zweite Mal um den Block und hatte großes Glück. Genau vor dem Haus, in dem sein Sohn seine kleine Wohnung hatte, machte eine Frau in einem Toyota eine Parklücke für ihn frei.

Einen besonders bekümmerten Eindruck machte Jost nicht, als er die Tür zu seinem Appartement öffnete.

„Hallo, da bist du ja! Hast du einen Parkplatz gefunden? Das ist hier gegen Abend immer ein Drama."

Sarah war auch da. Colmar konnte gegenüber seinem ersten Besuch in der Wohnung keine Veränderungen feststellen. Er umarmte beide und fragte nach dem Badezimmer. Er wollte sich die Hände waschen, denn nach seinem Stopp an der Tankstelle hatte er den Eindruck, dass er nach Benzin roch. Im Bad gab es dann doch deutliche Anzeichen dafür, dass Sarah hier inzwischen auch eingezogen war, und als er wieder ins Wohnzimmer kam, waren beide damit beschäftigt, einen Kaffeetisch vorzubereiten. Es klingelte. Jost stellte die Tassen ab, die er gerade in der Hand hatte, und verließ das Zimmer. Auch durch

151

die geschlossene Tür erkannte Colmar die Stimme sofort. Es war Christine. Sein Magen zog sich zusammen, und sein Herz schlug ihm bis zum Hals. Die Vorstellung, dass er hier unerwartet auf sie und Grossmann stoßen würde, versetzte ihn in eine Panikstimmung.

Christine war aber allein. Sie trug ein dunkelblaues Kostüm und eine weiße Bluse. Ihre Frisur war neu. Die blonden Haare waren kürzer als er sie in Erinnerung hatte und gestuft geschnitten. Ihre beiden kleinen Strähnen fielen ihr immer noch in die Stirn. Sie sah gut aus. Sie kam lächelnd auf ihn zu und gab ihm die Hand.

„Hallo, Thomas."

Colmar versuchte verzweifelt der Gedanken und Gefühle Herr zu werden, die auf ihn einstürmten. Wahrscheinlich hatte er wieder einen knallroten Kopf bekommen. Das einzige, was er jetzt herausbringen konnte, war ebenfalls nur ein „Hallo".

Warum hatte er denn daran überhaupt nicht gedacht? Es war doch klar, dass Jost sie ebenfalls informiert hatte. Wahrscheinlich hatte er sie sogar gebeten, auch zu kommen. Er sah jetzt, dass bereits Tassen für vier Personen auf dem Tisch standen. Christine schien zu ahnen, was in ihm vorging.

„Ich habe Jost nichts davon gesagt, dass ich kommen wollte", erklärte sie.

Jost lachte.

„Aber gedacht habe ich mir das schon. Kommt, setzt euch! Ich bin froh, dass ihr beide hier seid. Dann muss ich alles nicht zweimal erzählen."

Sie nahmen um den Tisch herum Platz. Für Colmar war es eine Erleichterung, dass Christine neben ihm auf dem Sofa saß und dass er sie nicht die ganze Zeit über ansehen musste. Ihrem Parfum, an das er sich sofort erinnerte, konnte er sich allerdings nicht entziehen. Er fragte sich, ob sie hören konnte, dass sein Herz so laut schlug und empfand es als eine Erlösung, als die Kaffeetassen endlich gefüllt waren und er sich auf das konzentrieren konnte, was sein Sohn zu berichten hatte. Jost hatte sich offensichtlich auf diese Situation gut vorbereitet.

„Eigentlich weiß ich heute gar nicht mehr so genau, warum ich mich damals für das Medizinstudium entschieden habe", begann er und setzte sich auf seinem Stuhl zurück. „Bei meinen Abiturnoten schien irgendwie jeder davon auszugehen. Vielleicht hatte es auch mit dem Image dieses Berufes und dem weißen Kittel zu tun. Lehrer jedenfalls wollte ich auf keinen Fall werden. Wahrscheinlich kam alles zusammen. Auch ihr..."

Er schaute zu seinen Eltern auf dem Sofa.

„Auch ihr wart nicht unglücklich über meine Entscheidung."

Diese Einschätzung war zutreffend. Colmar erinnerte sich noch sehr gut daran, dass er sich befreit gefühlt hatte, als Jost ihnen damals seinen Entschluss mitgeteilt hatte.

„Aber das Studium war von Anfang an eine Enttäuschung. Das öde Pauken und das ständige Überprüfen kurzschrittiger Gedächtnisleistungen, ohne dass man eine Ahnung davon bekam, wie man mit den praktischen Anforderungen des Berufes zurechtkommen würde, haben mich zunehmend nachdenklich gemacht. Natürlich habe ich auch von den Belastungen junger Klinikärzte gehört. Irgendwann habe ich angefangen, an meiner Berufswahl zu zweifeln."

Colmar erinnerte sich an Gespräche, die er mit seinem Sohn auf Sylt geführt hatte und in denen ihm seine kritische Haltung gegenüber dem medizinischen Studiengang zum ersten Mal aufgefallen war.

Dann erzählte Jost von einem Studienfreund, dessen Onkel Chefredakteur bei einer bekannten Hamburger Tageszeitung war, der ihm bei diesem Blatt einen Ferienjob vermittelt habe. Da mehrere Mitarbeiter plötzlich ausfielen, habe man ihn überraschend mit einer kurzen Berichterstattung über eine langjährige Hausbesetzung betraut. Diese Aufgabe und weitere kleinere Aufträge müsse er trotz einer Reihe unvermeidbarer Anfängerfehler nicht schlecht erledigt haben, jedenfalls habe ihn sein Chef am Anfang dieser Woche zu sich gebeten und ihm einen regulären Vertrag angeboten. Jost schaute Sarah an und nahm ihre Hand.

„Nach langen Überlegungen und Gesprächen mit Sarah habe ich mich heute entschlossen, dieses Angebot anzunehmen."

Er hatte sich wirklich verändert. Das hatte Colmar ja bereits festgestellt. Er musste daran denken, dass sein Sohn früher bei so wichtigen Entscheidungen immer zunächst den Rat des Vaters eingeholt hätte. Jost grinste jetzt und sah zum Sofa herüber.

„Bei aller Enttäuschung, die ich euch nun bereite, etwas Gutes hat das alles auch für euch: Ich werde bis auf weiteres eure monatliche Unterstützung, für die ich immer dankbar war, nicht mehr benötigen."

Ein gewisser Stolz war in diesen Worten nicht zu überhören. Sie saßen alle einen Moment schweigend da. Colmar verkniff sich die Frage nach der Höhe des Gehalts. Jost nahm diesen Faden aber selber auf.

„Es ist klar, dass ich als Berufsanfänger kein Stargehalt bekomme. Aber man hat mir zugesichert, dass es für mich Steigerungsmöglichkeiten gibt. Wir werden zurechtkommen."

Wieder sah er Sarah an.

„Aber das Wichtigste haben wir euch noch gar nicht erzählt. Was ich euch über meine neuen Berufsvorstellungen gesagt habe, ist natürlich vor allem vor diesem Hintergrund zu sehen: Sarah und ich bekommen ein Baby."

Colmar war wieder sprachlos. Er war wie benommen. Mit einem Mal waren seine Befürchtungen in Bezug auf die unsichere berufliche Karriere seines Sohnes vergessen. Ganz automatisch musste er jetzt Christine ansehen, die ihn ebenfalls mit großen Augen anstarrte.

„Nein! Das gibt es doch nicht!", rief sie aus.

Sie standen beide auf. Jost hatte sich auch erhoben. Colmar bewegte sich um den Tisch herum und drückte seinen Sohn an sich. Christine umarmte Sarah, und er konnte über Josts Schulter sehen, dass sie Tränen in den Augen hatte. Dann wechselten sie. Er küsste Sarah auf beide Wangen.

„Das ist ja eine tolle Nachricht! Wir freuen uns so sehr mit euch!"

Er merkte zu spät, dass er ohne nachzudenken für Christine mitgesprochen hatte. Jost hatte sich von seiner Mutter gelöst, die aus ihrer Jackentasche ein Taschentuch nahm. Colmar sah seinen Sohn an.

„Diesen Moment müssten wir eigentlich feierlich begießen", sagte er.

„Na klar," antwortete Jost. „Das finden wir auch."

Die Anspannung löste sich etwas. Sarah brachte Gläser, und Jost holte eine Flasche Champagner, die er offenbar schon vorsorglich im Kühlschrank bereitgestellt hatte. Dann stießen sie auf die „gute Nachricht" an. Dem jungen Paar wurde für die Zukunft „alles Gute" gewünscht. Christine bot Sarah ihre Hilfe an. Die lächelte sie an.

„Vielen Dank! Aber im Moment haben wir alles, was wie brauchen."

Und dann erzählte sie ihnen in ihrer ruhigen und zurückhaltenden Art, dass auch ihre Eltern sich sehr mit ihnen freuten und ihnen alle erdenkliche Unterstützung zugesagt hätten. Sie lachte.

„Meine Mutter ist schon völlig aus dem Häuschen!"

Als Colmar nach einiger Zeit auf die Uhr schaute, war es halb neun.

„Ich glaube, ich sollte mich langsam verabschieden. Ich habe ja noch eine kleine Fahrt vor mir."

Christine, die kurz zuvor einen Anruf auf ihrem Handy bekommen hatte, den sie vor der Tür entgegengenommen hatte, stand ebenfalls auf.

„Auch ich muss los."

Jost brachte sie noch zur Tür und versprach, beide über jede neue Entwicklung sofort zu informieren.

„Ich weiß, dass ich euch heute eine Menge zugemutet habe, und ich danke euch für eure positive Reaktion."

Als sie beide dann alleine zusammen im Treppenhaus waren, drehte sich Christine, die vor ihm ging, zu ihm um.

„Und was denkst du?"

„Es ist schon komisch, wie sich das Leben zu wiederholen scheint", antwortete er.

„Daran habe ich auch gedacht."

„Von Heirat haben sie allerdings nichts gesagt."

„Vielleicht bieten wir beide auch nicht so ein ermutigendes Beispiel."

Er wollte auf diese Bemerkung reagieren, beherrschte sich dann aber und sagte nichts. Draußen auf der Straße blieb sie vor seinem Auto stehen. Sie musste es bereits erkannt haben, als sie gekommen war. Er nahm den Autoschlüssel aus der Jackentasche.

„Soll ich dich zu deinem Wagen bringen?", fragte er sie.

„Nein, danke. Ich bin mit der S-Bahn hier und werde abgeholt."

Er schaute sich schnell um.

„Wo? Hier?"

Sie lachte.

„Nein."

Sie zeigte auf das Ende der Straße. Er ging dann um sein Auto herum und sah sie an.

„Hast du eigentlich meinen Brief bekommen?", fragte er.

„Ja. Vielen Dank dafür."

„Und was machst du nun? Wie sind deine Pläne?"

„Das weiß ich noch nicht. Das ist alles nicht so einfach."

„Ich dachte, du hättest es so eilig."

„Deshalb habe ich dir nicht geschrieben. Ich hatte dabei mehr an dich gedacht und wollte dir Entscheidungen erleichtern."

„Das war aber sehr mitfühlend von dir."

„Du brauchst nicht sarkastisch zu sein. Das passt sowieso nicht zu dir."

Er schwieg. Christine legte von der anderen Seite ihre rechte Hand auf das Dach des Wagens. Er konnte erkennen, dass sie keinen Ehering mehr trug. Er sah sie wieder an und bemerkte, dass die kleinen Falten, die sie neben beiden Mundwinkeln hatte, etwas tiefer geworden waren.

„Ich hörte, du hast eine neue Freundin", sagte sie dann.

Mein Gott, Jost! Er erzählte ihr wohl sofort alles. Er konnte sehen, dass ein schwarzer BMW in einiger Entfernung um die Ecke bog und mit Standlicht an der Straßenseite hielt.

„Ja. Sie hat mir in einer Zeit, die nicht ganz einfach war, helfen können" sagte er dann.

Er zeigte kurz in die Richtung des BMW.

„Ich glaube, du wirst bereits erwartet."

Sie bewegte sich nicht und sah ihn an. Er öffnete die Wagentür. Sie zog ihre Hand zurück.

„Mach es gut, Christine. Ich wünsche dir, dass für dich alles klappt und dass du findest, was du suchst."

Sie schwieg noch immer. Er bemerkte, dass sie wieder Tränen in den Augen hatte. Ihm war selber zum Heulen zumute. Er stieg ein, startete das Auto und fuhr langsam los. Im Rückspiegel sah er, dass sie stehen geblieben war und ihm nachblickte. Sie stand noch an der gleichen Stelle, als er am anderen Ende der Straße um die Ecke bog.

Dieses letzte Bild blieb lange bei ihm, auch im dichten Verkehr auf der A7. Ihm gingen wie so oft die vielen skandinavischen Lastzüge auf die Nerven, die wie er auf dem Weg nach Norden waren und ihm das

Fahren auf der Autobahn verleiden konnten. Er versuchte, sich zu konzentrieren.

Jost hatte sich ganz offensichtlich seine Entscheidung gut überlegt. Seine Argumente waren durchweg nachvollziehbar. Was Colmar etwas beunruhigte, war die Unsicherheit des beruflichen Weges, auf den sich sein Sohn nun begeben hatte. Aber dann, was war denn „sicher"? Beruflich oder auch privat, wie er ja inzwischen erfahren hatte, konnte sich über Nacht alles ändern. Wahrscheinlich waren seine Befürchtungen typisch für einen beamteten Lehrer, der vor Jahren unter ganz anderen gesellschaftlichen und wirtschaftlichen Bedingungen seinen Beruf gewählt hatte.

Er hätte gar zu gern mehr über Sarahs Eltern gewusst. Sie hatte ihm ja erzählt, dass ihr Vater Antiquitätenhändler sei. Hatte Jost bei ihrem Besuch in Kiel nicht gesagt, dass die Familie im Stadtteil Wellingsbüttel wohnte? Das war eigentlich keine schlechte Gegend.

Dann musste er wieder an Christine denken. Auch er hatte mit ihr damals keinen Moment gezögert, sich für ihr Kind zu entscheiden. Für ihre berufliche Karriere hatte dies dann ebenfalls schwerwiegende Konsequenzen gehabt. Besonders für Christine. Wahrscheinlich hing das, was jetzt zu ihrer Trennung geführt hatte, auch damit zusammen. Es war ihm heute klar, dass sie mit der Mutterrolle, in die sie damals so plötzlich schlüpfen musste, nicht nur auf eine Karriere verzichtet hatte. Vielleicht hatte sie das Gefühl nie ganz loswerden können, dass ihr durch die ungeplante Schwangerschaft und ihre frühe Heirat Wichtiges im Leben entgangen war. Und dies versuchte sie jetzt nachzuholen.

Josts Appartement genügte den beiden wohl für den Augenblick. Aber spätestens, wenn das Kind da war, musste eine größere Wohnung her. Es war schon auffällig, dass weder er noch Sarah das Wort „Heirat" in den Mund genommen hatten. Für Colmar selber gehörte das einfach zu einer richtigen Familie. Aber klar, heute dachten die jungen Leute anders darüber. Die Angst vor einer verpflichtenden Bindung schien bei ihnen sehr verbreitet zu sein. Aber es stimmte schon, was Christine gesagt hatte. Das, was sie vorgeführt hatten, war ja auch nicht gerade eine gelungene Werbeveranstaltung für die Institution Ehe. Trotzdem, ein Kind brauchte eine richtige Familie. Und außerdem, egal, was ihm und Christine jetzt passiert war, er hat ihre damalige Entscheidung nie bereut. Auch heute nicht.

Sie hatte vorhin wirklich gut ausgesehen. Das blaue Kostüm stand ihr prima, auch weil es ihre hübschen Beine, auf die sie zu recht stolz war, gut zur Geltung brachte. Er hatte nicht verhindern können, dass sie ihm wieder aufgefallen waren, als Christine sie neben ihm auf dem Sofa übereinander schlug. Er hatte noch immer das Bild vor Augen, wie sie alleine auf der Straße stand und hinter ihm hersah.

Kurz vor der Kieler Autobahnausfahrt nahm er sein Handy und rief Anna an. Es war inzwischen fast halb elf. Sie bat ihn, trotz der späten Stunde unbedingt noch bei ihr vorbeizuschauen, und als er den Wagen vor ihrem Haus geparkt hatte, wartete sie an der Tür schon auf ihn. Sie umarmte ihn und führte ihn ins Wohnzimmer. Auf seinen Wunsch holte sie ihm ein Bier, und sie setzten sich auf die Couch. Er erzählte ihr dann leise – sie wollten schließlich Jane nicht aufwecken – von Josts neuen beruflichen Plänen. Nachdem sie sich diesen Bericht ruhig angehört hatte, nickte sie.

„Aber das hört sich für mich ganz vernünftig an. Und wenn er eine solche Chance bekommt, dann sollte er sie auch ergreifen."

Dann erwähnte er das Baby, das Sarah erwartete.

„Da kann man ihn doch erst recht verstehen. Das klingt doch alles ganz folgerichtig."

Sie sah ihn an und schmunzelte.

„Oder bist du beleidigt, weil du nun Opa wirst?"

Er lachte.

„Daran habe ich eigentlich noch gar nicht gedacht. So gefühlt habe ich mich allerdings schon länger."

„Ach du meine Güte! Vor einem Enkel brauchst du dich doch wirklich nicht zu fürchten. Ich weiß ja, dass du mit Kindern gut umgehen kannst. Du musst also wirklich nicht die ganze Zeit so ein Gesicht machen."

Dann erzählte er ihr von Christine.

„Sie war plötzlich auch da. Im Grunde hätte ich mir das schon vorher denken können."

„War es so schlimm?"

„Es ging so. Wir haben so gut wie gar nicht miteinander gesprochen. Die ganze Zeit hat ohnehin Jost geredet."

Das kurze Gespräch, das er mit Christine bei seiner Abfahrt auf der Straße geführt hatte, erwähnte er nicht. Was hätte er darüber auch sagen sollen? Von den beiden Briefen hatte er Anna nie etwas erzählt, und seine Gefühle in Bezug auf seine Frau verstand er ja selber nicht. Und erklären konnte er sie schon gar nicht.

„Ich bin froh, dass es vorbei ist."

Er erkannte die unbeabsichtigte Doppeldeutigkeit seines Satzes. Sie nahm ihn in die Arme und legte ihr Gesicht an seine Wange.

„Das kann ich verstehen."

Er gab ihr einen Kuss auf den Mund.

„Ich werde jetzt fahren", sagte er. „Das war für mich heute alles ein bisschen viel. Und du hast morgen ja auch einen anstrengenden Tag."

Er stand auf, und sie brachte ihn zur Tür. Dort blieb sie noch einmal stehen.

„Übrigens, ich habe heute einen Anruf von meiner Freundin Marie aus Frankreich bekommen", sagte sie. „Aber darüber sprechen wir morgen."

21

Sie rief am nächsten Nachmittag an. Jane war auf dem Geburtstag ihrer neuen Vertrauten Charlotte, und Anna machte ihm einen Vorschlag.

„Lass uns die Gelegenheit nutzen und noch einmal zusammen joggen gehen. Ich muss dir auch dringend was erzählen."

Er holte sie mit dem Auto ab, und sie kam sofort auf das Telefonat zu sprechen, das sie am Tag zuvor mit ihrer Freundin Marie in Frankreich geführt und am Abend zuvor erwähnt hatte.

„Also, Louis, Maries kleiner Sohn, soll nun endlich Anfang Oktober getauft werden. Marie hat mich gefragt, ob ich nicht Patentante werden möchte. Darüber habe ich mich unheimlich gefreut. Natürlich habe ich zugesagt.

Sie legte ihm eine Hand auf den Arm.

„Ich habe da eine super Idee: Die Taufe findet am letzten Wochenende in unseren Herbstferien statt. Was würdest du davon halten, wenn wir dieses Treffen mit einem kleinen Urlaub in der Provence verbinden? Das könnte ich mir für uns drei ganz toll vorstellen. Die Gegend wollte ich dir ja sowieso mal zeigen. Wie findest du das?"

Mit dieser Idee hatte sie ihn völlig überrascht. Er selber hatte für die Ferien noch gar nichts geplant.

Sie drückte seinen Arm.

„Los, komm. Sag schon ja! Du brauchst keine Angst zu haben. Mit den anderen sind wir auch nur bei der Taufe zusammen. Höchstens einen Tag oder zwei."

Sie kannte ihn inzwischen wirklich gut.

„Angst habe ich keine. Aber ich muss zugeben, dass ich am liebsten nur mit dir und Jane Urlaub machen würde."

„Also, was sagst du? Kommst du mit?"

„Das ist wirklich eine tolle Idee, und ich freue mich jetzt schon."

Als sie das Auto abgestellt hatten und ausstiegen, umarmten sie sich lange. Sie drückte sich an ihn.

„Das ist super! Ich kann es kaum erwarten. Gott sei Dank gibt es ja bald Ferien."

Aber bis dahin dauerte es noch eine Weile. Das neue Schuljahr war unterdessen angelaufen, und er kannte inzwischen auch alle seine neuen Schüler bei Namen. Der „pädagogische Alltag", der vor allem von den ersten Korrekturen des neuen Semesters geprägt war, hatte Einzug gehalten. Er erhielt auch ein Schreiben von der Zentralstelle für das Auslandsschulwesen, in dem der Eingang seiner Bewerbung, über die man demnächst entscheiden würde, bestätigt wurde. Ein mögliches Angebot aber würde ihm frühestens am Anfang des nächsten Jahres zugehen. Ansonsten beschäftigten Anna und er sich damit, ihre gemeinsamen Ferien zu planen. Nach ihren Überlegungen würden sie etwas mehr als eine Woche zur Verfügung haben. Er überließ Anna dabei weitgehend die Initiative, da sie ja für diese Reise über die nötigen Kenntnisse und Erfahrungen verfügte. Sie entschieden sich, für diese Zeit in der Vaucluse einen festen Standort zu wählen, von dem aus sie dann ihre täglichen Unternehmungen starten konnten. Damit wollten sie Jane das häufige Wechseln von Hotels ersparen. Sie suchten sich in der Nähe von Ménerbes eine „*Auberge*" aus, die Anna kannte und die ihrer Meinung nach wegen der Lage und Ausstattung für ihre Zwecke besonders geeignet zu sein schien. Sie ermittelten die Telefonnummer des Hauses, und Anna bestellte die Zimmer für ihren Aufenthalt. Sie stellten dann fest, dass eine detaillierte Planung ihres Aufenthaltes nicht ratsam war. Zu unsicher war es, wie Jane, die eine vergleichbare Reise noch nicht gemacht hatte, reagieren würde. Auf alle Fälle sollte das Kind nicht überfordert werden. Es war deshalb besser, über ihre weiteren Unternehmungen während der Fahrt zu entscheiden. Fest stand allerdings, dass sie am Ende der Woche in Alains Haus in der Nähe von Fayence sein mussten, da die Taufe dort an diesem letzten Sonntag ihrer Ferien stattfinden sollte. Danach wollten sie dann die Heimreise antreten.

Vor der Abreise bekam er noch überraschenden Besuch. Er saß an seinem Schreibtisch, als es abends an der Haustür klingelte. Vom Fenster aus konnte er einen schwarzen Wagen sehen, der auf der gegen-überliegenden Straßenseite parkte. Als er die Haustür öffnete, erkannte er die Frau sofort, obwohl er ihr zuvor erst einmal begegnet war und sie seitdem ihre Frisur geändert hatte.

„Frau Grossmann! Hallo", sagte er, nachdem er sich etwas gefangen hatte. „Das ist aber wirklich eine Überraschung."

„Guten Abend, Herr Colmar. Bitte entschuldigen Sie, dass ich Sie so unangemeldet überfalle."

Er beeilte sich, ihr zu versichern, dass dies über-haupt kein Problem sei und bat sie herein. Er führte sie ins Wohnzimmer und bot er ihr einen Platz auf dem Sofa an. Bevor er die Chance hatte, ihr dabei behilflich zu sein, zog sie ihren hellen Mantel aus und setzte sich. Das Kleidungsstück legte sie zusammen mit ihrer Handtasche neben sich. Sie trug Jeans zu einem engen schwarzen Blazer und einer weißen Bluse. Er musste wieder feststellen, dass Frau Gross-mann eine elegante und äußerst attraktive Frau war.

Es war ganz offensichtlich, dass auch sie sehr nervös war. Auf seine Frage, ob er ihr etwas anbieten könne, bat sie um ein Glas Wasser. Er entschuldigte sich und kam nach kurzer Zeit mit einer Flasche Wasser und Gläsern zurück. Sie wartete bis er einge-schenkt hatte und nahm einen großen Schluck. Dann begann sie langsam zu sprechen, ohne ihn dabei anzusehen.

„Ich hatte schon seit langem vor, mit Ihnen Kontakt aufzunehmen, und habe dazu auch schon mehrfach einen Anlauf genommen." Sie schaute ihn jetzt an und versuchte zu lächeln. „Telefonieren wollte ich aber nicht. So habe ich es auch ein paar Mal bis zu Ihrem Haus geschafft, aber geklingelt habe ich dann doch nicht. Das war mir immer zu peinlich."

Er dachte sofort an den schwarzen Audi, der ihm verschiedentlich vor dem Haus aufgefallen war und über den er sich schon gewundert hatte. Er lächelte zurück und nickte.

„Das verstehe ich."

Frau Grossmann reagierte auf diese Bemerkung nicht. Sie sah sich im Raum um.

„Sie haben es hübsch hier", stellte sie fest. Colmar hatte sofort Grossmanns Haus in Hamburg vor Augen und hatte einen Moment lang den Verdacht, dass sie sich vielleicht über ihn lustig machte. Aber sie schien es ernst zu meinen.

„Bei uns ist das übrigens alles etwas anders gelaufen", fügte sie nach einer kleinen Pause hinzu. „Ich bin vorher mit meiner Tochter ausgezogen."

„Vorher schon? Sind sie denn nicht auch durch diese Geschichte überrascht worden?"

„Nein. Das mit Christine habe ich kommen sehen."

Bei Colmar stellte sich wieder das flaue Gefühl in der Magengegend ein. Frau Grossmann verzog den Mund.

„Es ist im Übrigen nicht das erste Mal, dass mein Mann und ich solche Probleme haben," ergänzte sie nach einer kleinen Pause. „Aber das hat nie lange gedauert. Irgendwie haben wir es immer geschafft und sind zusammengeblieben. Ich habe das Gefühl, dass es diesmal etwas anders ist."

Ihm war schon bei ihrem ersten Zusammentreffen aufgefallen, dass abgesehen von einem leichten Akzent ihr Deutsch hervorragend war. Sie griff wieder nach ihrem Glas.

„Und Sie? Wie war es bei Ihnen? Haben Sie denn überhaupt nichts geahnt?"

Er schüttelte den Kopf.

„Nein, rein gar nichts. Ich war wahrscheinlich zu einfältig und borniert. Ich konnte mir irgendwie nicht vorstellen, dass mich meine Frau nach all dem, was wir zusammen erlebt haben, hintergehen würde."

Sie verzog wieder ihren Mund.

„So kann man sich täuschen."

Sie nahm einen Schluck und betrachtete das Glas in ihrer Hand. Auf die nächste Frage war er nicht gefasst.

„Lieben Sie Ihre Frau?"

Er musste sofort an Frau Boyens denken, die ihn auf Sylt mit der gleichen Frage in Verlegenheit gebracht hatte. Nach einer Pause schüttelte er den Kopf und antwortete mit einer Gegenfrage.

„Nach all dem, was passiert ist?"

Sie schwiegen eine Weile. Dann sah sie ihn wieder mit ihren großen, dunklen Augen an.

„Vielleicht werden Sie mich nicht verstehen", sagte sie. „Aber mir ist inzwischen klar geworden, dass ich trotz aller Enttäuschungen meinen Mann nicht so schnell aufgeben möchte."

Sie stellte ihr Glas auf den Tisch und zuckte mit den Schultern.

„Ich liebe ihn noch immer", fügte sie dann leise hinzu.

Colmar wusste nicht, was er darauf sagen sollte. Er wartete. Schließlich sprach sie weiter.

„Außerdem möchte ich auch auf das, was wir uns zusammen mühevoll aufgebaut haben, nicht so einfach verzichten. Das erwartet auch meine Tochter von mir".

Sie sah ihn wieder an.

„Sie haben doch ebenfalls einen Sohn. Haben Sie denn nicht auch schon daran gedacht, um Ihre Familie zu kämpfen?"

Er musste ihren Mut bewundern, denn er konnte sich vorstellen, dass der Entschluss, ihn in dieser Angelegenheit aufzusuchen, dieser Frau nicht leicht gefallen war. Einen Moment lang blickte er aus dem Fenster.

„Wissen Sie, bei uns war das alles vielleicht etwas anders", sagte er schließlich. „Als ich zufällig entdeckte, was los war, hat sich meine Frau sofort gegen mich entschieden und mich verlassen. Sie hat mir ziemlich deutlich gemacht, dass das, was ich ihr bieten kann, für sie nicht genug ist. Ich kann Ihnen versichern, das war für mich eine sehr schmerzliche Erkenntnis. Aber so ist es. Auf keinen Fall werde ich mich jetzt noch lächerlicher machen, als ich ohnehin schon bin."

Nach einer kleinen Pause fügte er hinzu:

„Und was meinen Sohn betrifft, so habe ich feststellen müssen, dass der mit der neuen Situation ganz offensichtlich besser fertig geworden ist als ich."

Sie nickte. Wieder saßen sie sich eine Zeit lang schweigend gegenüber, bevor sie antwortete.

„Ich kann Sie verstehen. Allerdings möchte ich Ihnen auch sagen, dass nach meiner Erfahrung Dinge dieser Art immer etwas komplizierter sind als es den Anschein hat."

Sie nahm ihre Handtasche, die neben ihr auf dem Sofa lag, und stand auf. Er erhob sich ebenfalls, half ihr in den Mantel und begleitete sie zur Tür. Dort reichte sie ihm zum Abschied die Hand.

„Es war mir wichtig, dass ich Ihnen das sagen konnte. Jetzt kennen sie meinen Standpunkt in dieser Angelegenheit. Danke, dass Sie mich angehört haben."

Er hielt ihre Hand fest.

„Und ich bin Ihnen dankbar, dass Sie sich die Mühe gemacht haben, zu mir zu kommen. Vielleicht können Sie mich etwas besser verstehen, wenn ich Ihnen auch sage, dass ich mich im Augenblick darum bemühe, eine neue Beziehung aufzubauen. Glauben

166

Sie mir, das fällt mir nach allem, was geschehen ist, schwer genug."

Sie nickte wieder.

„Viel Glück dabei!"

„Das wünsche ich Ihnen auch!"

Sie lächelte kurz, drehte sich um und ging zu ihrem Wagen. Als sie anfuhr, hob sie noch einmal zum Abschied die Hand.

Jost reagierte etwas verhalten, als sein Vater sich bei ihm für den Urlaub abmeldete. Wahrscheinlich war er von der Nachricht zu sehr überrascht worden. Freund Hans-Gerd feierte in der ersten Ferienwoche seinen Geburtstag. Bei dieser Gelegenheit konnte Colmar sich auch von den anderen verabschieden. Sie waren über seine Pläne ziemlich erstaunt, schienen sich aber doch auch alle irgendwie für ihn zu freuen.

Als es dann so weit war, verstauten Anna und er das Gepäck in seinem Golf und machten sich auf den Weg in den Süden. Es stellte sich heraus, dass Jane eine angenehme und unproblematische Mitreisende war. Sie war geduldig und konnte sich, wenn es sein musste, auch sehr gut alleine beschäftigen. Colmar erinnerte sich, dass Jost in ihrem Alter weniger ausdauernd und viel ungeduldiger gewesen war. Seine Quengelei, die häufig bereits kurz nach Antritt einer längeren Autofahrt begann, hatte solche Reisen früher für die Eltern anstrengend gemacht. Mit Jane war das anders. Wenn sie sich nicht alle zusammen unterhielten, Lieder sangen oder Spiele machten, malte sie oder beguckte ein Bilderbuch. Außerdem hatte sie Spaß an Kinderhörbüchern, die sie in einen tragbaren CD-Player mit Kopfhörern einlegte. Von solchen CDs hatte sie offenbar genügend mitgenommen. Auch übten sie mit ihr zwischendurch das Telefonieren. Sie hatte keine Probleme mit Annas Handy sein Gerät anzuwählen.

Anna und er wechselten sich häufig beim Fahren ab. Sie legten öfter, als er es sonst gewohnt war, kleinere Pausen ein, damit Jane sich zwischendurch genügend bewegen und spielen oder auch die Toilette aufsuchen konnte. Sie überquerten den Main am späten Nachmittag und fanden dann ohne Schwierigkeiten ihr Hotel in dem Weinort Volkach. Sie hatten ein Doppelzimmer und ein Einzelzimmer telefonisch vorbestellt. Ihre Koffer ließen Sie an der Rezeption und begaben sich gleich, wie sie Jane erklärten, auf eine kleine „Entdeckungstour" durch den historischen Kern des Ortes. Das Abendessen in dem guten Restaurant ihres Hotels, in dem es außer Jane kein anderes Kind gab, war für das Mädchen sehr spannend. Sie strengte sich sehr an, sich wie eine „Erwachsene" zu benehmen, und die Kellner bemühten sich auch ganz besonders um sie.

Nach dem Essen wurde sie von Anna ins Bett gebracht. Er ging währenddessen in sein Zimmer, um wenigstens das Jackett, das er für die Taufe mitgenommen hatte, aus dem Koffer zu nehmen und aufzuhängen. Er hatte vorher aber versprechen müssen, Jane noch „Gute Nacht" zu sagen. Als er dann in ihr Zimmer kam, lag sie bereits im Bett und wartete auf ihn. Anna war dabei, Kleider und Blusen in den Schrank zu hängen. Seine Aufgabe war es nun wie auch an den folgenden Abenden, seine Geschichte von der Prinzessin, die unter Wasser die Tiere belauschen konnte, weiterzuspinnen. Als er mit seiner Episode fertig war, setzte sich Anna zu ihrer Tochter ans Bett.

„Also, du musst jetzt versuchen zu schlafen, denn morgen wird die Fahrt für uns alle sehr lang und stressig. Tommy und ich müssen noch über unsere Reise sprechen. Deshalb gehen wir noch einmal runter in die Bar, die ich dir vorhin nach dem Essen gezeigt habe."

Sie reichte der Kleinen ihr Handy.

„Wenn wir unten sind, rufen wir dich von Tommys Apparat an. Danach wählst du seine Nummer und telefonierst mit uns. Dann wissen wir, dass du uns jederzeit erreichen kannst, wenn du uns brauchst. Wir laufen dann sofort die Treppe hoch und sind dann gleich hier bei dir. OK?"

„OK, Mami, alles klar."

„Wir lassen die Lampe an meinem Bett an, damit du sehen kannst. Auch im Bad machen wir Licht."

Sie gaben beide dem Mädchen einen Gute-Nacht-Kuss, winkten ihr von der Tür noch einmal zu und gingen. Unten in der Bar machten sie wie verabredet ihre „Kontrollanrufe", und Jane versprach, sofort die Augen zuzumachen. Als Anna das Gespräch beendet hatte, schüttelte er den Kopf.

„Ich kann gar nicht glauben, wie unproblematisch dieses Kind ist und wie leicht es sich führen lässt."

„Unproblematisch ist sie überhaupt nicht. Aber ich glaube, es liegt an dir. Sie vertraut dir. Sie hat keine Angst, weil du dabei bist. Und mir geht es übrigens genauso"

Er wusste wieder einmal nicht, was er darauf antworten sollte. Sie nahm seine Hand.

„Ist schon gut. Du brauchst nichts zu sagen. Ich weiß, dass es dir unangenehm ist, wenn du so etwas hörst. Aber es ist nun einmal so."

Sie gab ihm einen Kuss.

„Es ist schön für mich, mit jemandem zusammen zu sein, auf den ich mich verlassen kann."

Sie bestellten sich Kaffee, er mit einem Cognac und sie mit einem Limoncello, und dann beugten sie sich zusammen über die Straßenkarte und besprachen die Strecke, die sie am nächsten Tag zum Hotel „*Roi de Soleil*", ihrem Ziel in der Provence, zurücklegen wollten. Schließlich faltete er die Karte wieder zusammen und steckte sie ein. Dann erzählte er ihr von dem Besuch, mit dem Frau Grossmann ihn kurz vor Antritt ihrer Fahrt überrascht hatte.

„Ich wollte dir das schon die ganze Zeit erzählen, aber irgendwie ergab sich das bisher noch nicht."

Anna hörte ihm aufmerksam zu. Als er fertig war, nickte sie.

„Irgendwie kann ich sie verstehen. Sie tut mir leid. Aber warum kam sie denn zu dir? Was erwartet sie denn von dir?"

„Das habe ich mich auch gefragt. Vielleicht wollte sie mich besser kennen lernen und sehen, was für ein Typ ich bin."

Anna überlegte noch immer.

„Nein, das glaube ich nicht. Wahrscheinlich wollte sie vor allen Dingen herausfinden, ob du ähnlich denkst wie sie und ob es eine Chance gibt, dass deine Frau zu dir zurückkehrt. Das würde bestimmt einiges für sie leichter machen."

„Das mag sein, aber ich glaube, ich habe ihr deutlich machen können, dass dies nicht geschehen wird."

Sie schwiegen. Er war sehr froh, dass Anna ihm an dieser Stelle nicht die Frage stellte, der er auch bei Frau Grossmanns Besuch ausgewichen war. Er nahm ihre Hand und hob sie an seine Lippen.

„Ich habe ihr gesagt, dass das für mich nicht in Frage kommt."

Er rückte etwas näher an sie heran.

„Außerdem habe ich sie darüber informiert, dass ich eine neue Freundin habe, die meine ganze Konzentration in Anspruch nimmt."

Anna musste lachen. Sie beugte sich zu ihm herüber und küsste ihn.

Es war dann auch für sie beide Zeit, schlafen zu gehen. Der nächste Tag würde auch ihnen einiges abverlangen. Jane schlief fest, als sie nach ihr schauten. Sie umarmten sich. Anna sah ihm in die Augen und gab ihm einen letzten Kuss.

„Es wäre keine gute Idee, Jane heute Nacht alleine zu lassen. Aber wir werden das alles nachholen. Versprochen!"

Sie erreichten Ménerbes erst am Abend des nächsten Tages. Wie sie erwartet hatten, war die Fahrt auch wegen des dichten Verkehrs sehr lang geworden. Das Hotel, in dem sie in den nächsten Tagen bleiben wollten, lag etwas außerhalb der Ortschaft. Obwohl es schon recht spät war, wurde ihnen von der Küche noch ein kleines Abendessen zubereitet. Nach den Anstrengungen der Reise waren sie so müde, dass sie danach alle ins Bett gingen.

Es stellte sich am nächsten Morgen heraus, dass das „Roi de Soleil" ein Glücksgriff war. Anna hatte nicht zu viel versprochen. Die Zimmer waren geräumig und geschmackvoll eingerichtet. Das Personal erwies sich als sehr freundlich und sehr bemüht, besonders wenn es um Jane ging. Das Mädchen freute sich speziell über den schönen und großen Swimmingpool, und es traf sich, dass noch zwei andere Kinder in ihrem Alter bei dem schönen Wetter ebenso gerne im Wasser waren wie sie. Colmar staunte darüber, dass sie sich mit den Kindern ohne Probleme auf Französisch verständigen konnte. Er selber kam zunächst kaum dazu, die Reste seines bescheidenen Schulfranzösisch einzusetzen, da Anna automatisch fast alle Gespräche übernahm. Eine schöne Terrasse neben dem Pool ermöglichte es den Erwachsenen, die Kinder beim Baden stets im Auge zu behalten.

Es waren für alle sehr schöne Ferien. Das Wetter hätte nicht besser sein können, und sie verbrachten eine sehr schöne Zeit miteinander. Sie besuchten eine Reihe der malerischen Orte in der Vaucluse, machten kleine Wanderungen und fuhren auch einen Nachmittag nach Nizza, wo er früher auch schon einmal mit Christine gewesen war. Es gelang ihm aber, nur wenig an den damaligen Urlaub zu denken. Natürlich achteten sie darauf, dass bei ihrem Programm Jane nicht zu kurz kam. Sie machten aus diesem Grund auch einen Ausflug in das Marineland in Antibes. Von dem Aquarium dort mit den exotischen Fischen war er mindestens ebenso beeindruckt wie Jane. An einem anderen Tag legten sie in Cannes einen Strandaufenthalt ein. Selbstverständlich versuchte Jane,

171

unter Wasser die Meerestiere zu belauschen. Da das nicht klappen konnte, tröstete er sie damit, dass die Tiere sich wohl wegen der vielen Menschen am Strand ins tiefe Wasser zurückgezogen hätten. Sie saßen nach dem Baden auf dem Kieselstrand in der Sonne und beobachteten die großen Segel- und Motoryachten draußen vor der Küste. Auch an diesem Ort bemerkte er, dass Anna, die in ihrem Bikini großartig aussah, anderen Männern auffiel. Er war stolz auf sie und fühlte sich geschmeichelt.

Die Tage mit Anna und Jane wurden für ihn etwas Besonderes. Er genoss diese Zeit. Kiel war für ihn so weit weg, und seine Unsicherheiten, Zweifel und Ängste, die ihn sonst so häufig bedrängten, hatte er fast völlig vergessen. Sie waren zusammen wie eine perfekte kleine Familie, und er machte sich auch weniger als sonst Gedanken darüber, was andere Leute über ihn und die junge, hübsche Frau an seiner Seite dachten. Die Nächte verbrachte Anna bei ihm. Sie kam in sein Zimmer, wenn Jane eingeschlafen war, und ging morgens wieder zurück in ihr eigenes Bett, bevor ihre Tochter aufwachte.

Es war für ihn eine wunderbare Zeit. Vielleicht hätte er sogar sagen können, dass er in diesen Tagen glücklich war, wenn es ihm nur möglich gewesen wäre, diesem Gefühl zu trauen. Aber nach dem, was er in den vergangenen Monaten erlebt hatte, war er vorsichtig geworden. Er wusste ja, dass einem das Schöne, mit dem man vom Leben manchmal beschenkt wird, auch schnell wieder genommen werden kann.

22

Was ihm allerdings doch ein wenig bevorstand, war die Taufe und das Zusammentreffen mit Annas Freunden. Auf dem Weg nach Fayence versuchte Anna, ihn noch etwas besser auf diese vorzubereiten. Ihr Gastgeber Alain, in dessen Haus sie auch die Sommerferien verbracht hatte, besaß eine kleine Baufirma in Grasse. Seit seiner Scheidung vor fünf Jahren lebte er in diesem Haus zusammen mit Clara, seiner Mutter. Alain sollte an diesem Wochenende neben Anna der zweite Taufpate sein. Annas Freundin Marie war mit Luc verheiratet, einem Rechtsanwalt in Aix. Ihre Tochter Emma war Janes beste Freundin. Louis, der kleine Bruder, war ein Jahr alt und sollte jetzt getauft werden. Annas dritter Freund aus Studienzeiten war Jean, der mit seiner Frau Julie eine Weinhandlung in Avignon betrieb. Mit ihrem Sohn Philippe verstand sich Jane ebenfalls ausgezeichnet. Julie, die etwas jünger war, erwartete übrigens ihr zweites Kind. Anna war sich ganz sicher, dass ihm alle ihre Freunde gefallen würden.

Sie leitete ihn sicher nach Fayence und zu Alains Wohnsitz, der etwas von der Straße entfernt in einem riesigen Grundstück lag. Sie fuhren einen Kiesweg entlang vorbei an Olivenbäumen und hielten auf einem kleinen Parkplatz vor einem sehr schönen Haus, das genau so aussah, wie Colmar sich ein Anwesen in der Provence immer vorgestellt hatte. Die ockerfarbenen alten Mauern leuchteten im Licht der Nachmittagssonne. Die vielen bunten Blumen in den Beeten und die blauen Fensterläden erinnerten ihn an Bilder in einem Reiseprospekt. Die Haustür öffnete sich, und eine Frau, die er auf ungefähr sechzig Jahre schätzte, trat heraus. Sie strahlte und trocknete sich die Hände an ihrer bunten Schürze. Hinter ihr erschien ein junger, gutaussehender Mann mit längeren dunklen Haaren, dessen Ähnlichkeit mit ihr nicht zu übersehen war. Das mussten Clara und ihr Sohn Alain sein. Gleichzeitig kamen ein kleiner Junge und ein Mädchen, laut Janes Namen rufend um das Haus gelaufen. Ihnen folgten ein Mann in einem weißen T-Shirt und eine Frau, die einen kleinen Jungen auf dem Arm hatte. Es konnte sich bei ihnen eigentlich nur um Marie, ihren Ehemann Luc und den Täufling handeln. Zuletzt erschien eine junge Frau in der Tür, der man von weitem ansehen konnte, dass sie schwanger war. Der Mann neben ihr hielt ihre Hand. Nach Annas Beschreibung war er sicher, dass diese beiden Jean und seine Frau Julie waren. Es wurde eine lautstarke Begrüßung, mit vielen Umarmungen und *„bises"*. Auf die Vorstellung seiner Person konnte verzichtet werden, da sie ihn alle sofort bei Namen nannten. Es war nicht zu verkennen, dass man sich sehr über ihre Ankunft freute. Er hatte Schwierigkeiten, in dem französischen Wortschwall um ihn herum die Übersicht zu behalten. Dann wurden ihre Gepäckstücke aus dem Auto genommen, und man geleitete sie ins Haus.

Von der Eingangsdiele, die mit Terrakotta Fliesen ausgelegt war, führte eine Steintreppe in das Obergeschoss und zu einem weiteren kleinen Flur. Marie und der Hausherr zeigten ihnen das Zimmer, das für sie bestimmt war. Soweit er verstehen konnte, sollte Jane, die sofort mit ihren Freunden hinter dem Haus verschwunden war, mit diesen in einem anderen Zimmer schlafen. Alain stellte den Koffer, den er hochgetragen hatte, ab und verließ sie mit einem *„à tout à l'heure"*. Marie wechselte ins Deutsche.

„Ich lasse euch jetzt auch allein. Ihr könnt euch erst einmal frisch machen. Dann erwarten wir euch unten. Wir wollen auf eure Ankunft anstoßen. Für euch ist das Gästebad gleich neben diesem Zimmer vorgesehen. Luc und ich teilen es mit euch. Also, bis gleich. Wir sehen uns dann unten auf der Terrasse."

Während Anna ins Bad ging, hängte er wieder das Jackett, das er am nächsten Tag tragen wollte, in den Wandschrank. Das Zimmer war mit alten Möbeln eingerichtet. Das auffallendste Stück war ein riesiges Doppelbett. Er trat ans Fenster. Die ausgedehnten und abgeernteten Lavendelfelder, die er an diesem Tag auch während der Autofahrt immer wieder bemerkt hatte, tauchten die ganze Landschaft in ein besonderes Licht. In der Ferne konnte er einzelne Gehöfte erkennen. Irgendwo in einem Garten brannte ein Feuer. Der senkrecht aufsteigende Rauch löste sich in der Höhe auf und schien im Hintergrund die scharfen Umrisse der gestuften Bergketten aufzuweichen.

Anna kam zurück, und nun ging auch er ins Badezimmer, um sich wenigstens schnell Gesicht und Hände zu waschen. Dann nahm sie ihn an die Hand und führte ihn die Treppe hinunter. Von der Eingangsdiele aus ging es durch eine große Küche auf die Terrasse des Hauses, wo ihre Freunde schon mit einer Flasche Champagner auf sie warteten. Die Gläser wurden gefüllt, und sie stießen auf ihre glückliche Ankunft an. Natürlich wollte man wissen, wie ihre Ferien bisher verlaufen waren. Anna berichtete von ihren Unternehmungen, und es schien, als seien sie alle mit der Wahl ihrer Ziele einverstanden. Sie stellten zusätzliche Fragen, gaben einige Kommentare ab und nickten zufrieden, wenn Anna ihnen antwortete. Marie stand neben ihm, und er war ihr dankbar, dass sie immer wieder mit kleinen Übersetzungen half, wenn der Austausch zu schnell und hitzig wurde.

Die Kinder kamen vom Pool gelaufen, um sich etwas zu trinken geben zu lassen. Als sie wieder laut schreiend im Garten untergetaucht waren, schaute Alain auf seine Uhr und meinte, dass es an der Zeit sei, mit den Vorbereitungen für das Abendessen zu beginnen. Marie erläuterte Colmar, dass Alain angekündigt habe, ihnen zu Ehren seine Spezialität zuzubereiten: Eine Lammkeule, auf die er selber sehr stolz war. Colmar konnte nun sehen, dass die Gruppe nicht zum ersten Mal zusammen war und dass man gut aufeinander eingespielt war. Luc und Jean boten an, Alain in der Küche zu helfen. Marie und Julie wollten die Kinder einsammeln und für ihr Abendbrot fertig machen, das von Carla bereits in der Küche vorbereitet war. Anna bekam den Auftrag, ihm in der Zwischenzeit das Haus zu zeigen. Gegen neun, wenn die Kinder versorgt waren, wollten sie sich dann alle auf der Terrasse zum Essen einfinden.

Colmar, der eigentlich der Ansicht war, dass er bereits einen Eindruck von diesem Haus hatte, war doch überrascht zu sehen, wie groß es tatsächlich war. Er folgte Anna durch eine zweite Tür, die von der Terrasse ins Haus führte, und befand sich in einem riesigen Wohnraum, der von einem langen Eichentisch dominiert wurde, an dem zehn Personen ohne Probleme Platz hatten. Neben einer Bücherwand, einem antiken Wandschrank und verschiedenen großen Ölgemälden fiel ihm eine äußerst gemütlich wirkende Sitzecke auf. Es gab auch eine Verbindung zur Küche und zwei weitere Türen, von denen eine in Alains Arbeitszimmer führte und eine andere in sein Schlafzimmer. Von diesem Raum gab es einen Durchgang zu einem geräumigen Bad. Anna erklärte ihm, dass Clara im Obergeschoss ihr Schlafzimmer und eigenes Bad hatte. Außerdem, so sagte sie, gab es oben noch drei Gästezimmer und zusätzliche ein kleines Badezimmer, das er ja bereits gesehen hatte.

Anna musste sich danach um Jane kümmern und den beiden anderen Frauen bei der Versorgung der Kinder helfen. Colmar fühlte sich ein wenig erschöpft. Der Trubel, der in diesem Hause herrschte, war etwas ungewohnt für ihn. Auch musste er sich bei den auf Französisch geführten Gesprächen sehr konzentrieren. Er hatte das Bedürfnis, sich etwas zurückzuziehen.

„Ich glaube, ich verzieh mich jetzt am besten nach oben", sagte er. „Ich gehe unter die Dusche, was ich auch dringend nötig habe."

„Gute Idee. Hier kannst du im Augenblick ohnehin nicht helfen."

„Gibt es hier vielleicht auch ein Bier? Ich hab einen gewaltigen Durst. Der Champagner hat das noch schlimmer gemacht."

„Bestimmt. Komm mal mit!"

Sie ging mit ihm in die Küche, wo Alain, mit einer weißen Schürze ausgerüstet, neben seinen beiden Gehilfen den Eindruck eines Starkochs vermittelte. Es fehlte nur noch die weiße Mütze. Auf Annas Frage nach einem Bier hob er beide Arme in die Höhe.

„Voilà, un Allemand!"

Er nahm aus dem enormen Kühlschrank eine Flasche Kronenbourg, öffnete sie und gab sie Colmar. Dieser verzichtete auf ein Glas, bedankte sich und verließ mit Anna die Küche, in der sie im Moment tatsächlich nur im Wege waren. In der Diele legte sie die Arme um seinen Hals und küsste ihn.

„Ist alles in Ordnung? Kommst du klar?"

„Natürlich. Du solltest jetzt nach Jane schauen."

„Mach ich. Ich komme nach. Sobald ich kann."

Sie ging in die Küche zurück, und er stieg die Treppe hinauf zu ihrem Zimmer. Dort zog er sich die Schuhe aus und legte sich auf das Bett. Das tat wirklich gut. Den Geräuschen nach wurden die Kinder auf der Terrasse unter seinem Fenster gerade abgefüttert. Er nahm einen großen Schluck aus seiner Bierflasche. Dann erhob er sich, nahm frische Unterwäsche und ein neues Hemd aus seinem Koffer und ging duschen. Er fühlte sich danach besser und legte sich wieder aufs Bett. Das Klappern von Geschirr verriet ihm, dass inzwischen der Tisch für das Abendessen gedeckt wurde. Anna holte die Sachen, die Jane für die Nacht brauchte. Sie kam nach einiger Zeit wieder und legte sich für ein paar Minuten zu ihm.

„Das fühlt sich gut an! Es ist gar nicht so einfach, Jane hier wieder einzufangen."

„Wenn ich dir helfen kann, musst du mir das sagen."

„Danke, aber im Augenblick kannst du wirklich nichts tun. Da unten toben eigentlich schon genug Leute herum."

Sie gab ihm einen Kuss auf die Wange.

„Du riechst gut. Ich werde jetzt auch noch unter die Dusche gehen."

Nach einiger Zeit kam sie zurück. Sie hatte sich umgezogen und etwas Make-up aufgelegt. Sie beugte sich über ihn und gab ihm einen Kuss. Unten in der Diele wurde eine Glocke geläutet und jemand rief:

„*À table!*"

Anna musste lachen.

„Das ist Alain. Er ruft uns zu seinem Meisterwerk."

Auf der Terrasse war der Tisch gedeckt. Als sich alle eingefunden hatten, wurde Colmar ein Platz zwischen Marie und Anna zugewiesen. Für die Vorspeise hatte Alain Artischocken ausgewählt. Sie waren gerade damit fertig, da brachte Carla die Kinder herein. Sie hatten bereits ihre Pyjamas an und wollten sich von allen für die Nacht verabschieden. Man konnte ihnen ansehen, wie sehr sie diese Zeit dort mit allen Ausnahmeregelungen genossen. Auch Carla schien die Großmutterrolle, in die sie geschlüpft war, sehr zu gefallen. Alle am Tisch bekamen von jedem der Kinder ein Gute-Nacht-Küsschen. Colmar freute sich, als Jane ihm ihre kleinen Arme um den Hals legte und ihm zuflüsterte, dass er heute seine Geschichte von der Prinzessin nicht erzählen solle. Er nickte. Davon war er ohnehin schon ausgegangen. Carla übernahm dann die Aufgabe, die Kleinen ins Bett zu bringen und ihnen noch eine Geschichte vorzulesen. Die anderen sollten mit dem Essen weitermachen. Sie würde, sobald es möglich war, sich ihnen wieder anschließen. Die Kinder waren inzwischen mit viel Geschrei in Richtung Kinderzimmer verschwunden.

Alains Lammkeule wurde aufgetragen, und sie war wirklich ganz besonders köstlich. Auch der Wein, den Jean offenbar ausgewählt hatte, schmeckte ausgezeichnet. Es wurde während des Essens lebhaft diskutiert, und es war für Colmar nicht zu übersehen, wie wohl sich Anna in diesem Kreis fühlte. Es war das erste Mal, dass er sie unter ihren engen Freunden erlebte. Sie wirkte hier irgendwie anders als in Kiel.

Obwohl sich alle bemühten, den deutschen Gast in die Gespräche einzubeziehen, und Anna und Marie ihm mit Übersetzungen halfen, ging doch einiges, was gesagt wurde, an ihm vorbei. Das lag nicht nur daran, dass man nach seinem Gefühl immer schneller sprach und er den Eindruck hatte, dass seine wenigen sprachlichen Kenntnisse im Verlauf des Abends immer dürftiger wurden. Bei dem lebhaften Abtausch ging es vornehmlich um gemeinsame frühere Erlebnisse, an denen er selber ja nicht teilgenommen hatte.

Colmar fühlte sich an die Runde seiner eigenen Freunde erinnert. Er kannte das Muster und die Automatik, mit der beinahe jedes Gespräch auf irgendeine Weise bei einem gemeinsamen früheren Erlebnis landete. Es gab auch die für Fremde und Außenstehende völlig unverständlichen Anspielungen, die von ihnen wie ein Code benutzt wurden und häufig überraschende Heiterkeit auslösten. Er bemerkte auch die gemeinsame und lautstarke Darstellung früherer Begebenheiten, bei der man sich auch ständig gegenseitig korrigierte, da ihre jeweiligen Erinnerungen im Detail unterschiedlich waren. Er war aber nicht die einzige Person in der Runde, die sich nicht so recht in die Gespräche eingebunden fühlte. Er glaubte zu sehen, dass Julie bei einem der lauten Heiterkeitsausbrüche ein wenig zur Seite blickte und mit den Augen rollte.

Aber er, der Annas Freunde zum ersten Mal erlebte, war natürlich der eigentliche Außenseiter. Das konnte auch gar nicht anders sein, denn man kannte ihn ja nicht, und er teilte somit auch nicht ihre gemeinsame Vergangenheit. Außerdem beherrschte er ihre Sprache nicht gut genug, und viele der offenbar

179

witzigen Bemerkungen konnte er nicht verstehen. Annas und Maries Dolmetscherbemühungen konnten da auch nicht so recht helfen. Es ging alles einfach zu schnell, und Witze, die man erklärt bekommt, hat man ohnehin schon verpasst. Was ihn aber besonders von ihnen trennte, war, dass sie mit Ausnahme von Clara alle deutlich jünger waren als er. Er sah sich selber, wie er mit Christine vor zehn oder auch fünfzehn Jahren im Kreise seiner Freunde über Politik, neue Ferienziele oder auch Kindererziehung diskutiert hatte. Er konnte nichts dagegen tun, er fühlte sich alt unter diesen jungen Leuten. Vielleicht war er auch nur müde. Die Versuche, den Gesprächen zu folgen, waren für ihn mühsam, und er merkte selber, wie seine Konzentration zunehmend nachließ. Als Jean ihn an irgendeiner Stelle fragte, wo es ihm in der Provence am besten gefallen habe, und er mit „Qui" antwortete, löste er am Tisch allgemeines Gelächter aus. Dieser Patzer war ihm peinlich, und er spürte wieder einmal, dass er einen knallroten Kopf bekam. Anna fand unter dem Tisch seine Hand und drückte sie.

Er war nicht unglücklich, als man dann kurz darauf beschloss, die Tafel aufzuheben. Die Taufe sollte am nächsten Vormittag um halb elf in der kleinen Kirche im Nachbarort im Anschluss an die Messe stattfinden, und man war sich einig, dass sie sich spätestens um zehn Uhr auf den Weg machen müssten. Colmar half noch dabei, das Geschirr abzutragen. Anna merkte natürlich, dass er sich in der Küche, in der jeder zu wissen schien, was zu tun war, überflüssig fühlte.

„Thomas, du solltest schon mal nach oben gehen. Dann wird das Gedränge im Bad nachher auch nicht so groß. In der Küche kannst du sowieso nicht richtig helfen. Hier gibt es mehr als genug Leute. Wir klaren hier nur noch auf, und dann komme ich auch."

Er war dankbar für den Vorschlag. Er verabschiedete sich von den anderen und stieg die Treppe hinauf, um sich für die Nacht fertig zu machen. Er lag schon längst im Bett, als Anna schließlich ins Zimmer kam. Sie zog sich schnell aus, schlüpfte in ihr Nachthemd und legte sich zu ihm. Das alte Bett knarrte gewaltig, und sie mussten beide lachen. Anna drückte sich fest an ihn und flüsterte ihm ins Ohr:

„Da müssen wir aber sehr vorsichtig sein, sonst halten wir das ganze Haus wach."

Sie küsste sein Ohrläppchen.

„War es sehr schlimm für dich?", fragte sie ihn.

„Nein, überhaupt nicht. Du kennst diese Situation doch auch, wenn ich mit meinen Jungs in Kiel über alte Zeiten rede. Im Übrigen mag ich deine Freunde."

Sie drückte sich noch fester an ihn. Er hatte seine Arme um sie gelegt, und so lagen sie eine Zeit lang eng umschlungen nebeneinander, ohne sich zu bewegen. Er wusste nicht, ob das Herzklopfen, das er zu hören meinte, Annas oder sein eigenes war. Ihm ging durch den Kopf, dass ihre Umarmungen immer etwas von einem gegenseitigen Festhalten hatten.

In dieser Nacht, der ersten auf dieser Reise, in der sie nicht auf Jane Rücksicht nehmen mussten und die sie ganz für sich alleine hatten, liebten sie sich auf eine besonders zärtliche und vorsichtige Weise, immer darauf bedacht, ein Knarren oder Quietschen des Bettes zu vermeiden, was ihnen auch fast gelang.

Am nächsten Morgen weckte sie das Klappern von Geschirr. Auf der Terrasse unter ihrem Fenster wurde offenbar der Frühstückstisch gedeckt. Auf seiner Uhr war es kurz nach acht. Anna eilte ins Bad. Sie musste sich ja auch noch um Jane kümmern. Nach kurzer Zeit kehrte sie zurück und zog sich schnell an, während er seine Sachen nahm, um unter die Dusche zu gehen und um sich anzuziehen. Wie es schien, waren Marie und ihr Mann schon vor ihnen aufgestanden und bereits unten beim Frühstück. Als er schließlich ins Zimmer zurück kam, war Anna dabei,

Jane anzukleiden. Er gab dem Mädchen ein Küsschen auf die Wange.

„Guten Morgen, Prinzessin. Na, ihr seid doch in eurem Zimmer bestimmt spät eingeschlafen."

„Ja. Wir haben noch geredet und viel Quatsch gemacht."

„Das kann ich mir vorstellen!"

Als sie dann schließlich zusammen auf die Terrasse traten, saßen Marie und ihre Familie noch am Tisch. Colmar war erleichtert, denn auch Luc hatte sich eine Krawatte umgebunden. Sie hörten, dass Clara, Alain und Jeans Familie schon recht früh in die Kirche gefahren waren und dass man am Schluss der Messe zu ihnen stoßen würde.

Nach einem kurzen Frühstück, das aus einem Milchkaffee und einer Scheibe Baguette bestand, stiegen sie in ihre Autos und fuhren in die kleine Kirche des Nachbarorts. Der Gottesdienst war gut besucht, und sie drängten sich neben ihre Freunde in die letzte Reihe. Am Ende der Messe leerte sich die Kirche langsam. Auf ein Zeichen des Priesters traten die Eltern mit dem Kind und den beiden Paten an das alte Taufbecken. Die ganze Zeremonie wurde im Grunde recht zügig und auch ohne Geschrei des Täuflings abgewickelt. Der kleine Louis wirkte nur überrascht angesichts der ungewohnten Aufmerksamkeit, mit der er plötzlich bedacht wurde. Von seinem Beobachterplatz im Hintergrund konnte Colmar nicht übersehen, dass Anna und Alain, die beiden Paten, ein sehr attraktives Paar abgaben.

Nach der feierlichen Handlung wurden noch Fotos gemacht, und danach ging es in den Autos zurück nach Hause. Clara, die längst aufgebrochen war, um dort mit der Hilfe einer Nachbarin das Essen vorzubereiten, erwartete sie mit einer Flasche Champagner. Auf der Terrasse war inzwischen eine festliche Tafel gedeckt worden.

Und es wurde ein großartiges Fest. Solche Feiern kannte Colmar aus Büchern und hatte sie auch in

Filmen schon verschiedentlich gesehen. Sie verbrachten beinahe den ganzen Tag, wenn auch mit einigen Unterbrechungen, in denen sie mit den Kindern spielten oder einen Rundgang durch den Garten machten, damit, in bester Stimmung im Halbschatten der mit Wein überwachsenen Terrasse zu essen und zu trinken. So hatte er sich in seinen Träumen einen Festtag in der Provence immer vorgestellt.

Wenn er Anna wieder unter ihren Freunden beobachtete, sah er, dass sie hier etwas fand, das ihr in Kiel einfach fehlen musste. Wie schon am Abend zuvor konnte man ihr deutlich ansehen, dass sie sich wohl fühlte und dass sie hier glücklich war. Er freute sich für sie. Sie hatte auch wirklich tolle Freunde, auf die sie stolz sein konnte. Sie waren nach wie vor immer bemüht, ihm das Gefühl zu geben, dass er zu ihnen gehörte. Alain beeindruckte ihn besonders. Er war stets liebenswürdig, und man vergaß völlig, dass er nicht nur Pate, sondern auch der großzügige Ausrichter dieser gelungenen Zusammenkunft war.

Auch dieses Mal wurde es kein langer Abend. Anna hatte allen deutlich gemacht, dass man am nächsten Morgen nicht zu spät aufbrechen dürfe, denn besonders der erste Teil ihrer Rückreise war ja lang und anstrengend. Sie hatten bereits in dem Hotel in Volkach, in dem sie auch auf der Hinreise übernachtet hatten, Zimmer vorbestellt. Sie halfen wieder beim Abräumen des Tisches, aber dann schickte man sie beide schlafen. Als sie sich endlich ins Bett legten, waren sie darauf gefasst, dass das antike Möbelstück bei Belastung knarren würde. Trotzdem wurden sie wieder von der Lautstärke dieses Geräusches überrascht und mussten auch dieses Mal lachen. Sie lagen dann ruhig nebeneinander. Anna nahm seine Hand und hielt sie fest.

„Es war wirklich schön und sehr wichtig für mich, dass du mit hierher gekommen bist, auch wenn das alles für dich bestimmt nicht leicht war."

„Ich habe dir ja schon gesagt, dass ich keine Probleme hatte, oder besser gesagt, fast keine. Ich finde deine Freunde toll und kann verstehen, dass du so an ihnen hängst."

Sie küsste ihn auf die Wange.

„Ich habe gewusst, dass sie dir gefallen. Frankreich und meine Freunde hier stehen für einen besonderen Abschnitt meines Lebens, der ein wichtiger Teil von mir ist."

„Das ist mir doch klar, und ich kann das sehr gut verstehen. Ich habe mich hier mit euch auch sehr wohl gefühlt. Ich wünschte nur, ich wäre ein wenig jünger."

„Was redest du denn da!"

Sie drückte sich fest an ihn und küsste ihn.

„Du kannst mit jedem Mann mithalten", flüsterte sie ihm ins Ohr.

Sie küssten sich wieder, und diesmal störte es sie überhaupt nicht, dass das alte Bett laut ächzte und stöhnte.

23

Wie er auch nicht anders erwartet hatte, lief die Abreise am nächsten Morgen nicht ohne Tränen ab. Marie und Anna weinten bitterlich, und auch Carla wischte sich mit einer Ecke ihrer Schürze die Augen. Anna fiel der Abschied offensichtlich sehr schwer. Sie umarmte alle lange und schien gar nicht loslassen zu wollen. Schließlich steckte sie Jane an, die dann auch noch losheulte. Als das Gepäck endlich verstaut war, übergab Carla ihnen noch einen riesigen Picknick-korb, den sie neben Jane auf den Rücksitz stellten.

Sie sprachen wenig, bis sie die *„autoroute"* er-reichten. Beide schienen ihren Gedanken nachzuhän-gen. Annas emotionaler Ausbruch hatte ihn schon ein bisschen erstaunt, und er machte ihm noch einmal deutlich, dass ihr in Kiel offenbar mehr fehlte, als er bisher angenommen hatte. Auch Jane war eine längere Zeit sehr still, was für sie ungewöhnlich war. Nach zwei Stunden übernahm Anna dann das Steuer. Er versuchte, beide so gut es ging ein wenig aufzu-muntern und abzulenken. Anna hatte sich dann auch bald wieder gefangen und nahm an einem Ratespiel teil, das er mit Jane begonnen hatte. Hinter Lyon machten sie auf einem Rastplatz Pause und genossen an einem der dort aufgestellten großen Holztische die Leckerbissen, die Carla für sie eingepackt hatte. Colmar bedauerte nur, dass er den wunderbaren Wein, von dem es in dem Korb zwei Flaschen gab, als Fahrer nur probieren konnte.

Sie erreichten die deutsche Grenze am späten Nachmittag, und Anna wechselte noch einmal auf den Fahrersitz. Eine Weile betrachtete Colmar die Land-schaft, die so ganz anders war als die Provence, und musste an seine Bewerbung für den Auslandsdienst denken. Ihm fiel jetzt ein, dass er auf dem Personal-bogen „Südeuropa" als den von ihm bevorzugten Einsatzort angekreuzt hatte. Was wäre, wenn man ihm vielleicht sogar eine Stelle an einer Schule in Südfrankreich anbieten würde? Wie würde Anna darauf reagieren? Würde sie mit ihm gehen? Bei ihren Französischkenntnissen würde sie dort gewiss auch eine Anstellung finden. Aber dann müsste er ihr wohl mehr bieten als nur eine gemeinsame Wohnung. Diesen Gedanken wollte er aber im Moment nicht weiter verfolgen.

Sie machten noch einmal Rast, konnten aber auch in einem zweiten Versuch die Vorräte, die Clara für sie vorgesehen hatte, nicht schaffen. Sie ließen die verderblichen Reste in einem der aufgestellten Mülleimer, und dann übernahm Colmar das Steuer, um den letzten Abschnitt dieser Tagesetappe zu fahren. Der Verkehr war weniger dicht, als er befürchtet hatte, und sie kamen gut voran. Irgendwann wurden sie dann von Jane überrascht, die sich nach einer längeren Phase des Schweigens ganz unvermittelt mit einem kleinen Paukenschlag an ihre Mutter wandte.

„Mami, Alain und du, werdet ihr heiraten?"

Diese Frage kam so unvorbereitet, dass sie alle einen Augenblick verblüfft schwiegen.

Dann fing Anna an zu lachen.

„Sag mal, wie kommst du denn auf so was?"

„Emma hat gesagt, ihr Papa hat das zu ihrer Mama gesagt."

„Und wann hat Emma das gesagt?"

„Gestern."

Nach einer Pause, in der Colmar versuchte, sich auf den Verkehr zu konzentrieren, drehte sich Anna zu ihrer Tochter auf dem Rücksitz um.

„Das wundert mich aber. Eins kann ich dir jedoch versprechen: Wenn ich irgendwann heiraten möchte, bist du die erste, die das erfährt."

Damit war das Thema, für den Augenblick jedenfalls, erledigt. Mehrere Baustellen erforderten Colmars ganze Aufmerksamkeit. Er war im Stillen froh, dass Jane seinen Namen im Zusammenhang mit Heiratsplänen nicht erwähnt hatte. Aber je länger er darüber nachdachte, desto mehr wunderte er sich eigentlich darüber.

Es war bereits dunkel, als sie ihr Hotel in Volkach erreichten. Man hatte ihrem Wunsch entsprochen und ihnen die gleichen Zimmer reserviert, die sie auf der Hinreise belegt hatten. Da niemand Hunger hatte, verzichteten sie auf ein Abendessen im Restaurant und brachten Jane ins Bett. Natürlich wartete sie auch wieder auf ihre Gute-Nacht-Geschichte. In der Zwischenzeit ging Anna ins Bad. Da ihm für seine Fortsetzungsgeschichten langsam die Ideen ausgingen, hatte Colmar für den letzten Abend ihrer Reise das sanfte Ende seiner „Prinzessin Serie" geplant: Seine Protagonistin hatte endlich einen Freund gefunden und von nun an musste sie feststellen, dass sie unter Wasser die Tiere nicht mehr verstehen konnte. Janes Reaktion war für ihn nicht unerwartet.

„Schade."

„Ja, aber nun hat sie doch einen richtigen Freund, mit dem sie spielen und sprechen kann. Ist das nicht besser?"

Sie wartete mit ihrer Antwort, über die er dann zunächst lächeln musste, aber die ihn dann zu seinem Erstaunen doch etwas länger beschäftigte.

„Schade, dass sie nicht beides haben kann."

Anna kam dann zurück, und er verabschiedete sich von Jane, um sein eigenes Zimmer aufzusuchen. Er hatte nach der langen Autofahrt das Bedürfnis, sich unter die Dusche zu stellen. Er fand auch, dass es nötig war, dass Mutter und Tochter wenigstens einmal an diesem Tag die Gelegenheit hatten, allein miteinander zu sprechen.

Als Anna nach einiger Zeit in sein Zimmer kam, brachte sie die Weinflasche mit, die von ihrem Picknick übrig geblieben war. Sie berichtete ihm, dass Jane inzwischen eingeschlafen war. Anna wirkte auf ihn noch immer ziemlich angespannt. Er ging zur Minibar und nahm zwei Gläser, die dort standen.

„Komm, entspann dich. Den schlimmsten Teil der Autofahrt haben wir jetzt hinter uns."

„Jane fing übrigens wieder mit dieser Heiratsgeschichte an. Ich bin stinksauer auf Marie und Luc."

Er füllte die beiden Gläser und setzte sich zu ihr auf das Bett.

„Warum nimmst du das so ernst? Wer weiß, was die Erwachsenen gesagt und was die Kinder verstanden haben."

„Das möchte ich aber klären."

„Lass das lieber. Ich würde die Sache an deiner Stelle wenigstens im Moment gar nicht ansprechen. Was sollte das denn bringen? Es belastet höchstens eure Freundschaft."

Er hob sein Glas.

„Zum Wohl! Auf diesen Schluck habe ich mich schon den ganzen Tag gefreut."

Aber Anna ließ nicht locker.

„Da ist etwas, was du nicht wissen kannst. Es gibt da nämlich eine Vorgeschichte. Als wir vier damals in Lyon studierten, waren Alain und ich lange zusammen."

Irgendwie konnte ihn diese Information gar nicht überraschen. Der Gedanke war ihm schon in Fayence verschiedentlich gekommen, wenn er sie beide so beobachtet hatte. Anna nahm noch einen Schluck aus ihrem Glas.

„Wir haben uns dann getrennt, als ich wieder nach Deutschland zurück musste."

„Warum bist du denn überhaupt zurückgegangen?"

„Ich wollte hier in Deutschland das Examen machen. Das war immer so geplant."

Sie schwiegen eine Weile. Dann stellte Anna ihr Glas auf dem Nachttisch ab.

„Als ich dann weg war, lernte Alain schnell eine andere Frau kennen und heiratete".

Colmar fragte sich, warum sie dies alles nicht früher erwähnt hatte. Wieder einmal schien Anna zu ahnen, was in ihm vorging.

„Ich habe dir von dieser Geschichte nichts erzählt, weil sie für uns beide doch nicht wichtig ist. Das ist doch alles so lange her und vorbei."

Sie sah ihn an und versuchte zu lächeln.

„Außerdem hatte ich auch ein wenig Angst, dass du dann vielleicht nicht nach Fayence mitgekommen wärst."

Er musste sich eingestehen, dass sie ihn in diesem Punkt richtig einschätzte. Es wäre ihm unter diesen Umständen wahrscheinlich schwerer gefallen, die Reise mit ihr dorthin anzutreten.

Er wurde ihm in diesem Moment deutlich, wie wenig sie tatsächlich voneinander wussten. Er selber hatte sich ja auch immer gescheut, mit ihr ganz offen über sein Verhältnis zu Christine zu sprechen. Irgendwie war ihm dies bisher nicht möglich gewesen. Andrerseits hatte Anna, wenn man von verschiedenen Andeutungen absah, ihm auch noch nie etwas über ihre Vergangenheit und über ihre geschiedene Ehe erzählt. An diesem Abend war es das erste Mal.

„Ich lernte dann in Göttingen ebenfalls jemanden kennen. Götz war Sportstudent und stand wie ich kurz vor der Abschlussprüfung. Dann wurde ich schwanger, und das war überhaupt nicht so geplant. Götz stand zu seiner Verantwortung, und wir heirateten dann nach dem Examen."

Sie schwiegen beide.

„Wie sich bald herausstellte, war das ein Fehler, denn wir passten überhaupt nicht zusammen. Ich hätte es wissen müssen. Warum ich mich auf diese Heirat eingelassen habe, kann ich auch heute nicht so recht sagen. Klar, ich wollte, dass mein Kind einen Vater und eine Familie hatte. Das will ich ja heute noch. Aber ich glaube auch, dass Alains schnelle Heirat dabei eine Rolle gespielt hat. Das hatte mich schon ziemlich getroffen. Aber ich hätte trotzdem sehen müssen, dass das mit mir und Götz nicht gut gehen konnte. Wir haben uns dann auch ziemlich bald nach Janes Geburt getrennt."

Eine Weile sagte keiner etwas. Er stand auf, um ihre Gläser nachzufüllen.

„Habt ihr noch Kontakt?"

„Wenige Monate später bekam ich die Nachricht, dass er in Kanada auf einer Klettertour ums Leben gekommen war."

Er setzte sich wieder zu ihr und nahm sie in die Arme.

„Mein Gott, Anna!"

Sie sagte nichts. Sie hatte offenbar Mühe, sich innerlich wieder zu fangen. Das dauerte eine Weile. Er streichelte ihre Haare.

„Was hast du Jane davon erzählt?"

„Sie weiß, dass ihr Vater tot ist."

Sie hielten sich eine lange Zeit in den Armen, ohne zu sprechen. Schließlich war es ihr möglich, ihren Faden wieder aufzunehmen.

„Marie und ich waren die ganze Zeit in Verbindung geblieben, und vor ungefähr drei Jahren haben wir dann beschlossen, dass wir alten Freunde uns wieder treffen sollten. Das haben wir seitdem auch ziemlich regelmäßig gemacht."

Einen Punkt wollte er noch klären.

„Und Alain? Nach seiner Scheidung, habt ihr nicht daran gedacht, eure Beziehung wieder aufzunehmen?"

„Gedacht habe ich am Anfang schon daran, wenn ich ehrlich bin. Ich glaube, dass er es auch getan hat. Wir waren ja, wenn wir uns mit Marie und Jean und ihren Partnern wieder trafen, dem Anschein nach für alle irgendwie das dritte ‚Paar'", sagte sie und schüttelte den Kopf. „Aber so einfach war das nicht. Wir hatten uns geändert, und es war inzwischen einfach zu viel passiert."

Anna schwieg eine Weile, bevor sie weitersprach.

„Auf gar keinen Fall aber wollte ich das gute Verhältnis, das wir dort alle wieder miteinander haben und an dem mir sehr viel liegt, auf irgendeine Weise gefährden. Und schon gar nicht durch einen unsinnigen Versuch, unwiederbringliche Gefühle erneut aufzuwärmen. Du kannst mir glauben, die Geschichte mit Alain ist erledigt. Das war eben eine ganz andere Zeit, und wir waren damals auch ganz andere Personen. Ich bin mir ganz sicher, dass Alain ebenso denkt."

Sie legte ihm die Arme um den Hals und küsste ihn. Dann schaute sie ihm in die Augen.

„Ich bin jetzt mit dir zusammen, Thomas, und das meine ich sehr, sehr ernst. Du bist das Beste, was mir seit langem passiert ist."

Diese Nacht in Volkach, die letzte ihrer Ferienreise, blieb ihm ganz besonders in Erinnerung. In dieser Nacht, so schien es ihm, liebten sie sich intensiver und leidenschaftlicher als jemals zuvor. Es war, als wollten sie sich gegenseitig etwas beweisen.

24

Anders als er erwartet hatte, kam ihm am nächsten Tag die Fahrt auf der Autobahn besonders lang vor. Als sie dann abends endlich in Kiel ankamen, setzte er Anna und Jane zu Hause ab und fuhr dann weiter in seine Wohnung.

Ihr Leben in Kiel änderte sich. Sie sahen sich oder telefonierten jetzt beinahe täglich und organisierten ihre Freizeit gemeinsam. An den Tagen, an denen Jane bei ihrer neuen Freundin war, verabredeten sie sich zum Joggen. Bei anderen Gelegenheiten, wenn Anna in ihrem Aerobic-Kurs noch zusätzlich etwas für ihre Fitness tun wollte, war Jane bei ihm. Sie spielten dann zusammen und machten gelegentlich auch Spaziergänge. Manchmal half sie ihm, wenn er im Haus etwas Passendes zu tun gab. Das Mädchen fand es besonders schön, wenn er ihr aus Josts alten Kinderbüchern vorlas. Wenn er arbeiten musste, konnte sich Jane aber auch gut allein beschäftigen. Später holte Anna sie dann wieder ab. Manchmal bereitete er mit dem Mädchen ein Abendbrot für alle vor. Das mochte Jane immer gern. Wenn es nötig war und Anna bei Elternabenden oder Konferenzen war, übernahm er auch die Rolle des Babysitters in ihrer Wohnung. Dort verbrachten sie jetzt auch gemeinsam die Wochenenden. Auch ein zweiter Versuch, in seiner Wohnung zu übernachteten, war kein Erfolg. In dem Haus, in dem so vieles an seine Frau erinnerte, fühlten sie sich beide zu sehr befangen. Dieses Experiment wurde von ihnen nicht wiederholt.

Wie immer spielte er mit seinen Freunden am Samstag Tennis. Bei seinem ersten Spiel nach den Ferien gelang ihm so gut wie gar nichts. Selbst die „sicheren" Schläge, von denen er meinte, dass er sie einigermaßen beherrschte, wollten nicht klappen. Er ärgerte sich über sich selber und hatte Mühe, sich dieses nicht anmerken zu lassen. Hans-Gerd und

Armin hatten für den Abend noch eine Einladung und wurden nach dem Spiel zu Hause erwartet. Colmar setzte sich aber mit Wolf noch auf ein Bier ins Clubheim. Er erzählte von der Fahrt in die Provence und schilderte, wie sehr er die Zeit mit Anna und ihrer Tochter genossen hatte. Wolf hörte interessiert zu.

„Das hört sich ja wirklich gut an", sagte er schließlich. „In Frankreich bin ich auch schon lange nicht mehr gewesen. Vielleicht sollten wir da mal alle wieder zusammen Urlaub machen."

Colmar lachte und schüttelte den Kopf.

„Ich glaube kaum, dass wir dies noch einmal organisiert bekommen."

„Wahrscheinlich hast du recht", erwiderte Wolf und rückte etwas näher an den Tisch heran. „Dass es mit Anna und dir so gut klappt, freut mich. Sie ist aber auch wirklich eine tolle Frau. Du bist schon ein Glückspilz!"

„Als ‚Glückspilz' kann ich mich irgendwie gar nicht sehen", antwortete Colmar nach einer kleinen Pause. „Du weißt schon, wie ich das meine."

Wolf sah ihn an.

„Hast du mal wieder etwas von Christine gehört?", fragte er dann.

„Nein, gar nichts."

„Barbara erzählt, dass sie inzwischen eine eigene Telefonnummer hat."

Dieser Neuigkeit konnte Colmar nur wenig Bedeutung beimessen. Mit ISDN und digitalem Telefonanschluss war eine entsprechende Regelung im Hause Grossmann bestimmt keine große Sache. Er versuchte zu lachen.

„Na super, dann ist sie ja wieder so richtig unabhängig."

Wolf grinste und nahm einen Schluck von seinem Weizenbier. Er strich sich über seine Haare, die er auch diesmal nach dem Duschen sorgfältig geföhnt hatte.

„Und was ist mit Anna? Wie soll das denn mit euch weitergehen?"

Colmar zuckte mit den Schultern.

„Das weiß ich auch nicht so richtig."

Wolf sah ihn verblüfft an.

„Wie jetzt? Habt ihr denn nicht vor, euch zusammenzutun?"

„Das würde ich schon gerne. Allerdings habe ich keine Ahnung, wie sie darüber denkt."

„Das glaube ich nicht! Habt ihr denn darüber überhaupt noch nicht gesprochen?"

„Nein, ich habe irgendwie einen Bammel davor."

Wolf war gerade im Begriff, einen Schluck von seinem Weißbier zu nehmen. Jetzt stellte er das Glas wieder ab.

„Einen Bammel? Wovor denn?"

Colmar, dem es wie immer schwerfiel, über seine Gefühle zu reden, zögerte mit seiner Antwort. Es war überhaupt das erste Mal, dass er mit einem seiner Freunde über sein Verhältnis zu Anna sprach.

„Weißt du, Wolf, erstens bin ich gar nicht sicher, dass eine Frau wie Anna sich an einen so alten Knacker wie mich ernsthaft binden möchte", sagte er schließlich. „Und außerdem schrecke ich vor dem Wort ‚Heirat' etwas zurück."

„Wieso das denn?"

„Wie du weißt, bin ich ja noch verheiratet."

„Das ist doch nicht dein Ernst! Dann lässt du dich eben scheiden! Damit würdest du ohnehin nur die Fakten endlich anerkennen."

„Das ist richtig, aber der Gedanke an eine neue Ehe verunsichert mich doch ein wenig. Das liegt wohl daran, dass mir meine erste noch zu sehr in den Knochen steckt."

Wolf sagte eine Weile nichts. Dann nahm er noch einen Schluck.

„Da kann dir wohl keiner helfen, aber ich finde, Anna und du, ihr solltet trotzdem wenigstens mal darüber reden. So weiß doch keiner, was der andere will."

Dass es dann zu einem Gespräch über eine mögliche gemeinsame Zukunft zunächst nicht kam, lag vor allem daran, dass Annas Mutter an einer Lungenentzündung erkrankte. Anna machte sich große Sorgen. Sie fuhr täglich in die Klinik, in die man die alte Frau verlegt hatte, und kam abends niedergeschlagen zurück. Er sagte sich, dass sie in dieser Situation ein Beziehungsgespräch überhaupt nicht brauchen konnte. In dieser Zeit war Jane fast immer bei ihm. Anna holte sie dann, wenn es ihr möglich war, wieder ab. Christines Schlafzimmer war inzwischen faktisch „Janes Zimmer" geworden. Er konnte mit dieser Umwidmung gut leben. Der leerstehende Raum, den er so lange gemieden hatte und nur mit Herzklopfen betreten konnte, hatte ihn immer belastet. Es war schwer, Anna in diesen Tagen aufzumuntern oder auch nur abzulenken. Sie vergrub sich, wenn sie zu Hause war, in ihre schulische Arbeit, bei der ihr sowieso niemand helfen konnte.

Er war selber auch wieder ganz in den Schulalltag eingetaucht. Als er aus den Ferien zurückkam, erwartete ihn schon die Klausuren, die er noch kurz vor seiner Abreise hatte schreiben lassen. Wenn Anna in der Klinik war, saß er am Nachmittag oft an seinem Schreibtisch und korrigierte. Jane saß dann häufig neben ihm an ihrem eigenen Arbeitsplatz, den er für sie eingerichtet hatte, und erledigte ihre Hausaufgaben oder malte Bilder.

In seinem Leistungskurs Englisch, in dem in diesem Semester „novels" das Thema war, las und besprach er mit den Schülern L.P. Hartleys „The Go-Between". Aus dem Unterricht blieb ihm ein Gespräch besonders in Erinnerung. Es war Annika, die plötzlich und unerwartet Hartleys berühmten Romananfang

„*The past is a foreign country: they do things differently there*" aufgriff und erklärte, dass eine solche Aussage ihrer Meinung nach Unsinn sei. In der sich nun entwickelnden lebhaften Diskussion vertrat sie leidenschaftlich, wie es bei solchen Gelegenheiten ihre Art war, einen Standpunkt, den sie auf folgende Weise zusammenfasste: „*The past is not a foreign, it is our country*". Sie argumentierte, dass die Vergangenheit stets ein Teil von uns sei und dass wir uns nie von ihr lösen könnten. In der Hauptfigur des Romans, so machte sie geltend, werde dies ja auch besonders deutlich.

Es war wieder einmal Jan, der eine Gegenposition vertrat. Er sagte, dass dies zu einseitig sei. Wenn er seine alten Kinderfotos betrachte, dann wisse er, dass der kleine Junge, den er dort sehe, ein ganz anderer Mensch gewesen sei. Die Intensität, mit der sich diese Diskussion entwickelte und in die sich alle Kursmitglieder engagiert einschalteten, überraschte ihn. Er musste daran denken, wie wenig sich ein solches Gespräch, das er sich noch häufiger in seinem Unterricht gewünscht hätte, planen ließ. Ihm fiel aber auch Annas Bemerkung ein, die sie vor gar nicht langer Zeit im Zusammenhang mit ihrer früheren Beziehung zu Alain gemacht hatte: „Das war eine ganz andere Zeit, und wir waren ganz andere Personen".

Annas Mutter starb Anfang November. Obwohl sie alle diese Entwicklung befürchtet hatten, war es für die Tochter ein sehr schwerer Schlag. Es schien, als sei ihr durch diesen Verlust so richtig klar geworden, wie allein sie eigentlich war. Jane hatte ihre Großmutter, von der sie schon nicht mehr erkannt worden war, wenige Tage vor deren Tod noch einmal gesehen. Ebenso wie Colmar versuchte sie vergeblich, ihre Mutter zu trösten. Die Beisetzung fand in kleinem Kreis auf dem Altenholzer Friedhof statt. Neben zwei Kolleginnen, zu denen Anna an ihrer Schule ein engeres Verhältnis hatte, war auch ein älteres Ehepaar gekommen, das sich im Altersheim in letzter Zeit besonders um die alte Frau gekümmert hatte. Colmar war dankbar, dass auch seine Freunde anwesend waren.

Für Anna war es besonders wichtig, dass Marie aus Frankreich eingetroffen war. Colmar hatte sie am Vorabend in Hamburg vom Flughafen abgeholt. Sie übernachtete bei Anna, konnte aber nur einen Tag bleiben, denn ihre Familie erwartete sie zurück. Auf der Rückfahrt, als Colmar sie nach der Trauerfeier nach Fuhlsbüttel zurückbrachte, kam Marie auf ihn und Anna zu sprechen. Sie waren bereits auf der Autobahn, und er hatte laut darüber nachgedacht, dass der Verlust der Mutter Anna doch sehr stark getroffen habe, obwohl sich das Ende schon länger angekündigt hatte. Marie schüttelte den Kopf.

„Auf so etwas ist man nie vorbereitet", sagte sie. „Es ist sehr schwer für sie. Ihre Mutter war die letzte Verbindung zu ihrer alten Familie. Es ist ein Glück, dass sie Jane hat - und dich", fügte sie nach einer kleinen Pause hinzu. „Weißt du, Anna suchte schon immer Geborgenheit und wollte, solange ich sie kenne, ihre eigene Familie."

Sie schwiegen wieder eine Weile.

„Ich hatte auch immer das Gefühl, dass dieses Bedürfnis sie in diese unsinnige Ehe getrieben hat", sagte sie dann.

Er wusste nicht so recht, was er darauf antworten konnte. Sie schien aber auch nicht mit einer Entgegnung gerechnet zu haben.

„Anna hat mir auch erzählt, dass du eine sehr schwierige Zeit hinter dir hast und - wenn ich sie richtig verstanden habe - dass diese Geschichte für dich immer noch nicht ganz abgeschlossen ist. Das tut mir leid."

„Das hat man mir in letzter Zeit in diesem Zusammenhang recht häufig gesagt. Das erste Mal war das übrigens meine Frau."

Marie lachte leise.

„Das kann ich mir sehr gut vorstellen. Es ist der klassische Ausdruck unserer Hilflosigkeit. Wahrscheinlich mische ich mich in Dinge, die mich gar nichts angehen, aber vielleicht gibt es für dich und Anna eine wirkliche Chance. Ich kann mir vorstellen, dass dir im Moment der Gedanke an eine neue Heirat und eine zweite Familie noch schwerfällt. Aber ich weiß, dass Anna dich sehr gerne hat. Wenn deine Empfindungen ähnlich sind, solltet ihr darüber nachdenken."

Er fühlte sich von der Direktheit, mit der Marie seine Beziehung zu Anna aufgegriffen hatte, ein wenig überrumpelt. Er hielt es für das Beste, nichts dazu zu sagen.

Das störte Marie offenbar nicht.

„Übrigens, Anna hat mir erzählt, was Jane euch von Luc und mir gesagt hat. Die Kinder haben da einiges falsch verstanden. Luc und ich haben von früheren Zeiten gesprochen. Aber es ist schon richtig: Wir waren alle immer fest überzeugt, dass Alain und Anna heiraten würden. Sie waren damals unser Traumpaar."

Unwillkürlich hatte er wieder das Bild von den beiden in der kleinen Taufkirche vor Augen.

„Als wir uns nach Alains Scheidung wieder in Frankreich trafen, erwarteten wir, dass die beiden wieder zueinander finden würden. Warum das nicht funktionierte, weiß ich auch nicht."

Sie erreichten den Flughafen. Vor dem Terminal stieg Marie aus, und er bedankte sich bei ihr dafür, dass sie zur Beerdigung gekommen war.

„Das war für Anna sehr wichtig."

Sie wehrte ab.

„Unsinn. Anna ist meine beste Freundin."

„Vielen Dank auch für deine offenen Worte mir gegenüber."

„Auch dafür sind Freunde da, oder? Was ich dir außerdem noch sagen wollte, warum kommt ihr

Weihnachten nicht alle zu uns? Ich habe Anna auch schon gefragt. Überlegt euch das doch mal!"

Er bat sie, die Freunde in Frankreich zu grüßen. Sie umarmten sich, und er sah ihr nach, bis sie durch die Drehtür in der Eingangshalle verschwunden war. Auf dem Weg zurück nach Kiel dachte er zum ersten Mal ernsthaft darüber nach, sich von Christine scheiden zu lassen.

In den nächsten Tagen war Anna noch mit Regelungen beschäftigt, die mit dem Tod ihrer Mutter im Zusammenhang standen. In dieser Zeit verbrachte er viele Stunden mit Jane. Es stellte sich überraschend heraus, dass Anna auch noch ein wenig Geld geerbt hatte. Über die Weihnachtseinladung hatten sie nur kurz gesprochen und eine Entscheidung darüber vertagt. Wenn er ehrlich zu sich sein wollte, so musste er zugeben, dass sich seine Begeisterung über diese Idee in Grenzen hielt. Er hatte ihren kurzen Aufenthalt in Fayence noch gut in Erinnerung und hatte auch nicht vergessen, dass es dort für ihn schön, aber auch recht anstrengend gewesen war. Natürlich sagte er Anna davon nichts.

Dann rief Jost an. Colmar hatte sofort ein schlechtes Gewissen, weil er mit seinem Sohn in den Ferien das letzte Mal telefoniert hatte. Er berichtete ihm von Annas Mutter und hoffte, dass der Trauerfall sein Schweigen erklären würde. Jost schien guter Dinge zu sein. Bei ihm und Sarah war alles in Ordnung. Er fragte seinen Vater, ob er sie nicht am Wochenende in Hamburg besuchen wolle, denn sie hätten ihm etwas Wichtiges zu sagen. Auf seine Nachfrage versicherte Jost ihm, dass wirklich alles „OK" sei und dass er sich keine Sorgen machen müsse. Colmar versprach, am nächsten Samstag nach Hamburg zu kommen.

Als er dann am Nachmittag bei Jost eintraf, stellte er sofort fest, dass diesmal keine überzählige Kaffeetasse auf dem Tisch stand. Sarah sah sehr wohl und glücklich aus, und man konnte ein wenig sehen, dass sie sich im dritten oder vierten Monat befand. Die Wohnung wirkte irgendwie voller als bei seinem letzten Besuch. Es ließ sich aber nicht erkennen, woran das lag.

Und dann kamen sie mit ihrer Neuigkeit heraus: Jost war zum ersten Dezember nach Berlin versetzt worden, wo er auch die Wohnung seines Vorgängers übernehmen konnte. Die Veränderung war mit einer Gehaltserhöhung verbunden. Die Wohnung lag in Charlottenburg, und Jost hatte sie sich bereits angesehen und war begeistert. Auch Sarah hatte das Glück, von einer Berliner Filiale ihrer Hamburger Firma übernommen zu werden. Sie freuten sich offenbar riesig über den bevorstehenden Wechsel, den sie als eine große Herausforderung betrachteten. Ihre Freude war ansteckend, und Colmar beneidete sie ein bisschen um ihre Einstellung, die es ihnen so leicht machte, etwas Neues zu beginnen.

Er wollte sie gerne in ein Restaurant einladen, um diese Neuigkeiten gebührend zu feiern, aber das wurde abgelehnt, weil Sarah bereits ein Abendessen vorbereitet hatte. Es stellte sich heraus, dass sie eine hervorragende Köchin war, und er verlebte einen sehr schönen und vergnüglichen Abend mit dem jungen Paar. Er war besonders erfreut zu hören, dass die beiden vorhatten, noch vor der Geburt des Kindes zu heiraten, wenn auch ohne Kirche und ohne ein großes Fest.

Aber dann wurde auch er in die Pflicht genommen. Er musste versprechen, sie Weihnachten in Berlin zu besuchen. Platz hätten sie genügend in der neuen Wohnung. Bei der Gelegenheit würde er auch endlich Walbergs, Sarahs Eltern, kennen lernen, die ihr Kommen am zweiten Feiertag zugesagt hätten. Er fragte, ob Christine auch kommen würde.

„Nein. Sie kennt Sarahs Eltern bereits", antwortete Jost. „Außerdem glaube ich nicht, dass dies eine gute Idee wäre, wenn ihr euch ausgerechnet bei dieser

Gelegenheit treffen würdet. Mama hat übrigens eine neue Telefonnummer."

Er stand auf und ging zu seinem Schreibtisch.

„Wolf hat auch so etwas angedeutet. Hat das einen besonderen Grund?", fragte Colmar.

Jost zuckte mit den Schultern.

„Keine Ahnung. Sie hat mir dazu nichts gesagt. Ich gebe sie dir aber sicherheitshalber. Auch ihre neue Handynummer, für den Fall, dass du sie mal erreichen möchtest."

Colmar verkniff sich eine Bemerkung, die ihm auf der Zunge lag und nahm den Zettel, auf dem sein Sohn die Nummern notiert hatte. Das Angebot, in Hamburg zu übernachten, lehnte er ab und machte sich am späten Abend auf den Weg zurück nach Kiel. Ihm fiel nachträglich auf, dass man ihn die ganze Zeit nicht ein einziges Mal nach Anna gefragt hatte.

Am nächsten Morgen war er mit ihr zum Frühstück verabredet. Er wurde von Mutter und Tochter bereits erwartet. Er erzählte Anna von den Neuigkeiten, die er in Hamburg erfahren hatte. Sie freute sich für die beiden, besonders über die Nachricht, dass das junge Paar im neuen Jahr heiraten wollte. Von seiner Weihnachtsverpflichtung sagte er zunächst nichts. Nach dem Frühstück fuhr er wieder zurück in seine Wohnung. Sie hatten beide noch für die Schule zu arbeiten. Jane war am Nachmittag zu einem Geburtstag eingeladen. Anna wollte sie dort später abliefern und dann zu ihm kommen.

Gegen vier Uhr holte sie ihn ab. Die Sonne war ein wenig herausgekommen, und sie entschlossen sich zu einem kleinen Spaziergang. Unterwegs erzählte er ihr dann von Josts Plan der „Familienbegegnung", die Weihnachten stattfinden sollte.

„Ich fürchte, das ist für mich eine Art Pflichtveranstaltung, vor der ich mich nicht drücken kann."

Sie nickte. Eine Weile gingen sie schweigend nebeneinander her. Colmar machte einen Versuch, die verfahrene Situation noch zu retten.

„Weißt du, ich habe mir schon überlegt, dass wir Heiligabend hier zusammen feiern und dass wir dann alle drei nach Berlin fahren. Wir könnten uns dort doch auch ein paar schöne Tage machen."

Dass Jost bei seiner Einladung Anna gar nicht erwähnt hatte, sagte er nicht. Ihre Antwort kam trotzdem sofort.

„Das halte ich für keine gute Idee. Vor allen Dingen nicht für Jane. Ich möchte, dass sie zu Weihnachten ihren festen Ort hat, an dem sie sich ein wenig zu Hause fühlt."

Er wunderte sich über die Heftigkeit ihrer Reaktion.

„Das weiß ich doch. Ich habe doch nur nach einer Möglichkeit gesucht, mit euch trotz allem zusammen zu sein."

„Das habe ich schon verstanden, aber so wird das nicht gehen."

„Also, was machen wir?"

„Du musst zu deinem Sohn nach Berlin, und ich weiß, dass es unter den gegebenen Umständen für Jane das Beste ist, wenn wir dann nach Frankreich fliegen."

Der Himmel hatte sich zugezogen, und es war spürbar kälter geworden. Sie beschlossen umzukehren. Er schaute auf die Uhr. Es war inzwischen später, als er gedacht hatte, und es wurde auch Zeit, Jane von der Geburtstagsparty abzuholen. Sie fuhren zurück zu ihm, wo Anna ihr Auto geparkt hatte. Während der Fahrt sprachen sie wenig. Vor seinem Haus nahm er sie in die Arme.

„Ich bin genauso enttäuscht wie du. Wir werden das im nächsten Jahr anders machen. Das verspreche ich!"

Sie antwortete darauf nicht, gab ihm einen schnellen Kuss und stieg in ihren Wagen. Aus dem Auto winkte sie ihm dann noch einmal flüchtig zu.

25

Das Thema Weihnachten versuchte Colmar in den nächsten Tagen zu vermeiden. Auch Anna schien wenig Interesse daran zu haben, die Unterhaltung über ihre verunglückte gemeinsame Ferienplanung wieder aufzunehmen. Es war schließlich Jane, die dann doch noch einmal darauf zu sprechen kam. Er hatte beide, wie schon länger versprochen, zu einer Pizza in sein bevorzugtes italienisches Restaurant eingeladen. Während des Essens hatte Jane sich ganz unvermittelt an ihn gewandt.

„Dass du Weihnachten nicht mitkommst, finde ich doof."

„Ich auch, aber Mami hat dir ja bestimmt erzählt, dass ich nach Berlin fahren muss."

„Ja, aber es ist trotzdem doof."

Anna schaltete sich ein. Sie sah ihn dabei nicht an.

„Ich habe übrigens für Jane und mich im Internet einen Flug nach Nizza gebucht. Marie hat angeboten, uns von dort abzuholen."

Sie machte eine kleine Pause.

„Und du? Wirst du Weihnachten bei Jost und Sarah feiern?"

„Nein. Aber ich werde auf alle Fälle am zweiten Feiertag in Berlin sein. Dann sind die zukünftigen Schwiegereltern auch da."

„Und Heiligabend? Bleibst du denn hier in Kiel?"

„Ich glaube, das wird für alle das Beste sein. Das habe ich Jost auch schon am Telefon gesagt. Bei diesem ersten Weihnachtsabend, den sie gemeinsamen verbringen, sollten die beiden auch ein wenig Zeit für sich allein haben."

Er überlegte einen Moment.

„Außerdem bin ich ja sowieso nicht so gerne irgendwo zu Besuch."

Dazu sagte sie nichts.

Sie brachten später Jane ins Bett. Er las ihr zum Abschluss eine weitere Episode aus einem neuen Buch vor. *Sophie macht Geschichten* war inzwischen zu ihrer Lieblingslektüre geworden. Danach saßen Anna und er noch eine Weile in der Küche. Sie hatte für beide ein Bier aus dem Kühlschrank genommen, denn die Pizza, die zwar allen gut geschmeckt hatte, war wohl etwas scharf gewesen. Anna nahm schließlich noch einmal das Thema Weihnachten auf.

„Der Gedanke, dass wir dich hier Heiligabend allein zurücklassen, gefällt mir auch nicht."

„Darüber brauchst du dir keine Gedanken zu machen. So schlimm ist es nicht. Ich werde wahrscheinlich wie im letzten Jahr den Abend bei Wolf und seiner Familie verbringen. Sie haben mich auch schon wieder darauf angesprochen. Und bei Wolf gibt es, wie allgemein bekannt ist, ja einen sehr guten Rotwein."

Sie schüttelte den Kopf.

„Das hatte ich mir alles etwas anders vorgestellt", sagte sie.

Er schaute sie an und versuchte zu lächeln.

„Ich auch. Aber es ist wirklich nicht so schlimm. Wie du ja weißt, habe ich mit dem Alleinsein schon etwas Übung."

Sie nahm einen Schluck von ihrem Bier und schüttelte wieder den Kopf.

„Das ist doch Unsinn."

Sie schwiegen eine Weile. Dann sagte sie:

„Ich glaube, das war alles doch etwas viel für mich hier in letzter Zeit. Ich fühle mich etwas angeschlagen und bin ein bisschen froh, dass ich mal wieder aus Kiel rauskomme."

„Das glaube ich dir. Ich kenne das Gefühl übrigens."

Dann erzählte er ihr zum ersten Mal von seinem Versuch, sich für den Auslandsdienst zu bewerben. Anna sah ihn überrascht an.

„Warum hast du mir denn davon noch nie etwas gesagt?

„Ach, das war doch alles nur so ein Versuchsballon, den ich in einer bestimmten Stimmung gestartet habe. Ich glaube, die ganze Sache wird wahrscheinlich sowieso nichts. Ich habe mit Englisch und Geschichte wohl die falschen Fächer und bin vermutlich auch zu alt. Und über ungelegte Eier wollte ich nicht reden."

„Möchtest du denn weg von hier?"

„Na klar. Hier begegne ich meinem früheren Leben doch auf Schritt und Tritt. Und so lange ich in meiner alten Wohnung bin, ändert sich auch nichts. Ich würde schon gerne irgendwo anders neu anfangen".

Sie schwiegen wieder eine Zeit lang.

„Und eine Absage hat man dir noch nicht geschickt?", fragte sie dann.

„Nein, die Entscheidung wird dann wahrscheinlich irgendwann im Januar fallen. Aber ich mache mir wenig Hoffnungen."

„Wohin hast du dich denn eigentlich beworben?"

„Südeuropa. Spanien, Italien und auch Frankreich."

Er stellte sein Bier auf den Küchentisch, an dem sie sich gegenüber saßen, und wartete bis sie ihn ansah.

„Sag mal, rein hypothetisch: Wenn man mir eine Stelle anbieten sollte, vielleicht sogar in Frankreich, könntest du dir vorstellen, dass du mit Jane mitkommst?"

Sie nahm seine Hand und kam, ohne sie loszulassen, um den Tisch herum zu ihm. Sie setzte sich auf seinen Schoß, legte ihm die Arme um den Hals und flüsterte ihm ins Ohr:

„Das kann ich mir sogar sehr gut vorstellen."

Jost lehnte ab, als Colmar anbot, ihm bei dem bevorstehenden Umzug zu helfen. Er dankte seinem Vater und erklärte, dass der Verlag alle Kosten übernehmen würde und dass Sarah und er nur ihre Sachen zusammenpacken müssten. Und das könnten sie ohne Probleme alleine bewerkstelligen. Sie wollten aber am letzten Samstag im November, wenn es ihm recht sei, noch einmal nach Kiel kommen.

Dieses letzte Treffen vor ihrer Abreise nach Berlin verlief für ihn enttäuschend. Anna und er hatten mit Janes Hilfe bereits den Kaffeetisch vorbereitet, als die beiden am Nachmittag eintrafen. Es schien, als fühlte sich Jost etwas überrumpelt, als ihn Anna mit ihrer kleinen Tochter, die er ja noch nicht getroffen hatte, im Haus begrüßte. Er hatte einen großen Karton mit Unterlagen aus seinem Medizinstudium mitgebracht, von denen er sich wohl noch nicht trennen konnte, und trug ihn dann gleich zur weiteren Aufbewahrung in den Abstellraum im Keller. Colmar sah, dass die Schwangerschaft Sarah sehr zu bekommen schien. Ihm wurde nicht zum ersten Mal bewusst, dass sie eine bildschöne Frau war. Jane hatte es ihr offensichtlich sofort angetan, und er merkte, dass dem Kind gegenüber von ihrer sonstigen Zurückhaltung nichts zu spüren war. Überhaupt lag es wohl an Janes Unbefangenheit und Zutraulichkeit, dass sich die Stimmung unter den Erwachsenen etwas lockerte. Trotzdem war nicht zu übersehen, dass Jost Anna gegenüber höflich, aber auch reserviert war. Colmar beobachtete, dass auch sie für ihre Verhältnisse ungewöhnlich still war und sich nicht wohl zu fühlen schien. Unter diesen Umständen war es dann auch nicht besonders hilfreich, dass sein Sohn im Gespräch ganz nebenbei zweimal Christine erwähnte und seinen Vater noch einmal dafür lobte, dass er „Mamas Garten wieder gut in Schuss" gebracht habe.

Er zeigte Fotos von der neuen Wohnung, die in der Tat einen sehr geräumigen Eindruck machte. Auch erzählte er von neuen Aufgaben in Berlin, die er aber im Detail noch nicht kannte und auf die er schon sehr gespannt war. Es fiel auf, dass er viel über sich und die bevorstehenden Veränderungen in seinem und Sarahs Leben redete. Anders als sonst vermied er es, die Lage seines Vaters in Kiel anzusprechen. Auch wollte er offenbar gar nichts über Colmars und Annas Ferien in Frankreich wissen.

Als das junge Paar gegen Abend in das Auto stieg, um nach Hamburg zurückzufahren, stellte sich bei Colmar ein Gefühl der Erleichterung ein. Anna und er standen auf der Straße und sahen dem Wagen nach. Auf dem Weg zurück ins Haus hakte sich Anna bei ihm ein.

„Puh! Was war das denn?"

Colmar versuchte zu beschwichtigen.

„Er scheint gewaltig unter Druck zu sein. Ich glaube, ihm steht der Umzug und alles, was jetzt auf ihn zukommt, sehr bevor."

„Das mag sein", sagte sie. „Aber weißt du, was ich glaube? Ich glaube, er tut sich ziemlich schwer, mich an Stelle seiner Mutter an deiner Seite zu sehen."

„Das ist dann eben sein Problem", antwortete Colmar. „Mit dem neuen Mann an der Seite seiner Mutter hatte er, wie ich mich gut erinnere, überhaupt keine Schwierigkeiten."

Die Vorweihnachtszeit ging wie in jedem Jahr unerwartet schnell vorbei. Sie hatten beide in der Schule viel zu tun, da gleich nach den Ferien die Konferenzen für die Halbjahreszeugnisse geplant waren und die noch ausstehenden Klassenarbeiten geschrieben und rechtzeitig korrigiert werden mussten. In seinem Leistungskurs stand die letzte Klausur vor dem Abitur an. Über die Belastung war er im Grunde nicht unglücklich, da sie ihn von der vorweihnachtlichen Hektik, die überall akustisch durch „Jingle Bells" oder „Stille Nacht" angeheizt wurde, ein wenig ablenkte. Allerdings hatte ihm Jane, die diese Zeit offensichtlich genoss, zusammen mit ihrer Mutter einen Adventskranz mitgebracht, den er, wenn die beiden bei ihm waren, natürlich anzünden musste. Auch konnte Anna ihn dazu überreden, mit ihr zusammen Weihnachtseinkäufe zu machen, denn auch er durfte ja nicht vergessen, für seine „Berliner" Familie und für seine Freunde Geschenke zu besorgen. Was Anna betraf, so hatte er sich für ein schlichtes goldenes Armband entschieden, das sie leicht im Flugzeug mit nach Fayence nehmen konnte. Das Buch, das er Jane schenken wollte, suchten sie gemeinsam aus.

An einem Samstag vor dem Fest fuhr er dann mit Anna auch noch einmal zum Einkauf nach Hamburg. Anna hoffte, dort für ihre Freunde in Frankreich noch etwas Passendes zu finden. Jane hatten sie in Kiel bei ihrer Freundin zurückgelassen. Es wurde insgesamt eine sehr anstrengende Unternehmung. Es dauerte recht lange, bis sie einen viel zu teuren Parkplatz gefunden hatten, und das Gedränge auf den Straßen war noch schlimmer, als er befürchtet hatte. Sie trennten sich dann für einige Zeit, da Anna auch noch ein Geschenk für ihn suchte. Sie wollten sich dann zum Abschluss im Alsterpavillon am Jungfernstieg treffen.

Anders als Christine bei vergleichbaren Gelegenheiten war sie pünktlich. Er hatte schon vorher in dem vollen Restaurant einen kleinen Tisch gefunden. Sie erspähte ihn sofort. Er sah, dass sie mit zwei großen Einkaufstaschen beladen war. Er half ihr aus dem Mantel, und sie setzte sich zu ihm. Sie war guter Stimmung, denn ihre Suche war offenbar erfolgreich gewesen. Sie bestellten Kaffee, und dann zeigte sie ihm ihre „Schätze". Besonders stolz war sie auf eine Bluse, die sie für Marie gefunden hatte und auf einen Satz hochwertiger Küchenmesser, die für Alain, den Hobbykoch, bestimmt waren. Als Anna zwischendurch die Toilette aufsuchte und Colmar sich im Restaurant ein wenig umschaute, entdeckte er zu seinem Schreck Frau Grossmann an einem etwas entfernten Tisch. Ihr Begleiter, der ihm den Rücken zugekehrt hatte, blickte zur Seite, und Colmar erkannte sofort, dass es ihr Mann war. Sein Herz fing an, wie verrückt zu schlagen, und ihm war auf einmal schwindlig. Nein, Christine war nicht bei ihnen. Sie waren offenbar allein und schienen sich, soweit er erkennen konnte, ruhig zu unterhalten. Anna kam zurück und sah ihn besorgt an.

„Geht es dir nicht gut? Du siehst ganz blass aus."

„Ich glaube, mir war vorhin etwas kalt. Vielleicht war ich zu dünn angezogen."

„Das hatte ich mir schon gedacht! Dann lass uns zahlen und gehen. Dass du jetzt krank wirst, fehlt gerade noch."

Sie ließen sich die Rechnung bringen, und er sah, dass Grossmanns aufgestanden waren und das Restaurant verließen. Um sicher zu gehen, dass er von ihnen nicht erkannt wurde, drehte er sein Gesicht zur Seite. Als er ihnen dann hinterher sah, hatte er einen Moment lang den Eindruck, dass sie sich bei ihrem Mann untergehakt hatte. Aber das bildete er sich wahrscheinlich nur ein.

Erst auf der Autobahn, nachdem sie sich durch den dichten Verkehr der Hamburger Innenstadt gekämpft hatten, erzählte er ihr von dem Zusammentreffen.

„Mensch, warum hast du mir das nicht gleich gesagt?"

„Ich weiß auch nicht. Irgendwie war ich in dem Moment vor allem mit mir selber beschäftigt."

„Schade, ich hätte zu gerne gewusst, wie die aussehen."

Sie überlegte einen Augenblick.

„Und was hat das alles wohl zu bedeuten?"

„Ich glaube, sie tut das, was sie mir gegenüber angekündigt hat. Sie kämpft um ihren Mann", sagte er.

Es dauerte eine Weile, bevor sie antwortete.

„So wie du mir die beiden in diesem Lokal geschildert hast, könnte man fast meinen, dass die Frau dabei nicht ohne Erfolg ist."

Am Morgen vor Heiligabend war er wieder auf der Autobahn und fuhr Anna und ihre Tochter nach Fuhlsbüttel zum Flughafen. Er stellte das Auto diesmal im Parkverbot ab und brachte sie im Terminal bis zur Abflugkontrolle. Dort umarmte Anna ihn zum Abschied und versprach, die Freunde in Frankreich von ihm zu grüßen. Dann küsste sie ihn noch einmal lange. Als er sie danach wieder ansah, bemerkte er zu seinem Erstaunen, dass sie Tränen in den Augen hatte. Sie drehte sich schnell um, nahm Jane wieder an die Hand und ging durch die Sperre, ohne sich noch einmal umzugucken. Nur Jane blickte noch einmal zurück und winkte ihm zu. Dann waren beide mit den anderen Fluggästen hinter einer Sichtblende verschwunden.

Natürlich fand er, als er zum Wagen zurückkam, einen Strafzettel unter einem seiner Scheibenwischer. Er hatte damit schon gerechnet und nahm sich vor, sich nicht zu ärgern. Im Auto auf dem Weg nach Hause gingen ihm Annas Tränen lange nicht aus dem Sinn. Irgendwie passten die gar nicht zu der Situation. Sie trennten sich doch nur für ein paar Tage. Aber warum Frauen wirklich weinten, hatte er eigentlich in seinem Leben nie so recht verstanden.

Anna hatte darauf bestanden, dass er wenigstens ein kleines Weihnachtsbäumchen aufstellte. Sie hatte das gute Stück selbst besorgt und ihm mitgebracht. Zusammen mit Jane hatten sie es am Abend vor ihrem Abflug geschmückt. Abgesehen von diesem Zugeständnis, das neben dem Kamin auf einem kleinen Tisch stand, erinnerte nichts in seiner Wohnung daran, dass Weihnachten war. Nach dem Schmücken hatten sie zusammen eine kleine „Vorbescherung" abgehalten. Sie überreichten sich ihre Geschenke und versprachen sich gegenseitig, diese ganz bestimmt erst am Heiligen Abend auszupacken. Janes Adventskranz war bereits am Sonntag zuvor entsorgt worden. Der Miniaturbaum wirkte fast ein wenig lächerlich an der Stelle, an der auch früher zu Weihnachten seine Bäume gestanden hatten. Tannenbäume hatten für Christine nie groß genug sein können.

Er hatte dann am Weihnachtsabend kurz erwogen, zum Gottesdienst in die Kirche zu gehen. Das hatte Heiligabend immer zu ihren Ritualen gehört. Der Plan wurde dann aber von ihm fallen gelassen, denn in die Kirche ging man an diesem Tag mit der Familie. Alleine hätte er sich dort bestimmt nicht besonders glücklich gefühlt. Stattdessen hatte er den Kamin angemacht und Bachs Weihnachtsoratorium aufgelegt. Dann hatte sich mit einer Flasche Wein, einer Pfeife und einem Buch an das Feuer gesetzt. Als nach einiger Zeit das Telefon klingelte, hatte er, bevor er den Hörer aufnahm, die Idee, dass es Christine sein könnte. Es war aber Wolf, der Colmar daran erinnern wollte, dass er spätestens um halb neun zu ihrem *„Traditional Christmas Dinner"* erwartet wurde. Wolf hatte offensichtlich bereits ordentlich von seinem guten Wein probiert und war bester Stimmung. Sie tauschten miteinander abschließend noch einige alberne Bemerkungen aus, die nicht ganz neu waren und die einem Weihnachten immer wieder einfallen. Nach dem Gespräch schaute er auf die Uhr. Es war bereits kurz vor sieben. Er nahm den Telefonhörer auf und wählte Josts Handynummer. Am anderen Ende der Leitung meldete sich Sarah. Sie wünschten sich gegenseitig „Frohe Weihnachten" und er sagte ihr, wann sein Zug am zweiten Feiertag im Berliner Hauptbahnhof eintreffen würde. Sarah versicherte ihm, dass Jost ihn dann dort abholen würde.

Nach diesem Gespräch fand er, dass es Zeit war für seine eigene kleine Bescherung. Er goss sich noch ein Glas Wein ein und öffnete das Paket, das Anna ihm gegeben hatte. Es war ein dicker, dunkelgrauer Rollkragenpullover. Er musste schmunzeln. Sie war ständig besorgt darüber, dass er sich nicht warm genug anzog. Von Jane hatte er erneut ein Bild bekommen. Sie hatte überraschender Weise für ihn wieder eine Prinzessin gemalt, die jetzt offenbar zusammen mit ihrem Freund versuchte, unter Wasser Fische, Krebse und Muscheln zu belauschen. Er nahm noch einen Schluck Wein und schaute wieder auf seine Uhr. Es war Zeit, nach oben zu gehen und sich für die weihnachtliche „Dinner Party" umzuziehen. Er kam gerade aus dem Bad, da klingelte sein Handy, das er auf sein Bett geworfen hatte. Diesmal lag er mit seiner Vermutung richtig. Es war Anna.

„Bist du noch zu Hause?"

„Ich mach mich gerade fertig, um zu Wolf und Karin zu gehen."

„Hier haben wir gerade Bescherung gehabt und werden gleich das große Festessen genießen, das Alain für uns alle gekocht hat."

Sie machte eine Pause und sprach dann leise weiter.

„Ich habe mich über dein Armband sehr, sehr gefreut. Das war eine schöne Idee. Jane ist auch über ihr Buch glücklich

„Danke auch für den Pullover. Der wird mich sicher und gesund durch den langen Winter hier bringen."

Sie lachte.

„Jean und Julie sind übrigens nicht gekommen. Julie wollte wohl in ihrem Zustand nicht mehr so weit reisen."

Er hörte Stimmen im Hintergrund.

„Es geht bei euch wohl gleich mit dem Essen los."

„Stimmt. Ich rufe dich wieder an. Du fehlst mir hier."

„Ich vermisse dich auch. Grüß bitte alle von mir. Frohe Weihnachten, Anna!"

„Frohe Weihnachten, Thomas!"

Zum ersten Mal an diesem Abend fühlte er sich ein bisschen elend. Er zog sich um und ging wieder nach unten. Das Feuer im Kamin war fast erloschen. Er füllte noch einmal sein Weinglas und setzte sich in seinen Sessel. Er starrte in die Reste der Glut im Kamin und konnte nicht verhindern, dass er wieder an ihre früheren Weihnachtsfeste dachte und einen Augenblick überlegte, ob er vielleicht Christine auf ihrem Handy anrufen sollte. Es war schon eine Weile her, dass er einen solchen Gedanken gehabt hatte. Aber sie war an diesem Abend bestimmt nicht alleine und hatte ganz gewiss auch nicht das Bedürfnis, von ihm zu hören. Schließlich nahm Colmar die beiden Geschenke, die er für Wolf und Karin besorg hatte, zog seinen Mantel an und machte sich zu Fuß auf den Weg zu seinen Freunden. Zurück würde er ein Taxi nehmen.

Es wurde ein sehr gemütlicher Abend, bei dem zumindest die Männer dem guten Rotwein ordentlich zusprachen. Wie im Jahr zuvor war Wolfs Tochter Meike mit ihrem Mann ebenfalls dabei, und als Colmar dann schließlich gegen eins in sein Taxi stieg, hatte er die vom ihm angestrebte „Bettschwere". In dieser Nacht konnte er dann auch ohne größere Probleme einschlafen.

Seine Reise nach Berlin verlief ohne Zwischenfälle. Er hatte die direkte Verbindung von Kiel gewählt, und der ICE rollte auch tatsächlich mit nur wenigen Minuten Verspätung am Nachmittag des zweiten Weihnachtstages im nagelneuen Zentralbahnhof der Hauptstadt ein. Jost stand schon auf dem Bahnsteig und fuhr ihn in die neue Wohnung, wo Sarah und ihre Eltern bereits auf sie warteten. Man zeigte ihm zunächst voller Stolz das neue Domizil, das im ersten Stock eines alten Mietshauses gelegen und in der Tat recht beeindruckend war. Dazu gehörte auch ein Balkon, von dem aus man einen Blick auf einen kleinen Park hatte. Es gab auch ein recht geräumiges Gästezimmer, in dem Sarahs Eltern übernachten sollten. Für Colmar war die Couch im Wohnzimmer vorgesehen. Mit Josts künftigen Schwiegereltern verstand er sich sofort gut. Er hatte den Eindruck,

dass die Geschäfte des Hamburger Antiquitätenhändlers nicht schlecht liefen. Sarahs Mutter, die ungefähr
in seinem Alter war, musste in jüngeren Jahren eine
Schönheit gewesen sein. Sie wirkte immer noch sehr
attraktiv und schien ihre stille und „hanseatisch"
zurückhaltende Art ihrer Tochter vererbt zu haben.
Colmar war beeindruckt von der positiven und
bestärkenden Haltung, mit der beide auf alle Vorstellungen der jungen Leute eingingen. Wenn er sie so
betrachtete, vermisste er Christine, von der immer
eine vergleichbare Ausstrahlung ausgegangen war. Er
selber war der geborene „Bedenkenträger". Er musste
zugeben, dass er diesen Hamburger Geschäftsmann
beneidete.

Man kam schnell überein, sich mit Vornamen anzureden, und es wurde dann ein sehr erfreulicher und
harmonischer Abend. Colmar konnte seinem Sohn
ansehen, dass er sehr froh darüber war, dass die
„Alten" so gut miteinander auskamen. Als er schließlich sein Nachtlager auf der Couch bezogen hatte,
konnte er lange nicht einschlafen. Er hörte die ungewohnten Geräusche des Berliner Verkehrs und dachte
an frühere Weihnachtsfeste. Es wurde wieder einmal
deutlich, dass - anders als er schon verschiedentlich
geglaubt hatte - die Vergangenheit für ihn noch lange
nicht abgehakt war. Dafür war dies auch die falsche
Jahreszeit.

Wie es schien, hatten es Josts Schwiegereltern
sehr viel besser gemacht als Christine und er. Man
hatte den Eindruck, dass es den beiden tatsächlich
gelungen war, ihre Beziehung zu pflegen und aufeinander aufzupassen. Wie hatte es nur geschehen
können, so fragte er sich wieder, dass ihm Christine,
der zentrale Halt in seinem Leben, entglitten war?
Und was war denn eigentlich neben ihr für ihn so
wichtig gewesen, dass er dies gar nicht bemerkt hatte?
Und was hatte ihr denn so sehr gefehlt, dass sie dafür
bereit gewesen war, ihre Ehe aufs Spiel zu setzen?

Kurz bevor er dann endlich einschlief, kehrten seine Gedanken noch einmal zu Jost zurück. Es schien, dass ihm und Sarah das Glück - im Moment wenigstens - ein wenig zur Seite stand. Er war stolz auf seinen Sohn, der mit der Art und Weise, in der er seine neuen Lebensumstände anging, auf ihn Eindruck machte. Und trotzdem, es tat doch immer noch weh, dass es Jost nach der Trennung der Eltern so leicht gefallen war, den neuen Mann, mit dem seine Mutter den Vater ersetzt hatte, zu akzeptieren. Es war jetzt nicht das erste Mal, dass Colmar sich wegen seiner eigenen Feigheit Vorwürfe machte. Er hatte Jost auf dieses Problem nie angesprochen. Die Angst, dass er dadurch vielleicht auch noch seinen Sohn verlieren könnte, war wohl einfach zu groß gewesen.

Am nächsten Tag verabschiedete er sich nach dem Frühstück. Sarahs Eltern wollten noch bis zum Sonntag bleiben. Sie baten ihn, sie bei der nächsten Gelegenheit in Hamburg zu besuchen, und er hatte das Gefühl, dass sie es ernst meinten. Jost setzte ihn dann vor dem Hauptbahnhof ab. Er umarmte seinen Vater und dankte ihm noch einmal dafür, dass er gekommen war.

„Übrigens, Mama wollte dich Heiligabend anrufen", sagte er dann. „Ich glaube, sie hat sich dann doch nicht getraut."

Darauf antwortete Colmar nicht. Er dachte daran, dass es ihm an diesem Tag ja ganz ähnlich gegangen war. Er drückte seinen Sohn noch einmal fest an sich und ging in die gewaltige Eingangshalle des Bahnhofs. Während der langen Zugfahrt zurück nach Kiel dachte er viel an Anna, aber das, was sein Sohn ihm zum Abschied gesagt hatte, wollte ihm auch nicht aus dem Kopf gehen.

In den nächsten Tagen war er hauptsächlich damit beschäftigt, die Abiturunterlagen für seinen Leistungskurs zusammenzustellen. Was ihn dabei besonders aufhielt, war die Auswahl der Prüfungstexte. Aber auch die Skizzierung der von ihm erwarteten Ergebnisse und die Darstellung der unterrichtlichen Voraussetzungen waren wie immer aufwendig und mühsam.

Er traf seine Freunde zu ihrem Tennisdoppel, das im Winter in einer Halle stattfand. Nach dem Spiel lud Hans-Gerd sie alle ein, Silvester in seinem Haus zu feiern. Diese kleine „Jahresabschlussfeier", wie er diese Zusammenkunft nannte, war inzwischen für sie alle zu einer Tradition geworden. Sie zogen diese lockeren und familiären Treffen früheren großen „Silvesterpartys" vor. Colmar war froh über diese Einladung, mit der er im Stillen bereits gerechnet hatte.

Bei seiner Rückkehr aus Berlin hatte er auf seinem Anrufbeantworter eine Nachricht von Anna vorgefunden.

„Ich wollte es lieber nicht auf deinem Handy versuchen. Ich hoffe Berlin war ein Erfolg. Hier ist alles prima. Ich werde es zu einem anderen Zeitpunkt wieder probieren. Du fehlst uns."

Da er bis Montag nichts von ihr hörte, versuchte er, sie am Abend zu erreichen. Sie nahm den Anruf nach einigem Klingeln an.

„Hallo, Thomas! Es passt im Moment gar nicht. Wir sind hier gerade in der Küche aktiv. Ich rufe gleich zurück."

Nach einer Stunde klingelte sein Telefon.

„Tut mir leid, aber es ging vorhin wirklich schlecht. Ich hatte sowieso vor, heute noch mit dir zu telefonieren."

„Kein Problem. Ich wollte nur hören, wie es bei euch so geht."

„Hier ist alles in Ordnung. Und du? Wie war Berlin?"

Er gab einen kurzen Bericht über seinen Besuch dort. Dann erzählte er ihr von Hans-Gerds Silvester Einladung.

„Wir hier werden zu Marie und Luc nach Aix fahren und in ihrem neuen Haus feiern", sagte Anna dann. „Wir hoffen sehr, dass dann Jean und Julie auch noch dazu stoßen. Luc musste bereits heute dienstlich nach Aix zurück. Marie und er haben die Kinder schon mitgenommen. Alain hatte heute noch in Grasse zu tun. Wir beide werden morgen nachfahren. In Lucs Auto war für mich sowieso kein Platz mehr."

„Dann habt ihr ja ordentlich Programm. Also, grüß die anderen noch einmal von mir, besonders Jane. Ich werde Silvester versuchen, euch noch einmal zu erreichen."

„OK. Tschüss, Thomas! Ich soll dich natürlich auch grüßen. Arbeite nicht so viel für das blöde Abitur."

Bevor sie das Gespräch beendete, sagte sie noch:
„Ich denke viel an dich."

Als er aufgelegt hatte, fiel ihm plötzlich erneut die kleine Kirche bei Fayence ein. Er hatte auf einmal wieder das Bild der beiden Taufpaten vor Augen. Er nahm sich fest vor, sich nicht selber verrückt zu machen. Die beiden waren ja nicht alleine in diesem Haus dort. Carla war ja schließlich auch noch da.

26

Er hatte Anna angeboten, sie und Jane vom Flughafen abzuholen. Bei ihren gegenseitigen Bemühungen, sich am Silvesterabend telefonisch zu erreichen, hatte es Probleme gegeben. Als er schließlich nach vielen vergeblichen Versuchen zu ihr durchgekommen war, hatte sie ihm in ihrem kurzen Gespräch noch einmal ihre Ankunftszeit am Samstagnachmittag bestätigt.

Die Maschine war mit etwas Verspätung gelandet. Als er sie mit ihrer Tochter unter den anderen Fluggästen durch die Sperre kommen sah, fiel ihm wieder auf, wie jung sie wirkte und wie gut sie aussah. Jane entdeckte ihn zuerst. Sie riss sich von ihrer Mutter los und rannte auf ihn zu. Er ging in die Knie, damit sie ihm auch richtig in die Arme laufen konnte. Anna kam lächelnd hinter ihr her und gab ihm zur Begrüßung einen Kuss auf den Mund.

Draußen war der Schneeregen, der bereits auf seiner Fahrt zum Flughafen begonnen hatte, heftiger geworden. Ein unangenehmer Wind trieb ihnen die nassen Flocken ins Gesicht. Sie eilten über den Parkplatz und stiegen schnell in sein Auto. Er hatte das Gefühl, dass es kälter geworden war und nahm sich vor, sehr vorsichtig zu fahren.

Die Scheiben des Wagens beschlugen sofort von innen. Er stellte das Gebläse an, aber trotzdem dauerte es eine ganze Weile, bevor er genügend Sicht hatte und riskieren konnte loszufahren. Anna drehte sich vom Beifahrersitz zu ihrer Tochter um und half ihr aus dem feuchten Mantel.

„Du meine Güte, war das Wetter hier die ganze Zeit so?"

„Es hat ein paar Mal geregnet, aber so schlimm wie jetzt war es bisher nicht. Wer weiß, vielleicht bekommen wir noch richtig Schnee."

„Aber bitte erst, wenn wir zu Hause sind", sagte sie und lachte.

Die Scheibenwischer konnten die dicken Flocken kaum bewältigen, die ihnen der Wind an die Frontscheibe klatschte. In der einsetzenden Dunkelheit war die Sicht sehr schlecht, und es dauerte länger als sonst, bis sie die Autobahn nach Kiel erreichten. Sie erzählten sich während der Fahrt gegenseitig, was sie in der Zwischenzeit erlebt hatten. Er informierte sie detailliert darüber, wie er Heiligabend verbracht hatte. Dann wollte Anna alles über seinen Besuch in Berlin wissen. Er berichtete kurz von der Fahrt mit dem ICE, schilderte den erst kürzlich fertiggestellten Berliner Hauptbahnhof, schwärmte von Josts neuer Wohnung und beschrieb auch Sarahs Eltern. Er erwähnte ebenso, dass er für das Abitur die Unterlagen und seine Aufgabenvorschläge beisammen hatte und dass für ihn die Ferien jetzt beginnen könnten.

Sie lachte.

„Das kann ich mir vorstellen! Trotzdem, sei froh, dass du das erledigt hast. Ich habe im Gegensatz zu dir in der ganzen Zeit an die Schule überhaupt nicht gedacht. Es war toll. Heiligabend mit Jane und den anderen Kleinen war sehr schön. Weihnachten mit Kindern ist schon etwas Besonderes."

Er nickte.

„Daran kann ich mich auch noch gut erinnern."

Sie beschrieb ihm Einzelheiten ihres Weihnachtsabends, den sie in dem gemütlichen Wohnraum des Hauses gefeiert hatten, an den er sich gut erinnern konnte. Damals hatten sie sich bei dem schönen Wetter vor allem draußen auf der Terrasse und im Garten aufgehalten. Anna war auch sehr beeindruckt von Lucs neuem Haus in Aix, das die Familie gerade bezogen hatte. Sie hatten dort alle, ähnlich wie er mit seinen Freunden in Kiel, einen ruhigen Silvesterabend verbracht. Er wandte sich an Jane.

„Na, Prinzessin, und du? Für dich war es bestimmt auch sehr schön."

„Ja. Aber es war schade, dass du und Carla nicht da waren."

Diese Bemerkung musste er erst einmal verarbeiten.

„Carla war auch nicht dabei?", fragte er.

Anna erklärte.

„Sie war bei ihrer Schwester in Avignon. Das macht sie jedes Jahr zu Weihnachten."

In diesem Moment überholte ihn ein dänischer Lastzug, und der graue Matsch, der von dem Fahrzeug aufgewirbelt wurde, landete mit einem lauten Klatschen an seiner Windschutzscheibe. Ihm war für Sekunden völlig die Sicht versperrt. Er hatte den Fuß schon auf der Bremse, aber dann schafften es die Wischer doch noch, und er konnte wieder die Rücklichter des Lasters erkennen. Sie hatten alle einen kleinen Schreck bekommen. Er nahm sich vor, sich auf dem verbleibenden Teil ihrer Strecke nicht wieder so überraschen zu lassen.

In Kiel setzte er sie vor ihrer Wohnung ab. Sie weckten Jane, die hinten eingeschlafen war. Er nahm sie auf den Arm und trug sie ins Haus. Dann holte er ihren Koffer. Anna, die auf dem letzten Abschnitt der Fahrt nicht mehr viel gesprochen hatte, war auch müde und wollte mit ihrer Tochter früh schlafen gehen. Sie lächelte ihn an.

„So schön es war, es war aber auch wieder ziemlich anstrengend. Ich muss Jane schnell ins Bett bringen. Wir telefonieren morgen, OK?"

Sie umarmten sich. Er gab ihr einen Kuss auf die Wange, stieg in sein Auto und fuhr nach Hause.

Sie rief ihn am Nachmittag des nächsten Tages an und machte den Vorschlag, dass sie sich zu einem kleinen Spaziergang am Fördeufer treffen könnten. Jane war wieder bei ihrer Freundin Charlotte, die sie lange nicht mehr gesehen hatte. Anna sagte ihm, dass sie in ungefähr einer halben Stunde vor dem Kieler Yachtclub sein würde.

Es lag wohl an dem ungemütlichen Wetter, dass er an diesem Tag ohne Schwierigkeiten am Hindenburgufer einen Parkplatz fand. Anna, die ihren Wagen ganz in der Nähe abgestellt hatte, wartete bereits auf ihn. Als sie ihn sah, stieg sie aus ihrem Auto und kam zu ihm. Sie hatte einen dicken Schal um Hals und Kinn geschlungen und gab ihm zur Begrüßung einen Kuss. Sie entschieden sich, zunächst ein Stück in Richtung Bellevue zu gehen. Es war kalt, und die Wellen, die von heftigen Böen in die Förde getrieben wurden, trugen kleine Schaumkronen. Schon nach kurzer Zeit beschlossen sie umzukehren. Mit dem schneidenden Wind im Rücken war es nun etwas erträglicher. Die ganze Zeit über war Anna ziemlich stumm, und er hatte den Eindruck, dass dies nicht nur an den äußeren Bedingungen lag. Sie gingen an ihren Autos vorbei und waren sich hinter dem Landeshaus einig, dass sie sich im nächsten Lokal aufwärmen wollten.

Das Restaurant, in dem es im Sommer immer schwierig war, einen Platz zu bekommen, war um diese Tageszeit recht leer. Sie hatten keine Probleme einen Tisch zu finden, von dem man durch die große Panoramascheibe einen Blick auf die eisige und abweisend wirkende Innenförde hatte. In der Ferne lag eine der großen Skandinavien Fähren an einem der Terminals.

Er half Anna aus dem Mantel, den sie hinter sich über den Stuhl legte. Ihren Schal wollte sie aber noch nicht abnehmen. Er bestellte für sich einen Grog. Anna entschied sich für einen Glühwein. Sie schauten beide durch das Fenster auf das Wasser und auf die Kräne der dahinter liegenden Werft. Nach einer Weile ubernahm er die Initiative.

„Na, sag schon! Was ist denn los? Ich merke doch, dass du etwas auf dem Herzen hast."

Sie reagierte nicht sofort. Dann sah sie ihn an.

„Ich muss dir etwas sagen."

Das ungute Gefühl, das sich bereits bei ihm eingestellt hatte, verstärkte sich. Es dauerte wieder ein wenig, bevor sie weitersprach.

„Ich weiß aber nicht so richtig wie."

„Na, los! Raus damit! Du kannst mir glauben, je länger man wartet, desto schwieriger wird es."

Sie tat sich offensichtlich schwer.

„Hat es mit Alain zu tun?", fragte er.

Sie sah ihn erstaunt und mit großen Augen an. Dann nickte sie.

„Ich bin selber so verwirrt. Ich hätte damit nie gerechnet."

Die Serviererin brachte ihre Getränke. Er wartete, bis sie wieder allein waren.

„Womit hast du nie gerechnet?"

„Alain hat mir gesagt, dass er mich heiraten möchte."

Er setzte das Glas, das er gerade vorsichtig zum Mund führte, wieder ab. Ihm wurde auf einmal sehr warm. Er blickte aus dem Fenster auf das graue Wasser und beobachtete, wie die große Fähre sich in diesem Augenblick behutsam vom Anleger löste und sich mit dem Bug langsam in den Wind in Richtung Ostsee drehte. An Deck des Schiffes konnte er eine einsame Figur erkennen, die an der Reling lehnte. Wegen des unwirtlichen Wetters hatten andere Passagiere wohl darauf verzichtet, sich das Ablegemanöver aus der Nähe anzusehen.

„Einfach so?"

„Nein, nicht einfach so. Du hattest an diesem Abend gerade angerufen, und wir hatten danach über dich gesprochen. Ich weiß, dass er dich sehr gerne mag."

Das fand er komisch.

„Du brauchst nicht zu lachen. Das tut er wirklich."

„Ich kann dir versichern, zum Lachen ist mir im Moment überhaupt nicht zumute. Ich denke nur, dass er und ich uns gar nicht kennen. Die Sätze, die wir miteinander ausgetauscht haben, kann ich an einer Hand abzählen. Wir sprechen nicht einmal die gleiche Sprache."

„Er spricht übrigens ganz gut Deutsch."

„Ehrlich? Warum hat er das denn nicht gezeigt, als ich dabei war?"

Sie zuckte mit den Schultern. Aber Colmar konnte sich selber sehr gut denken, warum. Auf diese Weise hatte Alain nämlich sichergestellt, dass nicht er, sondern Annas neuer Freund in einer fremden Sprache radebrechen musste und sich vor den anderen wie ein Tölpel ausnahm.

„Das weiß ich nicht. Vielleicht hat er sich nicht getraut. Jedenfalls, an dem Abend fragte er mich ganz plötzlich und überraschend, ob ich ihn heiraten wolle. Er sagte mir, dass er mich immer geliebt habe und dass er ohne mich nicht leben könne. Ich wusste gar nicht, wie mir geschah. Wir haben dann lange über unsere Vergangenheit gesprochen, über meine Rückkehr nach Deutschland damals, über Missverständnisse, über verletzten Stolz und Trotzreaktionen, die uns beide nicht glücklich gemacht haben. Das hat mich ziemlich aufgewühlt, und dabei hatte ich immer gedacht, dass dies lange vorbei und überwunden sei."

„Ich erinnere mich."

Sein Grog schmeckte ihm nicht. Er schob ihn an die Seite und machte der Serviererin ein Zeichen. Als sie an ihren Tisch herantrat, bestellte er einen doppelten Cognac.

„Möchtest du auch einen?"

Anna schüttelte den Kopf.

„Und was wirst du jetzt machen?"

„Das weiß ich nicht."

Der Cognac kam, und er nahm einen großen Schluck. Er sah sie wieder an.

„Anna, mit Alain kann ich und will ich nicht in einen Wettstreit treten. Dabei hätte ich ohnehin in jeder Beziehung schlechte Karten."

Er machte eine Pause.

„Ich möchte aber, dass du weißt, dass auch ich mir vorgestellt habe, mit dir und Jane zusammenzuleben. Die Erfahrungen mit meiner Frau, die ja noch nicht so lange zurückliegen, haben mich verunsichert. Das ist der Grund, warum ich dich bisher auf eine gemeinsame Zukunft noch nicht konkret angesprochen habe. Aber wenn du es willst, leite ich morgen meine Scheidung ein, und wir heiraten."

Sie nahm seine Hand.

„Das habe ich immer verstanden, Thomas."

Sie schwiegen beide. Dann drückte er ihre Hand.

„Wollen wir gehen?"

Sie ließ ihn los und nickte. Die Bedienung brachte die Rechnung, und er zahlte. Bevor sie aufstanden, um zu gehen, stellte er noch eine Frage, die ihn schon die ganze Zeit beunruhigt hatte.

„Ich würde aber eines doch noch gerne wissen. Als ihr jetzt allein in Fayence wart, Alain und du, habt ihr miteinander geschlafen?"

Darauf gab sie ihm keine Antwort. Aber das war dann auch nicht mehr nötig.

Sie gingen schweigend zu ihren Autos. Dass es immer noch kalt war, merkte er nicht. Sie umarmten sich noch einmal, bevor sie in ihr Auto stieg. Sie nahm sein Gesicht in beide Hände. Er sah, dass sie zu weinen angefangen hatte. Das war kein gutes Zeichen.

„Bitte, Thomas, gib mir etwas Zeit, über alles nachzudenken."

Er küsste sie auf die Wange und ging zu seinem Wagen.

Erst zu Hause traf ihn das, was passiert war, mit aller Heftigkeit. Es half ein wenig, dass es ihn diesmal nicht so völlig unvorbereitet erwischt hatte. Die Anzeichen hatte er in letzter Zeit auch nicht übersehen können. Und so richtig sicher hatte er sich mit Anna eigentlich nie gefühlt. Irgendwie hatte er ja immer befürchtet, dass er ihr auf die Dauer nicht genügen könne. Von diesem Gedanken hatte er sich nie ganz befreien können. Auch in Fayence war ihm klar gewesen, dass er ihr das, was sie dort hatte, nicht geben konnte. Und mit Alain, dessen besondere Beziehung zu Anna er bemerkt hatte, konnte er sowieso nicht mithalten. Das hatte er schon damals gespürt. Aber dass es dann so schnell gegangen war, tat doch sehr weh.

Er hatte wieder alles kaputt gemacht. Mit seinem ewigen Zögern, seiner ständigen Unentschlossenheit und seiner Angst vor einer Blamage hatte er so lange gewartet, bis es zu spät war. Wie hatte Frau Boyens auf Sylt noch gesagt? Wenn man in seiner Situation Glück hat, muss man es auch festhalten. Das hatte er wohl wieder einmal versäumt. Ihm war zum Heulen zumute.

Ein Gedanke ließ sich aber auch nicht ganz verdrängen: Selbst wenn er nicht so lange gewartet hätte und Anna sich bereits für ein Leben mit ihm entschieden hätte, Alain hätte nicht aufgehört zu existieren und das besonderes Verhältnis zu Anna hätte weiter bestanden. Vielleicht wäre das für sie alle erst recht zu einem Problem geworden.

Das, was jetzt in ihm vorging, erinnerte ihn an die Zeit, die er nie wieder hatte durchmachen wollen. Auf dem Weg zurück war ihm schlecht geworden, und er hatte kurz anhalten müssen. Zu Hause stand er dann lange unter der Dusche. Danach ging es ihm etwas besser. Er nahm die Flasche Single Malt, die er von Wolf zu Weihnachten bekommen hatte, und setzte sich vor den Fernsehapparat. Aber auch die drei Filme, die er sich hintereinander ansah, konnten ihn nicht so richtig ablenken. Immerhin, als er sich schließlich entschied, ins Bett zu gehen, konnte er sicher sein, dass er bald einschlafen würde.

Er hörte in den nächsten Tagen nichts von ihr. Sie anzurufen, hielt er für keine gute Idee. In der Nacht zum Donnerstag schneite es dann. Die Temperaturen waren gesunken, und der Schnee - es waren vielleicht zehn Zentimeter - blieb zunächst auch liegen. Als am Freitagnachmittag dann das Telefon klingelte, war es aber nicht Anna, sondern Jost, der in besonders guter Stimmung zu sein schien.

„Ich wollte dir nur schnell sagen, dass wir am Freitag, dem 30. Januar, heiraten und dass wir dich an diesem Tag unbedingt zu einer ganz kleinen Feier in einem ganz kleinen Kreis erwarten. Für den Vater des Bräutigams ist das natürlich eine Pflichtveranstaltung.“

Colmar musste lachen.

„Na klar komme ich! Diesmal solltest du mir aber ein Hotelzimmer bei euch in der Nähe reservieren. Eure Couch ist ja super, aber für so einen alten Mann ist das nicht mehr so ganz das Richtige.“

„Alles klar! Wird gemacht. Sarah ist schon ganz aufgeregt. Aber sonst geht es uns prima. Ich soll dich grüßen. Also, mach's gut! Wir telefonieren noch.“

Erst als er den Hörer aufgelegt hatte, fiel ihm wieder auf, dass Anna von seinem Sohn nicht mit einem Wort erwähnt worden war.

Er war am frühen Abend gerade dabei, seine Waschmaschine zu reparieren, als es an der Haustür klingelte. Es war Anna. Er hatte von ihr einen Anruf erwartet und war sehr überrascht, als sie so plötzlich vor ihm stand. Sie wollte nicht reinkommen und schlug einen kleinen Spaziergang vor. Während sie vor der Tür wartete, holte er seinen Mantel und seinen Schal. Auf der Straße hatte der Räumdienst den Schnee zu einem kleinen Wall an den Rand des Gehwegs geschoben. Als er sich bückte, um sich einen Schneeball zu machen, gingen die Straßenlampen an. Eine Zeit lang spazierten sie schweigend nebeneinander her. Dann aber sprach Anna das aus, was er befürchtet hatte.

„Ich bin gekommen, um dir zu sagen, dass ich Alain heiraten werde.“

Das kam ja nicht unerwartet. Nur ein Blinder hätte in den vergangenen Tagen die Anzeichen übersehen können. Annas Weigerung, dieses Gespräch bei ihm zu Hause zu führen, war ein letzter Hinweis gewesen. Trotzdem, diese kurze und klare Aussage traf ihn hart. Irgendwie war er auf diese nackte Sachlichkeit doch nicht vorbereitet. Er hatte das Gefühl, dass sein Magen wieder einmal dabei war, sich auf die Größe einer Faust zusammenzuziehen. Da war sie wieder, diese schreckliche Leere.

Er war nicht imstande zu reagieren. Anna wartete auch nicht auf eine Antwort und eröffnete ihm, sie habe bereits einen Antrag gestellt, sich mit Beginn des neuen Schulhalbjahres ohne Bezüge beurlauben zu lassen. Sie würde dann mit Jane schon im Februar nach Frankreich ziehen. Das sei ihr vor allen Dingen für ihre Tochter wichtig, die dringend eine richtige Familie brauche. Hier in Kiel habe das Leben für sie beide sowieso immer etwas Unfertiges und Vorübergehendes gehabt.

Vor ihnen kam ein Auto langsam um die Ecke. Als sie vom Scheinwerfer erfasst wurden, blendete der Fahrer ab und fuhr auf der vereisten und mit festgefahrenem Schnee bedeckten Fahrbahn vorsichtig an ihnen vorbei. Sie wartete einen Moment.

„Du kannst mir glauben, dass mir diese Entscheidung sehr schwer gefallen ist. Was zwischen mir und Alain in Fayence passiert ist, kann ich mir selber nicht erklären. Natürlich, wir hatten vor Jahren ein besonderes Verhältnis, aber ich war so sicher, dass dies alles längst vorbei war. Und dann das. Es war alles so selbstverständlich. Als hätten wir immer zusammengehört. Was mich hinterher am meisten beunruhigt hat war, dass ich in dem Moment an dich überhaupt nicht gedacht habe."

Sie machte wieder eine Pause. Der Schneeball, den er inzwischen völlig vergessen hatte, war in seiner Hand zu Eis geworden. Er ließ ihn fallen.

„Ich glaube, dass es zwischen dir und deiner Frau ähnlich ist, auch wenn die Umstände ganz anders sind. Wenn ich mit dir zusammen war, habe ich eigentlich immer das Gefühl gehabt, dass eure gemeinsame Geschichte noch nicht abgeschlossen ist. Was du über dich und Alain gesagt hast, gilt im Übrigen auch für mich. Gegen deine Frau habe ich genau genommen auch nie eine richtige Chance gehabt. Daran würde auch eine formelle Scheidung wenig ändern. Dein Sohn hat ohnehin nie ein Geheimnis daraus gemacht, dass er mich als deine Partnerin nicht akzeptiert."

Sie schwiegen beide eine längere Zeit. Es hatte wieder leicht zu schneien angefangen. Sie sah ihn an.

„Es ist mir aber wichtig, dass du weißt, dass ich dir nie etwas vorgemacht habe. Mit dir war ich immer gerne zusammen, und ich habe jede Minute genossen. Ich hätte mir auch ein Leben zusammen mit dir sehr gut vorstellen können."

Sie war stehen geblieben. Er sah einzelne Schneeflocken auf ihrem Haar. Im Gegenlicht der Straßenlaterne konnte er ihr Gesicht nicht genau erkennen. Dennoch wusste er, dass sie weinte.

„Mensch, Thomas, sag doch endlich etwas!"

Er nahm sie in seine Arme.

„Anna, es ist alles OK! Ich verstehe dich doch! Du brauchst mir nichts mehr zu erklären."

Er streichelte und küsste ihre Haare.

„Weißt du, ich glaube, dass es für manche von uns im Leben immer nur einen Menschen gibt. Für dich ist es wohl Alain, und deshalb gehört ihr auch zusammen", sagte er dann. „Wahrscheinlich hast du recht. Für mich war es wohl Christine. Aber das habe ich wohl selber vermasselt. Ich hätte nie zulassen dürfen, dass wir uns verlieren."

Sie hielten sich eine Weile in den Armen. Als sich Anna wieder etwas gefangen hatte, beschlossen sie zurückzugehen. Er legte seinen Arm um ihre Schulter.

„Weiß Jane das alles schon?"

„Natürlich. Sie ist doch bei der ganzen Sache die wichtigste Figur. Sie freut sich übrigens schon darauf. Allerdings, du wirst ihr fehlen."

„Ich würde mich gerne noch von ihr verabschieden."

„Das wird sie auch wollen."

„Wenn du Dienstag zu deinem Aerobic-Kurs gehst, kann ich ja noch einmal auf sie aufpassen."

Sie nickte, und als sie dann vor ihrem Auto standen, umarmte sie ihn lange und küsste ihn noch einmal auf den Mund. Sie hatte wieder zu weinen angefangen. Colmar versuchte, ihr mit dem Daumen eine Träne von der Wange zu wischen.

„Ich danke dir, Anna!"

Sie sah ihn erstaunt an.

„Mir? Wofür?"

„Für vieles. Aber besonders dafür, dass du mir geholfen hast, wieder einigermaßen aufrecht zu gehen. Und auch für deine Ehrlichkeit und dafür, dass du nicht ein einziges Mal gesagt hast: 'Es tut mir leid'."

Sie lächelte ein wenig und stieg ein. Dann kurbelte sie noch einmal das Wagenfenster herunter und sagte mit tränenerstickter Stimme:

„Ich wünsche dir Glück, Thomas!"

„Ich dir auch!"

Der Schnee knirschte unter den Reifen, als das Auto sich langsam in Bewegung setzte. Er sah ihr nach, bis ihre Rücklichter hinter der Straßenecke verschwunden waren.

Wenn er jetzt über sich und Anna nachdachte, war ihm klar, dass sich das, was geschehen war, vorher angekündigt hatte. Sie hatten beide bewusst oder unbewusst ihre Chancen nicht wahrgenommen. Natürlich hätte er seine Reise nach Berlin auf einen anderen Termin verschieben können, wenn er das wirklich gewollt hätte. Josts Schwiegereltern hätte er auch später kennen lernen können. Er hätte Weihnachten zusammen mit Anna und Jane feiern können. Im Grunde war die Einladung nach Berlin für ihn ein passender Vorwand gewesen, nicht mit nach Frankreich fahren zu müssen. Anna musste das gespürt haben, wie ihre heftige Reaktion auf seine Entscheidung gezeigt hatte. Auf der anderen Seite wollte sie auf diese Reise nach Frankreich aber auch unter keinen Umständen verzichten. Wie sich jetzt herausstellte, konnte sie das wohl auch gar nicht. Rückblickend schien ihm ihr Argument, dass der Flug nach Fayence vor allem für Jane nötig war, auch eine Art Selbsttäuschung gewesen zu sein.

Der Abschied von Jane verlief dann doch weniger dramatisch als er befürchtet hatte. Anna hatte ihre Tochter am Dienstag auf dem Weg zu ihrem Kurs ein letztes Mal bei ihm abgeliefert. Es war immer noch bitter kalt, aber Jane hatte ihn daran erinnert, dass er seit längerem versprochen hatte, noch einmal mit ihr ans Wasser zu fahren. Er hatte sie dann nach Strande kutschiert, wo sie noch ein letztes Mal an die Wasserkante gingen. Die Strandkörbe des Sommers waren inzwischen verschwunden, und bei beißendem Wind mussten sie sich vorsichtig auf der festgefrorenen und mit Eisplacken durchsetzten Schneedecke bewegen. Nach einer Weile gingen sie dann zum Aufwärmen über die Straße in das Strandhotel, wo Jane sich von ihm überreden ließ, auf ein Eis zu verzichten. Sie war einverstanden, dass er stattdessen eine heiße Schokolade für sie bestellte. Sie erzählte ihm, dass sie sich schon auf Frankreich freute, besonders auf ihre Freundin Emma. Nein, vor der Schule dort hatte sie keine große Angst. Er musste zusagen, sie dort auch einmal zu besuchen. Dann gab er ihr ein Abschiedsgeschenk, das sie aber erst in Frankreich auspacken sollte. Er hatte für sie eine kleine Halskette und ein ganz kleines Adressbuch gekauft, in das er seine Telefonnummern eingetragen hatte. Das Mädchen dankte ihm und umarmte ihn lange. Er drückte sie und dachte, dass Anna in einen Punkt ganz bestimmt recht hatte: Jane brauchte dringend eine richtige Familie, und das schnell.

Als sie bei ihm zu Hause ankamen, wartete Anna in ihrem Auto schon auf sie. Sie nahmen dann auf der Straße Abschied voneinander. Jane drückte ihn noch einmal und versprach, ihm zu schreiben, sobald sie angekommen waren. Er versicherte ihr ebenfalls, dass er ganz bestimmt zurückschreiben würde. Anna weinte und umarmte ihn ein letztes Mal. Sie wollte ihn vor der Abreise noch einmal anrufen. Er konnte erkennen, wie Jane ihm durch das Rückfenster des Autos zuwinkte. Er winkte zurück, bis er sie nicht mehr sehen konnte.

Anna rief ihn dann doch nicht mehr an, und ihm war es recht so. Auch er sah wenig Sinn mehr darin, denn zwischen ihnen war ja alles gesagt, und ein weiteres Abschiedsgespräch hätte ihnen beiden wahrscheinlich nur noch einmal unnötig wehgetan. Seine Freunde informierte er diesmal über die neue Entwicklung in seinem Leben zunächst auch nicht.

Er hatte jetzt wieder viel Zeit, über sich nachzudenken. Mehr als ihm lieb war. Er sagte sich, dass bei ihm inzwischen fast alles schiefzulaufen schien. Aber es wurde ihm auch zunehmend klar, dass dies nicht an seinem Verhalten gegenüber Anna lag. Er konnte es drehen und wenden, wie er wollte: Wenn er nach der Ursache für seine Misere suchte, kam er immer wieder auf jenen Abend im September zurück. An dem Tag, an dem Christine ihn verließ, hatte alles angefangen.

Immer wieder sah er sich mit seiner Frau an diesem Küchentisch sitzen und immer wieder hatte er einen bestimmten Moment vor Augen, in dem - so schien es ihm jetzt - ihre Trennung besiegelt worden war. Er erinnerte sich genau daran, wie Christine damals versucht hatte, seine Hand zu ergreifen, und wie er diese wie in einem Reflex zurückgezogen hatte.

Er hatte in jenem Augenblick das Gefühl gehabt, dass ihr Versuch, ihn zu berühren, nicht nur zeigen sollte, dass ihr „alles so leid tat", wie sie sagte. Für ihn war es auch ein Zeichen dafür, dass sie ihm Trost spenden und ihr Mitgefühl ausdrücken wollte. Nicht „es", sondern „er" war es, der ihr „so leid tat". In seinem verletzten Stolz hatte er diese Mitleidsgeste als unerträglich empfunden.

Inzwischen hatte er Zweifel, ob er das, was damals in der Küche geschehen war, wirklich richtig verstanden hatte. Warum war ihm nicht der Gedanke gekommen, dass Christines Versuch, seine Hand zu ergreifen, auch eine Art Hilferuf gewesen sein konnte? Er hätte vielleicht sehen müssen, dass sie mit dieser Geste auch nach Halt bei ihm gesucht hatte. Und den hatte er ihr mit seiner abweisenden Reaktion verweigert. Er war damals so sehr in seinen eigenen Gefühlen gefangen gewesen, dass er nichts begriffen hatte. So hatte er ihr auch keine Chance gegeben, ihm zu erklären, was ihr da passiert war. Vielleicht war alles, was sie in dieser Situation gebraucht hatte, allein die Gewissheit gewesen, dass er sie trotz allem liebte und dass er wenigstens versuchen würde, sie zu verstehen. Warum hatte er das nicht gesehen?

Als Christine dann aufgestanden war, um in ihr Zimmer zu gehen, hatte er ihr nur schweigend nachgeblickt. Er fragte sich jetzt, warum er sie nicht noch einmal angesprochen hatte. Vielleicht hatte sie darauf gewartet, darauf gehofft. Er glaubte jetzt, dass sie sich dann wieder umgedreht hätte und zu ihm an den Tisch zurückgekehrt wäre. Stattdessen hatte er mal wieder gar nichts gemacht. Er hatte dagesessen und sie wortlos gehen lassen. Durch seine Passivität hatte er das, was für ihn in seinem Leben die größte Bedeutung hatte, endgültig aufgegeben. Womöglich hätten sie es zusammen schaffen können, aber spätestens in jenem Moment hatte er alles verspielt.

Kurz vor dem Wochenende, an dem er zur Hochzeit seines Sohnes nach Berlin fahren wollte, bekam er völlig überraschend elektronische Post aus Spanien. Als er den Eingang neuer Emails überprüfte, fand er eine Nachricht der deutschen Schule in Valencia vor. Der Schulleiter dort informierte ihn, dass man seine Bewerberdaten bei der Zentralstelle für das Auslandsschulwesen eingesehen habe und an ihm als Lehrkraft interessiert sei. Es waren drei Telefonnummern angegeben, und er wurde um einen Rückruf gebeten.

Sein Herz hatte wie wild zu schlagen begonnen. Um sich etwas zu beruhigen, gönnte er sich ein großes Glas von seinem Single Malt. Damit hatte er nicht gerechnet. Schon gar nicht so schnell. Er nahm sich vor, nach seiner Rückkehr aus Berlin Erkundigungen über diese Schule in Valencia einzuholen und sich dann dort telefonisch zu melden.

27

Er nahm wieder den ICE nach Berlin und fuhr dann durch den strömenden Regen mit einem Taxi vom Hauptbahnhof in das Hotel, in dem Jost für ihn ein Zimmer reserviert hatte. Es war inzwischen sechs Uhr geworden. Die standesamtliche Trauung hatte ohne ihn bereits am Nachmittag stattgefunden, und er wurde nun von Jost und Sarah um halb acht zu ihrer kleinen Feier erwartet. Er duschte und zog sich um, und als er dann kurz vor sieben das Zimmer verließ, hatte er seinen Mantel über den Arm gelegt und war froh, dass er kein Geschenk zu tragen brauchte. Auf seine Anfrage hatte Jost ihn um einen finanziellen Zuschuss für die neue Wohnungseinrichtung gebeten. Er hatte für diesen praktischen Wunsch der jungen Leute Verständnis, und ein großzügig bemessener Betrag, wie er fand, war bereits von ihm überwiesen worden.

Sein Sohn hatte in ihren Telefongesprächen weder Anna noch Christine erwähnt, und unerklärlicherweise war er irgendwie davon ausgegangen, dass er wie bei seinem letzten Besuch nicht auf Christine treffen würde. Er war daher völlig unvorbereitet, als sich in der Lobby die Tür seines Fahrstuhls öffnete und er sie nun mit dem Angestellten an der Rezeption sprechen sah. Er blieb wie angewurzelt stehen. Sein Herzschlag beschleunigte sich sofort, und er fühlte wieder einmal, wie sich sein Magen zusammenballte. Er war aber auch wirklich zu blöd! Was hatte er sich denn vorgestellt? Er hätte sich doch denken müssen, dass sie zu diesem Anlass ebenfalls eingeladen war. Es handelte sich schließlich um die Hochzeit ihres Sohnes. Und Grossmann? War der etwa auch hier?

Christine drehte sich um und wirkte ebenfalls sehr erstaunt, als sie ihn bemerkte. Sie war es dann, die sich zuerst wieder gefangen hatte. Langsam ging sie ihm ein paar Schritte entgegen und lächelte ihn an.

„Hallo! Das ist wirklich eine Überraschung! Jost hat uns also im gleichen Hotel untergebracht. Hat er dir vorher etwas davon gesagt?"

Er kämpfte mit dem Kloß in seinem Hals. Sie sah wirklich gut aus. Ihr blondes Haar war wieder länger als er es von ihrer letzten Begegnung in Erinnerung hatte. Sie trug einen engen schwarzen Mantel, der ihr sehr gut stand. Er räusperte sich.

„Nein, das hat er nicht", antwortete er dann mit belegter Stimme und fügte hinzu. „Bist du alleine hier?"

Sie nickte und reichte ihm die Hand. Es war schon ein wenig irritierend, wie locker und souverän sie mit dieser prekären Situation umzugehen schien. Wie es ihre Art war, übernahm sie auch jetzt wieder die Initiative.

„Ich habe gerade ein Taxi bestellt", sagte sie. „Das können wir ja zusammen nehmen. Es ist zu Jost von hier zwar nicht weit, aber es regnet immer noch."

Er nickte. Es fiel ihm nach wie vor schwer, unbefangen zu sprechen. Auf Christines Anfrage erklärte der junge Mann am Empfang, dass der Wagen in zwei bis drei Minuten eintreffen würde. Colmar zog sich seinen Mantel über, und dann gingen sie zum Eingang des Hotels, um dort gemeinsam auf das Taxi zu warten. Er sah jetzt, dass sie neben ihrer kleinen schwarzen Handtasche auch einen Blumenstrauß bei sich hatte, der offenbar für Sarah bestimmt war. Es war mal wieder typisch, dass er selber an eine solche Geste überhaupt nicht gedacht hatte. Sie schaute ihn an und lächelte wieder.

„Du hast abgenommen", sagte sie. „Steht dir gut."

Er schluckte und beschloss jetzt, sich ebenso wie sie um einen lockeren Eindruck zu bemühen.

„Deine Haare sind ja auch wieder länger", antwortete er und versuchte ebenfalls zu lächeln. „Sieht besser aus."

Dann setzte er noch einen drauf:

„Richtig aufregend."

Er merkte sofort, dass er in seiner Angespannt-heit überzogen hatte, und ärgerte sich über seine Unbeholfenheit. Christine verzog das Gesicht.

„Falsches Partizip."

Das war eine Anspielung auf eine Bemerkung, die er früher einmal gemacht hatte, als sie sich gerade kennen gelernt hatten. Damals hatten sie beide gelacht.

Das Taxi kam. Sie liefen hinaus in den Regen und stiegen beide hinten ein. Christine nannte dem Fahrer Josts Adresse.

Während der Fahrt schwiegen sie. Ihre Nähe ver-stärkte Colmars Nervosität. Wie bei dem Treffen in Hamburg registrierte er ihr Parfüm. Er konnte sehen, dass sie unter dem offenen Mantel ein helles Kostüm trug, und fragte sich, ob er es noch von früher kannte. In einer Kurve berührten sich ihre Knie. Er entschul-digte sich und rückte wieder ein wenig weiter von ihr ab. Sie tat so, als habe sie von diesem Kontakt gar nichts bemerkt.

Es war in der Tat nicht weit zur Wohnung der jungen Leute. Er übernahm es zu bezahlen. Der Regen hatte in der Zwischenzeit noch zugelegt. Sie eilten zur Eingangstür des Miethauses und klingelten. Man erwartete sie bereits, und niemand schien sich zu wundern, dass sie gemeinsam eintrafen. Die Ver-trautheit, mit der Christine von Sarahs Eltern begrüßt wurde, sagte ihm, dass man sich in Hamburg wohl schon mehr als einmal getroffen hatte.

Der Tisch im Wohnzimmer war recht aufwendig gedeckt. Eine Sitzordnung hatte für ihn einen Platz neben Sarahs Mutter vorgesehen. Neben den Eltern des Brautpaares waren auch die zwei Trauzeugen anwesend. Marion und Dennis waren Josts und Sarahs Freunde aus Hamburg. Während des Essens, das Frau Walberg mit ihrer Tochter vorbereitet hatte, saß Christine ihm gegenüber. Ihr Kostüm war neu, wie er jetzt sehen konnte. Er versuchte, sie nicht so viel anzugucken, was bei der Sitzordnung allerdings nicht leicht war.

Es machte ihm Freude, die beiden Frischverheirateten zusammen zu erleben und zu sehen, wie liebevoll sie miteinander umgingen. Sie waren so verliebt ineinander und so aufeinander bezogen, dass sie manchmal ihre Umgebung kaum wahrzunehmen schienen. Sarah, die wie immer eine große Ruhe ausstrahlte, schien ihrem Mann Zuversicht und Selbstvertrauen zu geben. Jost hatte großes Glück, eine Frau wie sie gefunden zu haben. Colmar hoffte, dass es seinem Sohn gelingen möge, dieses Geschenk festzuhalten.

Denn eines wusste er ja inzwischen: Dafür gab es keine Garantie, egal wie sehr man sich liebte und wie sicher man sich auch immer war, dass man das restliche Leben zusammen verbringen wollte. Für den Bestand einer Beziehung musste man ständig arbeiten. Eine Ehe war ein gemeinsames „Projekt", das von beiden Partnern immer wieder neu bekräftigt und den wechselnden Lebenssituationen angepasst werden musste. Er wünschte nur, er selber hätte dies früher begriffen.

Während des Essens war Colmar ein wenig angespannt und konnte das Gefühl nicht abschütteln, dass sein Verhalten von allen genau registriert wurde. Besonders Sarahs Freundin Marion, eine hübsche Brünette mit kurzem Haar, schien ihn die ganze Zeit interessiert zu mustern. Es musste ja auch wirklich spannend sein, einen Mann in Gegenwart der Frau, die ihn verlassen hatte, aus der Nähe zu beobachten. Er versuchte, seine Nervosität so gut es ging zu überspielen und widmete sich intensiv seiner Tischnachbarin. Sarahs gutaussehende Mutter war ihm schon bei ihrem ersten Treffen sehr sympathisch gewesen, und er war ihr dankbar, dass sie spürbar darum bemüht war, ihm die Situation zu erleichtern. Als er einmal unverhofft aufblickte, bemerkte er, dass Christine ihn offenbar eine Zeit lang angesehen hatte.

Wieder einmal hatte er das Gefühl, dass er einen knallroten Kopf bekam.

Vielleicht hatte er in seiner Aufgeregtheit von dem Wein, den Sarahs Vater ausgewählt hatte und auf den er sichtlich stolz war, etwas viel getrunken. Als er um halb eins auf die Uhr schaute, fand er dann auch, dass es Zeit für ihn war, sich zu verabschieden. Christine stand ebenfalls auf und sagte, dass auch sie müde sei und dass sie sich ihm anschließen würde. Jost bot an, ein Taxi zu rufen. Doch sie winkte ab.

„Das ist nicht nötig. Es ist ja nicht weit. Wir sind außerdem groß genug und gehen schon nicht verloren."

Jost verzog das Gesicht.

„Früher habe ich das von euch auch immer geglaubt."

Auf diese Bemerkung reagierten sie beide nicht.

Draußen hatte es aufgehört zu regnen. Sie gingen zunächst stumm nebeneinander her. Die Äußerung, die Jost bei ihrem Abschied gemacht hatte, schien auch bei Christine nachzuwirken. Sie vermieden aber beide, darauf noch einmal einzugehen. Auf seine Frage, wie sie nach Berlin gekommen sei, antwortete sie, dass sie einen Flug von Hamburg gebucht habe.

Er wunderte sich über den Betrieb, der zu dieser Stunde noch um sie herum herrschte, und über die vielen jungen Leute, denen sie begegneten. An der Ecke der Straße, die direkt zu ihrem Hotel führte, kamen sie an einer Kneipe vorbei. Die Tür öffnete sich, und ein junges Paar trat heraus. Im Hintergrund konnte man Lachen und lautes Stimmengewirr hören. Christine blieb stehen und legte ihm eine Hand auf den Arm. Abgesehen von der Begrüßung in der Hotellobby, bei der sie ihm die Hand gegeben hatte, war dies das erste Mal, dass sie ihn nach ihrer Wiederbegegnung bewusst berührte.

„Komm, Thomas! Lass uns doch zum Abschluss noch ein Bier trinken. Dies ist die letzte Chance vor unserem Hotel."

So etwas hatten sie früher häufiger gemacht. Sie kannte seine Schwäche für diese typischen Berliner Eckkneipen, in denen es keine Polizeistunde zu geben schien. Er ging voran und öffnete die Tür. In dem kleinen Lokal waren überraschend viele Menschen. Die meisten von ihnen saßen oder standen an der Theke und unterhielten sich laut. Man nahm von ihnen nur kurz Notiz und wandte sich dann wieder den jeweiligen Gesprächspartnern zu. Die Geräuschkulisse war beeindruckend. Zu allem Überfluss lief an der Wand hinter dem Tresen ein Fernsehgerät ohne Ton, das aber anscheinend von niemandem beachtet wurde. Sie fanden in einer Ecke einen kleinen Tisch. Colmar kämpfte sich durch das Gedränge zur Theke durch und kam mit zwei Bieren zurück. Nach dem vielen Wein hatte er Durst bekommen. Er stellte die Gläser auf den zwei Bierdeckeln ab, die Christine zuvor auf dem Tisch verteilt hatte. Dann setzte er sich und hob sein Glas.

„Prost! Das hier war eine prima Idee von dir."

Sie nahmen beide einen Schluck.

„Wie lange bleibst du in Berlin?", fragte er dann nach einer kleinen Pause.

Sie vermied es, ihn anzusehen und schaute hinüber zu den Leuten am Tresen.

„Bis morgen."

Er nickte.

„Verstehe."

Sie sah ihn jetzt an.

„Was verstehst du?"

„Na ja, du wirst ja in Hamburg bestimmt dringend erwartet."

Sie nahm sich Zeit mit ihrer Antwort.

„Nein. Ich dachte, du hättest schon davon gehört."

Jetzt sah er sie an.

„Wovon gehört?"

„Ich lebe inzwischen alleine", antwortete sie. „Ich habe auch seit einiger Zeit einen Job bei einer anderen Firma."

Ihm fiel jetzt wieder die neue Telefonnummer ein. Weihnachten, bei seinem letzten Besuch in Berlin, hatte Jost dies ja auch erwähnt. Dass sich Christine von Grossmann getrennt haben könnte, hatte er aber mit dieser Information nicht verbunden, zumal sein Sohn ihm dazu keine Erklärung hatte geben können. Außerdem war Colmar in jenen Tagen ja ohnehin zu sehr mit sich und Anna beschäftigt gewesen.

„Hat Jost davon gewusst?"

„Natürlich. Ihm habe ich das gleich erzählt."

Diese Nachricht musste Colmar erst einmal verdauen. Es wunderte ihn schon, dass sein Sohn ihm diese Neuigkeit nicht direkt mitgeteilt hatte. Aber er hatte ja ohnehin schon feststellen müssen, dass Josts Verständnis für die Situation seines Vaters abgenommen hatte. Er sah Christine an. Er dachte an den Brief, den sie ihm vor Monaten geschrieben hatte und mit dem er damals so schwer fertig geworden war. Auf seine Antwort hatte sie nie reagiert.

„Seit deinem Brief ging ich eigentlich immer davon aus, ihr hättet es mit dem Heiraten so eilig."

Christine nahm sich wieder etwas Zeit mit ihrer Antwort.

„Eilig hatte ich es damit nie", erwiderte sie dann leise. „Aber irgendwie schien es für mich ein folgerichtiger und logischer Schritt zu sein. Das, was passiert war, musste doch einen Sinn ergeben und irgendwo hinführen. Außerdem dachte ich damals, dass eine Trennung auch für dich das Beste sein würde."

Sie machte wieder eine Pause. Bei Colmar stellte sich das gewohnte Gefühl in der Magengegend ein. Er schwieg und konzentrierte sich auf seinen Bierdeckel.

„Es zeigte sich aber bald, dass alles nicht so einfach war", sagte sie schließlich.

Er erinnerte sich, dass sie etwas Ähnliches bei ihrem kurzen Gespräch in Hamburg angedeutet hatte. Er wartete.

„Es gab da unerwartete Komplikationen", fügte sie dann nach einer Weile hinzu. Sie verzog ihren Mund. „Ich wusste zum Beispiel nicht, dass die Firma, die er nie aufgeben würde, mehr oder weniger seiner Frau gehört."

Sie nahm ihr Bierglas in die Hand.

„Ich habe auch erst später herausbekommen, dass ich bei weitem nicht seine erste Affäre war", sagte sie, nachdem sie einen Schluck genommen hatte.

Als er aufblickte, sah er, dass sie sich eine Haarsträhne aus der Stirn strich. Er musste an Frau Grossmann denken.

„Das hat mir übrigens seine Frau auch erzählt", bemerkte er. „Sie besuchte mich eines Abends, um mir zu sagen, dass sie, wie sie sich ausdrückte, um ihre Familie kämpfen würde."

Christine horchte auf.

„Wann war das denn?"

„Irgendwann vor den Herbstferien."

Sie nickte und schien nachzudenken.

„Und du?", fragte sie dann. „Was hast du gesagt?"

Er zuckte mit den Schultern.

„Warum fragst du? Was hätte ich denn schon sagen können? Ich habe ihr deutlich gemacht, dass ich ihr in dieser Sache wenig helfen könne. Du hattest mir ja ziemlich unmissverständlich gezeigt, wie du dir dein neues Leben vorstelltest. Ich in Kiel jedenfalls spielte darin keine Rolle mehr. "

Sie schwiegen jetzt beide. Er konnte erkennen, dass im Fernseher auf irgendeinem Kanal der Start einer Mars-Sonde gezeigt wurde, der in den vergangenen Tagen in den Nachrichten verschiedentlich erwähnt worden war. Er nahm eine Pfeife und seinen Tabaksbeutel aus der Manteltasche. Bei Jost und Sarah hatte er wieder auf das Rauchen von vornherein verzichtet. Christine schaute ihm zu, wie er die Chacom, Annas Geburtstagsgeschenk, sorgfältig stopfte.

„Ist die neu?"

„Ja. Die habe ich geschenkt bekommen."

Sie wartete, bis er sich die Pfeife angezündet hatte.

„Und wie läuft es mit dir und deiner hübschen jungen Freundin?"

Er steckte das Feuerzeug in seine Jackentasche und zeigte dann auf sein Glas. Christine schüttelte den Kopf. Die Kneipe hatte sich in der Zwischenzeit merklich geleert. Er hatte jetzt Sichtkontakt zu dem Mann hinter der Theke. Per Handzeichen bestellte er noch ein Bier, das auch sofort gebracht wurde. Dann begann er zunächst etwas zögerlich, von Anna und Jane zu erzählen. Er wunderte sich selber darüber, wie leicht es ihm schon nach kurzer Zeit fiel, auch über die Herbstferien in Frankreich und über das plötzliche Ende seiner Beziehung zu Anna zu sprechen. Dies hatte er in dieser Weise noch mit niemandem getan. Christine hörte aufmerksam zu.

„Das tut mir sehr leid für dich", sagte sie schließlich.

„Bitte nicht schon wieder! Das habe ich in den letzten Monaten von allen Seiten ein wenig zu oft gehört. Übrigens braucht bei dieser Sache niemandem irgendetwas leid zu tun. Die kurze Zeit mit Anna war schon sehr wichtig für mich und hat mir in einer schlimmen Phase sehr geholfen."

Darauf reagierte sie nicht. Er legte die Pfeife in den Aschenbecher.

„So richtig habe ich wohl selber nicht daran geglaubt, dass das mit ihr und mir wirklich etwas werden könnte", sagte er dann. „Wahrscheinlich war das auch unser Hauptproblem."

Er zuckte mit den Achseln und fügte nach einer kleinen Pause hinzu:

„Anna ging es dabei wohl ähnlich. Ihrer Meinung nach hatte sie gegen dich ohnehin nie eine richtige Chance."

Sie griff plötzlich, ohne etwas zu sagen, nach seinem Bier und nahm einen Schluck. Diese Angewohnheit, ein Getränk für sich selber abzulehnen und dann bei ihm mitzutrinken, hatte ihn schon immer amüsiert. Er fragte sich, ob sie das mit Grossmann auch so gemacht hatte. Bei diesem Gedanken meldete sich sein Magen wieder.

Sie saßen sich noch eine Weile schweigend gegenüber. Dann nahm er seine Pfeife, leerte sie in den Aschenbecher und steckte sie ein.

„Wollen wir gehen?"

Sie nickte.

Er zahlte an der Theke. Die kurze Strecke zu ihrem Hotel legten sie schweigend zurück. In der Lobby ließen sie sich vom Nachtportier ihre Schlüssel geben. Sie stellten dabei fest, dass ihre Zimmer auf dem gleichen Flur lagen. In der engen Kabine des Aufzugs nahm er wieder verstärkt ihr Parfüm wahr. Als sich schließlich die Tür öffnete und er von dem mit Kaugummiresten befleckten Teppichboden aufblickte, bemerkte er, dass sie ihn im Spiegel an der gegenüberliegenden Wand die ganze Zeit über beobachtet hatte. Sie blieben dann vor ihrer Tür stehen. Christine sah ihn wieder an und gab ihm die Hand.

„Gute Nacht, Thomas. Es war für mich sehr schön, dich wiederzusehen."

Sie ließ seine Hand los und nahm ihre Handtasche.

„Gute Nacht, Christine!", sagte er.

Dann passierte etwas Merkwürdiges. Während sie in ihrer Tasche offenbar nach ihrem Zimmerschlüssel suchte, beugte sie sich ein wenig vor und bewegte sich ganz langsam auf ihn zu, ohne dabei aufzublicken. Sie war etwas kleiner als Anna. Ganz unabsichtlich, wie es schien, berührte sie schließlich mit ihrer Stirn ganz kurz seinen Mund. Colmar hatte sich die ganze Zeit über nicht bewegt. Dann hatte sie ihren Schlüssel gefunden und trat, als wäre nichts geschehen, einen Schritt zurück. Sie wandte sich ihrer Tür zu und öffnete sie. Auf der Schwelle drehte sie sich dann noch einmal zu ihm um.

„Frühstücken wir morgen noch zusammen?"

„OK. Neun Uhr?"

Sie schnitt eine ihrer Grimassen.

„Lieber etwas später. Halb zehn?"

Sie schloss die Tür hinter sich. Langsam ging er weiter den Flur entlang zu seinem Zimmer. Als er dann endlich im Bett lag, konnte er nicht einschlafen. Das hatte er schon befürchtet. Das unerwartete Zusammentreffen mit Christine hatte in ihm eine Reihe widersprüchlicher Reaktionen ausgelöst. Es wurde ihm wieder bewusst, wie unsicher alles um ihn herum geworden war und wie wenig er das, was mit ihm passierte, unter Kontrolle hatte. Er hatte Christines Gesicht vor Augen, wie sie ihn im Spiegel des Fahrstuhls angesehen hatte, und ihre hübschen Knie, die ihm wieder aufgefallen waren, als im Taxi ihr Mantel ein wenig höher gerutscht war. Ihr Parfüm, das so sehr zu ihr gehörte, hatte er immer noch in der Nase. Er spürte auch noch, wie sie im Flur vor ihrem Zimmer mit der Stirn seinen Mund gestreift hatte. Hatte sie das absichtlich gemacht? Aber dann dachte er auch wieder an die beiden Köpfe, die sich im Gegenlicht der Straßenlampe in dem dunklen BMW berührten. Auf einmal fiel ihm auch Anna wieder ein. Er machte die Lampe neben seinem Bett an und starrte an die Decke. Er musste versuchen, das Karussell der Bilder, das sich in seinem Kopf drehte, anzuhalten und seine Gedanken zu ordnen. Obwohl er wusste, dass er an diesem Abend genug getrunken hatte, stand er auf und öffnete die Minibar. Er nahm eine kleine Flasche Scotch heraus und schüttete den Inhalt in einen Zahnputzbecher. Als er damit vorsichtig zum Bett zurückging, zuckte er zusammen. Sein

Telefon auf dem Nachttisch klingelte. Er wusste sofort, dass es Christine war.

„Habe ich dich geweckt?", fragte sie leise.

„Nein, ich kann sowieso noch nicht schlafen."

„Ich auch nicht. Ich bin ziemlich durcheinander."

Sie räusperte sich und machte eine kleine Pause.

„Thomas, ich hab da eine Idee. Warum bleiben wir beide nicht noch einen Tag länger hier? Wenn auf dich auch nichts Wichtiges zu Hause wartet, könnten wir uns doch noch einmal ein wenig die Stadt ansehen. Ich bin ja so lange nicht mehr in Berlin gewesen", sagte sie dann und brauchte wieder etwas Zeit, bevor sie weitersprach. „Und außerdem möchte ich dir noch einiges sagen."

Sein Herz schlug ihm bis zum Hals. Er musste sich setzen.

„Das geht mir genauso", antwortete er, als er sich wieder etwas im Griff hatte. „Ich finde, das sollten wir machen."

„Das ist toll", sagte sie sofort. Er konnte hören, wie erleichtert sie war. „Jetzt fühle ich mich auch schon viel besser. Vielleicht funktioniert das mit dem Schlafen jetzt."

„Das hoffe ich für mich auch. Gute Nacht, Christine. Ich bin froh, dass du noch einmal angerufen hast."

„Schlaf gut, Thomas! Wir sehen uns dann zum Frühstück."

Sie legten beide auf.

Er saß auf seinem Bett und starrte auf den Whisky in seiner Hand. Dann nahm er einen Schluck und stellte das Glas auf den Nachttisch. Nach einigen Minuten legte er sich unter die Decke und löschte das Licht. Aber an Einschlafen war immer noch nicht zu denken. Er musste jetzt unbedingt versuchen, einen klaren Kopf zu behalten. Bloß nicht wieder den gleichen Fehler machen! Auf gar keinen Fall durfte er sich etwas vormachen und Christines Wunsch, mit ihm hier in Berlin noch etwas „*Sightseeing*" zu machen, falsch auslegen und irgendwelche Wunder erwarten. Dazu war einfach zu viel passiert und ließ sich nicht ungeschehen machen.

Zuletzt musste ihn der Schlaf doch übermannt haben, denn in den Morgenstunden hatte er einen Albtraum, der ihn auch früher schon hin und wieder in ähnlicher Form heimgesucht hatte. In diesem Traum lief er durch ein ihm unbekanntes großes Gebäude. Wahrscheinlich handelte es sich um eine Schule. Er versuchte dort vergeblich, rechtzeitig einen bestimmten Raum zu finden, in dem er offenbar erwartet wurde. Während er so mit einem zunehmenden Gefühl der Beklemmung durch lange, leere Flure lief, war irgendwann aber auch Anna da, die Hand in Hand mit Alain vor ihm einen der Gänge entlangschlenderte. Anna sah sich um und winkte ihm lachend zu, und als sich auch Alain umdrehte, sah er, dass es sich bei ihm um Grossmann handelte. Er wachte schweißgebadet auf.

28

Er war vor Christine im Frühstücksraum. Es gab dort außer ihm nur noch ein älteres Ehepaar, das offenbar gerade dabei war, sich auf einen Stadtgang vorzubereiten. Er wählte einen Tisch an einem der großen Fenster und bestellte bei der Serviererin einen Kaffee und für Christine ein Kännchen Tee. Sie waren allem Anschein nach die letzten Gäste an diesem Morgen, denn man hatte bereits begonnen, Besteck und Geschirr von den leeren Plätzen abzuräumen. Als Christine endlich erschien, trug sie Jeans und über einer gestreiften Bluse einen Blazer. Er dachte kurz an Frau Grossmann, die bei ihrem Besuch eine ähnliche Jacke getragen hatte. Colmars Herzschlag beschleunigte sich wieder einmal, als sie auf ihn zukam. Sie entschuldigte sich für ihre Verspätung, und dann gingen sie gemeinsam an das Büfett, das allerdings bereits ziemlich ausgesucht wirkte.

Die Nacht war für beide kurz gewesen, auch wenn sie, wie sie sich nun gegenseitig berichteten, nach ihrem Telefongespräch doch noch eingeschlafen waren. Er fragte sie, ob sie nicht mit der Verlegung ihres Rückfluges Probleme bekommen würde. Aber sie hatte bereits telefonisch ihren Flug storniert und für den Sonntag einen neuen gebucht.

Während des Frühstücks überlegten sie dann gemeinsam, wie sie diesen Tag nutzen wollten. Sie waren sich einig, dass sie sich zuerst noch einmal von Jost und Sarah verabschieden mussten. Christine fand aber, dass sie beiden gegenüber nicht erwähnen sollten, dass sie vorhatten, noch eine Nacht zu bleiben.

„Das würde alles komplizieren. Sie würden bestimmt erwarten, dass wir noch einige Zeit mit ihnen verbringen. Ich finde, der gestrige Abend war für alle genug. Wir sollten sie nicht noch mehr belasten."

Er konnte ihr nur zustimmen.

„Und wir? Was machen wir dann?", wollte er wissen.

Christine war wie sonst auch immer sehr gut organisiert und hatte einen Stadtplan mit heruntergebracht. Bei ihrem letzten gemeinsamen Berlinbesuch war Jost noch dabei gewesen, der damals ungefähr dreizehn Jahre alt gewesen sein musste. In jenem Jahr, nicht lange nach dem Fall der Mauer, schien das Zentrum der Stadt noch aus einer einzigen Baustelle zu bestehen. Wie man hörte, hatte sich das ja inzwischen geändert. Sie waren sich einig, dass sie sich bei der kurzen Zeit, die ihnen zur Verfügung stand, auf diese „neue" Mitte Berlins konzentrieren und sich dort ein wenig umsehen sollten.

Bevor sie noch einmal in ihre Zimmer hochfuhren, um ihre Mäntel zu holen, gingen sie noch zur Rezeption und informierten die junge Dame, die dort an diesem Morgen Dienst hatte, dass sie noch eine weitere Nacht bleiben wollten.

Den Weg zu Sarah und Jost legten sie zu Fuß zurück. Es war nasskalt, und es wehte ein unangenehmer, eisiger Wind. Christine hielt mit einer für sie typischen Geste mit einer Hand den Kragen ihres Mantels am Hals zusammen. Als sie dann die Wohnung der Jungvermählten erreichten, stellten sie fest, dass Walbergs und das frisch verheiratete Paar ebenfalls lange geschlafen haben mussten, denn alle vier saßen noch am Frühstückstisch. Jost holte noch zwei Stühle, und sie setzten sich dazu. Sarahs Angebot, für sie frischen Kaffee zu machen, lehnten sie aber ab. Sie sprachen über den vergangenen Abend und waren sich alle einig, dass die kleine Feier gelungen und vor allem sehr gemütlich gewesen war. Marion und Dennis, die beiden Trauzeugen, waren mit ihrem Auto bereits auf den Weg zurück nach Hamburg. Jost erzählte seinen Eltern, dass Christines Mutter an diesem Morgen auch schon angerufen und nach ihrer Tochter und ihrem Schwiegersohn gefragt habe. Christine schüttelte den Kopf.

„Sie gibt einfach nicht auf", sagte sie.

Es entstand eine etwas peinliche Pause, in der offenbar alle bemüht waren, einen Blickkontakt zu vermeiden. Dann ergriff Herr Walberg die Initiative und erneuerte seine Einladung, die er Weihnachten schon Colmar gegenüber ausgesprochen hatte. Diesmal schloss er Christine mit ein.

„Es wäre doch schade, wenn wir uns alle nicht bald wiedersehen würden."

Er erzählte auch, dass er und seine Frau noch ein paar Tage in Berlin bleiben wollten.

„Uns hat hier ein Geschäftsfreund eingeladen. Er holt uns nachher ab."

Er fügte lächelnd hinzu:

„Unser Brautpaar muss ja auch noch etwas von den Flitterwochen haben."

Alle lachten. Dann wollte er wissen, wann Christine und Colmar zurückreisen mussten. Christine reagierte sofort.

„Das steht noch nicht ganz fest. Aber wir haben uns überlegt, dass wir uns vorher auf alle Fälle noch den Potsdamer Platz ansehen wollen. Den haben wir beide nur als riesige Baustelle in Erinnerung."

Jost horchte auf.

„Aber dann habt ihr ja gar keine Zeit zu verlieren."

„Richtig. Es wäre nett, wenn du uns ein Taxi rufen könntest."

Jost stand auf und ging zum Telefon.

Die Verabschiedung zog sich dann doch noch etwas in die Länge. Sie mussten den Walbergs noch einmal versprechen, sie demnächst zu besuchen. Als der Taxifahrer klingelte, brachte Jost sie noch nach unten. Sie bedankten sich bei ihm für den schönen Abend. Bevor sie einstiegen, umarmte er sie beide.

„Wisst ihr, das schönste Geschenk für mich war, dass ihr beide zusammen bei uns wart."

Er schien sie gar nicht mehr loslassen zu wollen. Sie winkten dann Sarah und ihren Eltern noch einmal zu, die oben am Fenster standen, und stiegen in den Wagen.

Am Potsdamer Platz ließen sie sich absetzen. Christine zeigte sich von der gewaltigen Kulisse beeindruckt. Er selber fand jedoch alles eher ein wenig zu groß und erdrückend. Aber er sagte sich, dass es vielleicht richtig war, dass man in dieser Stadt, wo die Narben des Krieges noch an so vielen Stellen sichtbar waren, etwas ganz Neues wagte. Das alte Berlin gab es ja sowieso nicht mehr und ließ sich auch nicht wieder errichten.

Christine wollte danach in die Friedrichstraße, auf deren Geschäfte sie gespannt war. Sie gingen zu Fuß. Es war ihr anzumerken, dass sie schließlich froh war, als sie in einer Einkaufspassage Schutz vor dem kalten Wind fanden. Im Fenster eines Reisebüros sahen sie dann im Vorbeigehen ein Plakat, auf dem für einen Urlaub auf den Malediven geworben wurde. Christine legte ihm eine Hand auf den Arm und blieb stehen.

„Das mit dem Urlaub da war übrigens nicht meine Idee. Ich bin mit den Flugtickets richtig überfahren worden. Sie waren als eine tolle Überraschung gedacht."

Er fühlte wieder den Kloß in seinem Hals. Sie gingen weiter.

„Es stellte sich übrigens heraus, dass die Idee überhaupt nicht so toll war."

Darauf ging er nicht ein. Obwohl sie sich Mühe gegeben hatte, den Namen Grossmann nicht zu erwähnen, fiel es ihm schwer, die Bilder zu unterdrücken, die sich ihm von den beiden Urlaubern in diesem Moment aufdrängten.

In einer der Verkaufsetagen der *Galeries Lafayette* fiel ihm dann etwas ein.

„Findest du nicht auch, dass du unbedingt einen Schal brauchst? Ich sehe doch, wie du da draußen frierst."

Sie suchten dann gemeinsam ein passendes Stück aus, das Christine sich dann auch gleich umlegte. Er bestand darauf, es ihr zu schenken und war nicht darauf gefasst, dass sie sich bei ihm mit einem Kuss auf die Wange bedankte. Wieder einmal hatte er das Gefühl, dass er einen roten Kopf bekam.

Sie hatten sich inzwischen ein wenig aufgewärmt, und Christine schlug vor, nun auch noch dem Gendarmenmarkt einen kurzen Besuch abzustatten. Aber auf diesem freien Platz, der ihnen bei ihrem letzten gemeinsamen Aufenthalt in Berlin sehr gefallen hatte, war der unangenehme Wind besonders zu spüren. Beide waren der Meinung, dass sie von der Kälte genug hatten und es Zeit war, irgendwo etwas zu essen. Nach kurzer Suche fanden sie dann in der Charlottenstraße ein kleines Restaurant und waren froh, dass sie sich endlich setzen konnten. Christine atmete hörbar auf.

„Das tut gut!"

Dann hob sie einen Zeigefinger.

„Aber diesmal bezahle ich!"

„Einverstanden!", antwortete Colmar. „Aber den Wein übernehme ich. Wir müssen nämlich noch einmal zusammen richtig auf die Hochzeit unseres Sohnes anstoßen."

Sie bestellten neben dem Wein auch noch eine Flasche Mineralwasser. Als dann der Kellner die Getränke gebracht hatte und sie wieder allein waren, hob Colmar sein Glas.

„Auf das junge Glück! Ich bin richtig froh, dass die beiden sich gefunden haben."

Sie sah ihn über ihr Glas hinweg an.

„Ich glaube, wir können stolz auf unseren Sohn sein. Alles können wir also nicht falsch gemacht haben. Trinken wir auf die beiden!"

Sie nahmen beide einen Schluck und setzten dann ihre Gläser langsam ab.

Das Restaurant füllte sich. Er hatte den Eindruck, dass es sich bei den Gästen vornehmlich um Touristen handelte. Ein gut aussehendes junges Paar war ihm aufgefallen, das schon an einem Tisch gesessen hatte, als sie das Lokal betraten. Die hübsche Frau erinnerte ihn an Anna.

Als der Ober Ihr Essen brachte, kam Christine noch einmal auf Jost zu sprechen.

„Er hat übrigens stets zu dir gehalten."

Diese Aussage überraschte ihn. Wie schnell hatte sich Jost doch mit der Trennung seiner Eltern arrangiert. Colmar hatte auch nicht vergessen, wie abweisend und verletzend er sich Anna gegenüber verhalten hatte. Nein, er hatte nicht gemerkt, dass sein Sohn „stets" zu ihm gehalten hätte.

„Ich kann mir vorstellen, dass du selber das nicht immer so gesehen hast", fügte Christine dann noch hinzu.

Es schien ihm in diesem Moment wenig Sinn zu machen, sich mit ihr auf dieses schmerzliche Thema weiter einzulassen. Er schwieg und konzentrierte sich darauf, seine Serviette zu entfalten. Allerdings konnte er dabei nicht verhindern, dass Ihm wieder die Bemerkung einfiel, die Hans-Gerd über Jost und Grossmann gemacht hatte. Aber auch für Christine war die Angelegenheit offenbar noch nicht beendet. Sie wollte über ihren Sohn offenbar noch etwas loswerden.

„Ich bin Jost sehr dankbar, dass er mich in der kritischen Zeit nicht fallen gelassen hat", sagte sie.

Sie hob den Blick von ihrem Teller und sah ihn an.

„Ich habe damals vielleicht ein wenig gehofft, dass auch du mich nicht so einfach gehen lässt", fuhr sie leise fort und versuchte zu lächeln. Dann widmete sie sich wieder ihrem Teller und fügte nach einer kleinen Pause hinzu: „Aber mir ist heute klar, dass ich dir dazu mit meiner Flucht aus Kiel wohl auch nicht gerade Mut gemacht habe."

Colmar hatte sich ja in letzter Zeit schon selber ein paar Mal gefragt, ob er seinerzeit nicht mehr um seine Frau hätte kämpfen sollen. Frau Grossmann jedenfalls schien bei ihrem Besuch ja auch irgendwie damit gerechnet zu haben. Aber da war ja ohnehin alles zu spät. Wahrscheinlich hatte sein Sohn von ihm auch mehr erwartet.

Er schaute hinüber zu dem jungen Paar. Er hatte den Eindruck, dass die beiden kaum miteinander redeten. Auch Christine schien jetzt zu beobachten, wie der Mann aus dem Fenster blickte, während seine Partnerin mit ihrem Besteck spielte. Den Salat auf ihrem Teller hatte sie kaum angerührt.

Er selber hatte sich von der Qualität des Essens in diesem Restaurant etwas mehr versprochen. Der Ober räumte das Geschirr ab, und Colmar bestellte für beide einen Espresso. Er konnte sehen, wie die junge Frau am anderen Tisch ihre Hand auf den Arm des Mannes legte. Ein Handy klingelte. Sie ließ den Arm los, nahm ihr Gerät aus der an ihrem Stuhl hängenden Handtasche und schaute auf das Display. Dann erhob sie sich, um den Anruf draußen vor der Tür anzunehmen. Der junge Mann bat um die Rechnung und zahlte. Als die Frau nach einiger Zeit zurückkam, stand er auf und half ihr in ihren Mantel, der nicht weit von ihrem Tisch entfernt an der Wand hing. Dann nahm er seinen eigenen Trenchcoat und verließ mit seiner Begleiterin das Lokal. Christine sah ihnen nach.

„Die haben anscheinend auch Probleme", sagte sie.

Ihm fiel jetzt wieder ein, wie hilflos er damals zu Hause an dem Küchentisch gesessen hatte. Colmar konnte Christine jetzt nicht ansehen.

Er räusperte sich. „Damals bei unserem letzten Abend bei uns zu Hause in der Küche ..."

Der Ober kam mit dem Kaffee. Colmar war froh über diese Unterbrechung. Er wartete, bis sie wieder allein waren.

„Ich habe lange versucht, nicht mehr daran zu denken. Aber die beiden da haben mich doch ein wenig an uns damals erinnert", sagte er.

Sie schien sich darauf zu konzentrieren, den Inhalt ihres Zuckertütchens in ihren Kaffee zu schütten. Dann rührte sie die Tasse langsam um, ohne ihn dabei anzusehen.

„Ich habe beinahe jeden Tag daran denken müssen", entgegnete sie so leise, dass er sie kaum verstehen konnte.

Sie sprachen eine Weile nicht.

„Ich war damals wie gelähmt", sagte er schließlich.

Der Espresso in diesem Laden war ebenfalls nicht besonders. Er blickte aus dem Fenster. Draußen wurde es langsam dunkel.

Christine nahm seine Hand, die er diesmal - anders als an jenem Abend in der Küche - nicht zurückzog. Er hatte einen dicken Kloß im Hals. Es fiel ihm schwer weiterzumachen.

„Das Schlimmste aber war, dass ich..."

Christine hielt ihn mit einer Hand fest und legte ihm jetzt die Fingerspitzen der anderen auf den Mund.

„Schsch!", sagte sie. „Die Fehler habe ich gemacht!"

Dann rückte sie noch dichter an den Tisch heran und beugte sich vor.

„Komm, Thomas, lass uns zurück ins Hotel fahren. Ich bin müde und möchte mit dir schlafen."

Er saß einen Moment wie benommen da. Die Wende, die Christine dem Gespräch gegeben hatte, war für ihn so plötzlich und so total, dass sich alles um ihn zu drehen schien. Seine Gedanken überschlugen sich. Auch später war es ihm nicht möglich, genau zu rekonstruieren, was sie unmittelbar nach Christines plötzlichem Vorschlag in diesem Restaurant gemacht hatten. Auf jeden Fall hatte Christine weiter seine Hand festgehalten. Er konnte aber nicht sagen, ob er auf ihr überraschendes Angebot mit „ich auch!" geantwortet hatte oder nicht. Vielleicht war ihm das erst später eingefallen. Auch wusste er nicht, wer von ihnen dafür gesorgt hatte, dass der Kellner die Rechnung brachte. Wahrscheinlich hatten sie es beide getan. Woran er sich jedoch noch genau erinnerte, war, dass Christine mit ihrer Kreditkarte bezahlte. Seinen Versuch, den Wein zu übernehmen, hatte sie abgeblockt.

Draußen vor dem Restaurant hakte sie sich bei ihm ein. Nach ein paar Schritten blieb sie stehen. Sie stellte sich vor ihn, legte ihm beide Arme um den Hals und küsste ihn auf den Mund. Es war ihre erste richtige Zärtlichkeit nach so langer Zeit. Sie klammerte sich an ihn. Dann hielt sie seinen Kopf fest und sah sie ihm in die Augen.

„Ich hatte mir das so fest vorgenommen. Es war mir klar, wenn nicht heute, dann würde ich es nie tun. Aber da drinnen musste ich dann doch all meinen Mut zusammennehmen. Ich hatte solche Angst, dass du mich hängen lässt."

In der Friedrichstraße gelang es ihnen schließlich, ein Taxi zu finden, mit dem sie zurück ins Hotel fahren konnten. Sie saß neben ihm und drückte sich an ihn. Dann legte sie ihren Kopf seitwärts auf seine Schulter. Er war immer noch ziemlich verwirrt und bemühte sich zu begreifen, was gerade geschehen war. Wie lange hatte er sich das gewünscht und davon geträumt, wieder mit Christine zusammen zu sein? Er drehte seinen Kopf und drückte sein Gesicht in ihr Haar. Er atmete ihr Parfüm, das er mit so vielen Erinnerungen verband. Christine schaute ihn an. Er strich ihr mit dem Daumen langsam über die Lippen und küsste sie lange. Dass der Fahrer sie im Rückspiegel beobachten konnte, war ihm egal.

Im Hotel ließen sie sich an der Rezeption ihre Schlüssel geben und gingen zum Fahrstuhl. Dort wartete bereits ein anderer Gast, der allem Anschein nach gerade angekommen war. Er wollte wie sie in den zweiten Stock. Im Aufzug griff Christine nach Colmars Hand und ließ sie nicht mehr los. Die Tür öffnete sich, und sie traten zusammen in den Flur. Der Neuankömmling wünschte ihnen einen „schönen Abend" und machte sich, seinen Koffer hinter sich her rollend, auf die Suche nach seiner Zimmernummer. Christine schloss ihre Tür auf. Bis auf das Bild an der Wand über dem Bett, einem Stich irgendeiner historischen Berliner Ansicht, glich ihr Zimmer seinem. Die gleichen Möbel, der gleiche Bettüberwurf, die gleichen Vorhänge. Sie legten ihre Mäntel ab. Christine umarmte ihn und sagte, dass sie dringend ins Bad müsse.

„Ich wollte schon im Restaurant auf die Toilette gehen, aber dann habe ich das in meiner Aufregung völlig vergessen."

Sie verschwand im Badezimmer. Der Raum kam ihm zu warm vor. Er zog sein Jackett aus und legte es über den Stuhl vor dem kleinen Schreibtisch, von dem es in seinem Zimmer auch ein Exemplar gab. Dann ging er zum Fenster und öffnete es. Er drehte auch die Heizung herunter. Nicht weit vom Hotel entfernt konnte er eine Straßenkreuzung sehen. Er schaute zu, wie die Autos geschäftig auf die Ampel zueilten, bei Rot anhalten mussten und dann nach kurzer Zeit weiterfuhren. Er hörte, wie hinter ihm die Badezimmertür aufging. Er schloss das Fenster, zog die Vorhänge wieder zu und drehte sich um.

„Ich glaube, ich muss da auch noch mal verschwinden", sagte er.

Als er wieder aus dem Bad kam, nicht ohne vorher auch Gebrauch von Christines Zahnbürste gemacht zu haben, war das Licht im Zimmer bis auf eine der beiden kleinen Nachttischlampen ausgeschaltet. Sie hatte die große Überwurfdecke vom Bett gezogen und auf den Boden fallen lassen. Als sie ihn hörte, drehte sie sich zu ihm um und ging ihm entgegen. Sie legte ihm beide Arme um den Hals und drückte sich fest an ihn. Es wurde ihre erste lange Umarmung, und er war erstaunt festzustellen, wie sehr sein Körper sich an seine Frau erinnerte. So fühlte sich nur Christine an. Sie legte nach einer Weile ihren Mund an sein Ohr.

„Komm! Ich habe schon so lange darauf gewartet."

Sie begann sein Hemd aufzuknöpfen, und danach halfen sie sich gegenseitig, ihre Kleidung abzulegen. Es war lange her, dass sie dies gemacht hatten, und er kam nicht umhin festzustellen, dass er noch genauso nervös und ungeschickt war wie damals. Als sie dann schließlich im Bett lagen, knipste Christine auch noch die kleine Lampe an ihrer Seite aus und suchte seine Hand unter der Decke.

„Thomas, ich muss noch etwas loswerden. Das hat mich schon so lange belastet."

Er nahm ihre Hand und führte sie an seinen Mund. Sie ließ sich nicht ablenken.

„Warte! Lass mich wenigstens versuchen zu erklären, was mir da passiert ist."

Sie drückte seine Hand.

„Du musst mir wirklich glauben. Mir hat in unserer Ehe nie etwas gefehlt", sagte sie dann. „Es war alles so, wie ich es immer gewollt hatte. Du warst mein Partner, der immer da war und auf den ich mich verlassen konnte."

Von der Straßenbeleuchtung drang etwas Licht durch einen kleinen Spalt zwischen den Vorhängen in den Raum, und er konnte den Spiegel über dem kleinen Schreibtisch erkennen.

„Ich glaube aber auch, dass sich etwas geändert hatte, nachdem Jost aus dem Haus war. Es gab nur noch wenig, was uns über die tägliche Routine hinaus gemeinsam beschäftigte. Für dich war offenbar die Schule immer wichtiger, und ich wurde mehr und mehr von meinem Job gefordert."

Es dauerte wieder ein wenig, bevor sie weitersprach.

„Und dann gab es da plötzlich jemanden, der nicht nur meine Arbeit schätzte, sondern sich auch für mich interessierte. Natürlich, ich fühlte mich geschmeichelt und machte vielleicht aus Neugierde den Fehler, ein bisschen mitzuspielen. Das war alles für mich wie ein kleines aufregendes Abenteuerspiel. Dann beging ich aber eine Riesendummheit und ließ zu, dass die Sache weiter ging, als ich gewollt hatte."

Er merkte, dass sein Körper reagierte. Sein Magen zog sich wieder zusammen, und es überkam ihn eine plötzliche Übelkeit, die er zu unterdrücken versuchte.

„Ich habe mir tausend Mal die Frage gestellt, warum mir das passiert ist und warum ich mich auf diese Sache eingelassen habe", sagte sie dann nach einer Weile, die ihm wie eine kleine Ewigkeit vorkam. „Aber außer meiner grenzenlosen Dummheit und Eitelkeit ist mir bis heute nicht so recht etwas eingefallen."

Diesmal dauerte es noch länger, bis sie sich wieder ein wenig gefangen hatte.

„Ich habe dann schnell festgestellt, dass ich mir etwas vorgemacht hatte. Anders als ich mir das anfangs eingeredet hatte, hatte ich in dieser Angelegenheit nämlich gar nichts im Griff. Die ganze Sache machte sich schon nach kurzer Zeit selbstständig. Als er mir dann erzählte, dass er sich scheiden lassen wollte, versuchte ich die Notbremse zu ziehen. Ich musste die Sache sofort beenden. An dem Abend, an dem du uns dann zufällig sahst, hatte ich ihm das gesagt. Natürlich wollte er das nicht wahrhaben. Ich sollte es mir noch einmal überlegen. Und dann kamst du nach Hause und stelltest mich zur Rede."

Colmar hatte das Gefühl, dass er kaum Luft bekam. Sie hielt seine Hand fest, und er konnte hören, dass sie gegen ihre Tränen ankämpfte.

„Ich habe mich so geschämt vor dir und konnte dir danach einfach nicht mehr unter die Augen treten", sagte sie leise. „Ich geriet in Panik und lief davon. Mein Umzug nach Hamburg war eine Flucht."

Colmar hatte wieder vor Augen, wie sie an jenem Abend vom Küchentisch aufgestanden und zur Tür gegangen war.

„Aber das war überhaupt keine gute Idee", sagte sie dann. „Das mit Hamburg war ein Schnellschuss und konnte nicht gut gehen. Ich habe dich so vermisst."

Sie drückte erneut seine Hand und drehte sich zu ihm.

„Ich habe mir immer wieder vorgenommen, dich anzurufen. Getraut habe ich mich dann doch nicht. Ich wusste doch, wie sehr ich dir wehgetan hatte. Und dann hörte ich auch noch von deiner hübschen jungen Freundin."

Sie schlang jetzt beide Arme um seinen Hals und drückte sich an ihn. In diesem Moment brach nicht nur der Rest der Konstruktion, die er zu seinem Schutz mit so viel Mühe um sich aufgebaut hatte, endgültig zusammen. Er klammerte sich an sie, und sein Körper wurde von einem heftigen Weinkrampf geschüttelt. Sie hielt seinen Kopf an ihrer Schulter und streichelte ihn.

„Schsch!", flüsterte sie. „Ich will versuchen, alles wieder gutzumachen. Ich verspreche es."

Sie liebten sich lange und mit großer Behutsamkeit. Wie sehr hatte er auf dieses Zusammensein gewartet. Bei aller Vertrautheit miteinander war es, als lernten sie sich nun frisch kennen und als nähmen sie erneut voneinander Besitz. Er hatte alles um sich herum vergessen, und es hatte den Anschein, dass eine Welt außerhalb dieses unpersönlichen Hotelzimmers nicht existierte. Selbst Grossmann und all die quälenden Gedanken, die mit jenem entsetzlichen Septemberabend zusammenhingen, konnte er für den Augenblick verdrängen.

Später hielten sie sich noch länger in den Armen.

„Du hast mir so gefehlt", sagte sie und strich ihm über die Haare.

Er küsste ihren Hals.

„Du mir auch. Aber so richtig an uns geglaubt habe ich zuletzt nicht mehr."

„Ich denke, der einzige, der das immer getan hat, ist Jost gewesen. Er hat nie aufgegeben und hat auch mir immer wieder Mut gemacht", sagte sie nach einer kleinen Pause.

Er musste erneut daran denken, wie er sich verschiedentlich über das Verhalten seines Sohnes gewundert und auch geärgert hatte.

„Mit mir hat er das nicht gemacht."

Sie lachte.

„Ich weiß. Ich glaube, er hat immer ein bisschen darauf gewartet, dass du etwas tust."

Er erinnerte sich, wie sehr ihn sein Sohn in den Sommerferien gedrängt hatte, auf Christines Brief zu antworten.

„Meinst du nicht auch, dass er das mit uns hier in Berlin geschickt eingefädelt hat?", fragte sie.

Einen ähnlichen Gedanken hatte er am Morgen auch gehabt, als sie sich von ihrem Sohn verabschiedeten.

„Schon möglich."

„Nein, ich bin mir da sicher. Er hat uns mit Absicht zusammen in diesem Hotel untergebracht und uns voneinander nichts gesagt. Ich hatte ihn nämlich vorher gefragt, ob du auch nach Berlin kommen würdest. Er hat mir gesagt, er wüsste es noch nicht."

Colmar musste einmal kurz schlucken. Ihm war nicht klar, ob er sich über die neue Rolle, die Jost im Leben seines Vaters ungefragt übernommen zu haben schien, freuen sollte oder nicht. Er nahm sich vor, bei der nächsten Gelegenheit ein längst überfälliges Gespräch mit seinem Sohn zu führen.

Sie lagen jetzt eine Weile stumm nebeneinander. Schließlich drehte sie sich zu ihm.

„Thomas, was werden wir jetzt machen? Wie soll es weitergehen?"

Er hob den Kopf und küsste ihre Stirn.

„Ich werde dich einfach nie wieder loslassen."

„Das wünsche ich mir sehr. Aber wie soll das gehen? Deine Schule ist in Kiel, und ich lebe in Hamburg und habe dort einen guten Job. Nach allem, was geschehen ist, kann ich mir auch überhaupt nicht vorstellen, wieder nach Kiel zu ziehen."

Das war ein Problem, an das er auch schon gedacht hatte. Wieder schwiegen sie beide eine Zeit lang. Er überlegte. Nein, dies war jetzt nicht der richtige Moment, seiner Frau von seinen Auslandsplänen zu erzählen.

„Ich weiß, was du meinst. Vielleicht sollten wir darüber nachdenken, zusammen ganz woanders neu anzufangen", sagte er.

Sie lagen wieder eine Weile stumm nebeneinander. Sie presste ihre Stirn an seine Wange.

„Ich habe Angst, Thomas."

„Angst? Wovor?"

„Davor, dass wir das nicht hinkriegen. Dass es mit uns vielleicht nicht klappen kann."

Er küsste ihre Stirn.

„Wir müssen das schaffen, Christine. Alles andere kann und will ich mir nicht vorstellen."

Sie schwiegen wieder eine Weile.

„Ich glaube, ich brauche jetzt eine kleine Pause. Ich bin sehr müde. Das war gestern eine lange Nacht. Im Moment kann ich sowieso nicht richtig denken", sagte sie und drückte sich an ihn. „Wir sollten jetzt beide ein bisschen schlafen. Lass uns später darüber nachdenken und zusammen überlegen, was wir machen."

Sie küsste ihn.

„Ich bin so froh, dass du wieder da bist, Thomas!"

Dann drehte sie sich, wie sie es früher auch häufig gemacht hatte, auf die Seite mit dem Rücken zu ihm. Colmar rückte ganz nah an sie heran. Seine Hand suchte die zarte Stelle zwischen den Rippen und ihrem Beckenknochen, die er nie vergessen hatte, und kam schließlich ganz automatisch auf ihrem Bauch zur Ruhe. Mit seinem Daumen konnte er ihren Nabel fühlen.

„Das ist schön so, Thomas! Halt mich fest!"

Er küsste ihr Ohr, und es dauerte nicht lange, bis er dann an ihrem gleichmäßigen Atmen merkte, dass sie eingeschlafen war. Mit seiner Frau in seinen Armen fühlte er sich ganz sicher. Er war wieder dort, wo er hingehörte. Er war zu Hause.

Die Gespenster der Vergangenheit schienen für den Augenblick gebannt, aber ihm war klar, dass sie wiederkehren würden. Er wusste, dass von Christine und ihm weitere Anstrengungen nötig sein würden. Sie würden nicht daran vorbei kommen, dass sie sich Gedanken über die Gründe für ihr Auseinanderleben machten. Die vergangenen Monate hatten bei ihnen schmerzhafte Spuren hinterlassen, und sie mussten sehen, wie sie das, was sie erlebt hatten, gemeinsam verarbeiten konnten. Er machte sich keine Illusionen: Das würde nicht leicht werden.

Was immer passierte, sie durften ihre Fehler auf keinen Fall wiederholen und zulassen, dass sie sich wieder von einander entfernten, ohne dass sie es selber merkten. Denn Glück und Sicherheit, das hatte er inzwischen ja auch gelernt, schlossen sich gegenseitig aus. Sie mussten es einfach zusammen versuchen. Für ihn selber gab es ohnehin keine andere Möglichkeit. Er konnte gar nicht anders. In der Zeit, die hinter ihnen lag, war eines ganz deutlich geworden: Ohneeinander ging es offenbar für sie beide nicht.

Er würde ihr nachher von seiner Bewerbung und dem Angebot aus Valencia erzählen. Er erinnerte sich, dass sie schon früher darüber nachgedacht hatten, ins Ausland zu gehen. Damals hatten sie darauf verzichtet, vor allem weil sie Jost nicht aus der deutschen Schule nehmen wollten. Dieses Problem hatten sie jetzt nicht mehr. Aber er fragte sich nun, ob Christine auch bereit war, ihre Stellung in ihrer neuen Firma aufzugeben, an der ihr offensichtlich viel lag.

Auch er war nun schläfrig. Er sah das Licht der Straßenbeleuchtung durch den Spalt zwischen den Vorhängen, und er konnte die Geräusche von Autos hören, die an der Ampel anhielten und wieder anfuhren. Colmar schloss die Augen und spürte den gleichmäßigen Herzschlag seiner Frau. Wieder nahm er ihr Parfüm wahr. Er fühlte ihre Haut. Ihre Haare. Christine.